ファミリーツリー

小川糸

ポプラ文庫

ファミリーツリー

リリーは、空とおしゃべりするのが大好きな女の子だった。

ちょっと目を離すと、すぐに〈空の国〉に翼を広げて旅立ってしまう。僕にはその、リリーの心が飛び立つ瞬間の、バサバサという激しい羽ばたきの音までが聞こえるようだった。

〈空の国〉まで行ってしまったリリーは、ちょっとやそっとでは戻って来ない。僕がいくら背伸びをしても全く届かない場所で、翼を左右に大きく広げ、悠々と安定飛行に入ってしまう。僕が空を見上げていたってちっとも面白くなんかないのに、リリーには違った景色が見えるのだろう。空を見つめるリリーの体はここにあるのに、心は鳥や雲と同じ世界を彷徨《さまよ》っているようだった。

僕は、さっきまで一緒に土いじりや虫採りをしていたリリーが、急に違う世界に行ってしまうことが淋しかった。それで最初は、リリーの肩をゆすったり、目の前で手のひらをひらひらと動かしてみたりしたものだった。けれどリリーはそんなことにはお構いなしで、〈空の国〉への旅を続けた。僕は、自分の力ではリリーをそこから引き戻すことが無理であると学習して以来、ただひたすらにリリーが〈空の国〉から戻って来るのを待つようになった。

だから、リリーという単語を頭の中に思い浮かべると、僕の脳裏には真っ先に、縁側に三角座りをして空を見上げていた、小さくてぽっちゃりとした彼女のシルエットが、ぼんやりと虹のように現れる。


リリーと最初に出会った時のことは、もう覚えていない。

なにしろ、まだ三歳だった。

僕はその日、小さな体にだぶだぶの紺色のスーツを着せられていた。おそらく懐事情が厳しかった僕の両親が、五歳の七五三まで着せようと目論んだのに違いない。ジャケットも半ズボンも明らかに大きすぎた。首には赤い蝶ネクタイが結ばれ、おろしたての真っ白いハイソックスと靴だけが、当時の僕の体にちょうどよいサイズだった。靴は普段から履《は》いているキャラクターの描かれた水色のズックだったが、きっと母は、息子に精一杯のオシャレをさせたかったのだろう。

この日は、両親の結婚式に出席したのだ。

僕には年子の姉、蔦子《つたこ》がいる。蔦子が出来たと知った両親は慌てて入籍、結婚生活に突入したのだが、母が蔦子を産んですぐにまた僕を身ごもってしまったので、披露宴が延び延びになっていたらしい。田舎なので親戚付き合いも多く、何よりも世間体を気にする両親の性格上、きっちりしたかったのだろう。すでにいる二人の子供を連れての結婚披露宴とあいなった。

その時、松本の披露宴会場にリリーも来ていた。蔦子や、リリーの姉、羅々《らら》さんらしき子供と並んで食事をしている写真が、僕のアルバムに残されている。

同世代の子供達が一列に並ぶ中、リリーだけが光って見える。けれどそれは、まだ子供のくせに派手な帽子や真っ赤な口紅が妙に似合っていたせいではない。それは、その年ですでに人生の喜怒哀楽を知り尽くしてしまっているかのような、もっと奥の方からじんわり輝く、鈍く発光するような光だ。そう、リリーには幼い頃から凛とした凄みがあった。

この時、リリーは四歳になったばかりだった。両親の結婚式は、平成元年三月。全員で撮った集合写真の下に、日付が入っている。

僕は、リリーと三週間違いでこの世に誕生した。ただ、リリーは昭和六十年、西暦でいうと一九八五年三月に生まれたので、ぎりぎり蔦子と同じ学年に滑り込んだ。一方僕は、その翌月、四月になってから生まれたので、蔦子とリリーの一つ下の学年になった。

生まれたのは三週間しか違わなくても、学年が一つ違うという現実は、僕とリリーの関係に大いに影響を及ぼしたように思う。僕があと少し早く母のおなかを退出していたら、リリーとも対等になれたかもしれないのに。これぱっかりは、どうすることもできない。

リリーには、四分の一だけスペイン人の血が流れている。そのことと関係があるのかどうか、やっぱりリリーには幼い頃から人を魅了するエキゾチックな雰囲気があった。でも、同じ血が流れているはずの羅々さんでも、こっちは見た目の印象がまるっきり違うから、多分リリーが特別なのだろう。そして、リリーが特別なのは、その心に秘密があるからだと思う。

かく言う僕だって、リリーとは、少しだけだけど、同じ血が流れている。僕や蔦子が生まれる前に亡くなっている僕らのおじいさんとリリーの母親、翠《みどり》さんが年の離れた兄妹で、その子供の代、つまり僕の親父とリリーがいとこ同士なのだ。もし仮にリリーに子供が出来たら、その子と僕ははとこになる。

とにかく、僕とリリーは、いとこほどではないにせよ、多少は血の繋《つな》がりのある親戚だ。そしてこの物語は、僕とリリーを巡る、同じ血が流れる家族のお話でもある。

物語の始まりは、信州。

僕は穂高で生まれ育った。穂高は周囲を山に囲まれた、ちいさな農村である。一般的には、安曇野と説明した方がわかりやすいかもしれない。でも僕ら地元の住民からすると、穂高は穂高で、安曇野と一緒くたにされてしまうのはどうも釈然としない。穂高を安曇野と呼ぶのは、観光客と、他の土地からIターンでこの地に移り住んでいる人達だけだ。

正確には、安曇野の中心部が穂高であり、穂高は今でも農業と林業を中心とする静かな所だ。

その穂高で、僕のひいおばあさん、菊さんは旅館を営んでいた。旧街道沿いに建つ、古くて立派な旅館だった。旅館の塀に、大きく「恋路旅館」という看板が出ていた。恋路旅館から大糸線の穂高駅までは、穂高神社を抜けて、歩いて行ける距離だった。

リリーは毎年夏になると、東京から「あずさ」に乗ってやって来た。幼い僕にとっては、夏イコールリリーであり、リリーイコール夏だった。

ゴムの顎紐《あごひも》付きの麦わら帽子を目深《まぶか》にかぶり、着替えなどの荷物が入った真っ赤なリュックサックを背負って、いつも、少し怒ったような表情を浮かべて松本駅のホームに立っていた。目鼻立ちのはっきりしたリリーは身のこなしも洗練されていて、誰もが驚いたように凝視した。そんな時、僕は少なからず誇らしかった。ただそういう好奇の眼差しを、当のリリーは一向に気にかけている様子もなかったが。

僕は、毎年その日が待ち遠しかった。会ったら会ったで、泣き虫とかハナタレ小僧とかデベソとか子供でも嬉しくないことを、そしてどれも本当のことを平気でズバズバ言われて嫌な思いをするくせに、それでもリリーに会えると思うと心がはしゃいだ。

リリーが乗って来るあずさが到着する時刻に合わせて、菊さんは僕と蔦子を両脇に従え、松本までリリーを迎えに出る。穂高神社へのお参りを欠かさない菊さんは、リリーを迎えに行く時も、必ず僕と蔦子を連れて神社に立ち寄り、両手を合わせてお祈りしたものだ。

僕の記憶が正しいなら、リリーは小学生になる前から、たった一人で東京から松本まで来ていたことになる。その頃はまだ、自分達の関係を正確には把握できず、僕はただリリーのことを、都会からやって来る、かわいいけれどちょっぴり意地悪で、それでいてすぐに心がどこかに飛んでいってしまう女の子だと思っていた。

僕の記憶に残る恋路旅館は、どことなく薄暗くて、色褪せた赤い絨毯《じゅうたん》が敷かれていた。ロビーには大きなシャンデリアが吊され、玄関先には、宿泊客が外出時に履くための下駄がずらりと並び、うっすらと埃《ほこり》っぽい匂いが漂っていた。廊下を走るたびに床が軋《きし》んで鳴ったのを、僕は今でもはっきりと思い出せる。春夏秋冬、登山客やスキー客でいつも賑《にぎ》わっていた。

その片隅を間借りする形で、僕は両親と蔦子の四人で暮らしていた。細い廊下で結ばれた離れには、菊さんとスバルおじさんも住んでいた。他にも、あの頃の恋路旅館にはたくさんの人が居候していた。僕の両親は共働きでほとんど家にいなかったのだが、それをあまり淋しいと感じずにすんだのは、いつも誰かがかまってくれたからだろう。

そして恋路旅館で出される料理は、すべて菊さんが拵《こしら》えていた。いつ行っても湯気がもうもうと上がっている厨房には、常に何人もの人が働いていたのを覚えている。菊さんの料理を食べたいと、わざわざ遠方からやって来るお客が跡を絶たなかった。

アルバムを見ると、どの人が家族でどの人が居候なのかわかりにくい。菊さんにとっては、血の繋がりのあるないにかかわらず、広い意味でみんなが家族だったのだろう。一時期は恋路旅館に泥棒に入ろうとした老人まで雑用係として雇っていた。困っている人を見ると、どうしても放ってはおけない性分の人なのだ。

夏の間、僕とリリーと蔦子はいつも一緒だった。その期間だけは、特別に子供達専用の部屋が与えられ、そこに毎晩三人で寝泊まりした。部屋の入り口には、古びた木の板に、筆で「ドリーム」と書かれていた。

ふわふわの大きなベッドに、三人で川の字になって寝るのが楽しかった。普段は両親と和室に寝ていたから、ベッドで眠れるというのが、僕の子供心を大いにくすぐった。リリーと過ごす夏の間は、その部屋の名前と同じように、毎日毎日が夢のようだった。親しくなった泊まり客の子供や幼稚園の同級生が仲間に加わることもあったけれど、基本的には僕とリリーと蔦子の三人が、ドリームの住人だった。リリーの姉妹達がリリーと一緒に穂高に来ることはほとんどなかったからだ。

リリーと過ごす夏。

それは、一瞬一瞬がきらめきの連続で、毎日が冒険だった。

リリーは、なぜだか自然の中で遊びを見つける天才だった。そういう意味では、田舎で生まれ育った僕や蔦子の方がよほどひ弱で、逆に道具やゲームに頼った家の中での遊び方しか知らなかった。昔から穂高に暮らしている者にとって、自然はあるのが当たり前だったのだ。僕らの両親もどちらかというとそういう考えの一派で、豊かな自然を有り難く思うよりは、少しでも開発して都会に近付きたいと考えていた。

池の表面に石を投げて遊んだり、川に入ってメダカやカニを捕ったり、花の蜜を吸ったり、向日葵《ひまわり》の種を齧《かじ》ったり、すべて最初にリリーがお手本を示してくれた。僕と蔦子は、おっかなびっくりリリーの後に続くのが常だった。

恋路旅館の入り口には、巨大なクスノキが聳《そび》えている。その木に誰よりも高く登れたのもリリーだった。木登りも昆虫の捕まえ方も、全部リリーが先輩だった。

僕はというと、川遊びをすれば、リリーが手で捕まえた魚をパンツの中に入れられ悲鳴を上げた。木登りをしても、枝に足をかけたまではいいものの、その後下りられなくなって半べそをかき、結局スバルおじさんに助けてもらった。駆けっこをしても、いつもリリーの背中を見ながら走っていた。

リリー、待ってよー。

僕は、そう言いながらいつだってリリーを追いかけていたような気がする。そんな僕らを、蔦子は穏やかな眼差しを向け静かな表情で見つめていた。やんちゃなリリーも、蔦子を標的にすることは滅多になく、悪戯《いたずら》の対象は、決まってのろまな僕に絞られていた。

それでも、僕が常にやられっぱなしだったかというとそうではない。反旗を翻すことも、もちろんあった。そんな時は、取っ組み合いの喧嘩をした。僕も、リリーが女の子だからといって容赦はしなかった。争いが嫌いな蔦子は、よく僕らの間に入って仲裁したものだ。けれどそうなると、僕とリリー両方から詰め寄られ、最後に涙を流すのは決まって蔦子だった。

それでも、と僕は思う。

どんなにリリーにひどい悪さをされても、僕はリリーが憎くなるどころか、ますますそばに付いていてあげなくちゃと思うようになっていった。それはきっと、〈空の国〉へと旅している時のリリーの横顔を、知っていたからかもしれない。

もうすぐ陽が沈んでしまうという夕暮れ時、ぽつんと一人縁側に座って空を見上げるリリーは、もう二度とこっちの世界には戻って来ないのではと心配になるほど儚《はかな》かった。僕は思わず駆け寄って、その小さい背中にぎゅっとしがみつきたくなった。小学生にもなっていない僕にリリーを慰めることなどできなかったけれど、独りぼっちのリリーは見ていると涙がこぼれそうなほど淋しげな雰囲気を漂わせていた。


まだ、僕もリリーも蔦子も、幼稚園児の頃だ。

ある雨上がりの午後、昼寝から目を覚ますと、遠くの空に虹がかかっていた。

「すごい、すごい、あれ見て！」

リリーは寝ぼけ眼で、けれど興奮した声で虹を指さして言った。まぶたが、ぷっくりと腫《は》れ上がっていた。

「きれいだね」

蔦子がぼんやりとした声で答えた。

「あれにつかまって、みんなでターザンごっこしよう！　リュウ君、菊ちゃんに、ロープかりてきて」

リリーは目をキラキラと輝かせて言った。

「無理だって」

僕は言った。科学の絵本を読むのが好きだった僕は、その頃すでに、虹が蝶々やカブトムシやクワガタのようには捕まえられないことを知っていた。それでも、リリーは納得しなかった。

「行くの」

そう言うと、さっさと勝手口から外に飛び出し、自転車にまたがって猛スピードで走り出した。仕方なく、僕と蔦子も慌ててリリーを追いかけた。僕だけが、補助の取れない自転車で。

リリーは、山の方へ向けてどんどん自転車を走らせた。穂高は盆地で、お椀のように周囲を高い山に囲まれている。だから、恋路旅館のある中心地からは基本的にどこへ行くにも途中から坂道になった。山に向かう道には、大人達の死角になる場所がたくさんある。変質者が出るという情報も、常に絶えなかった。僕らが子供達だけで行くことを許されていたのはせいぜい穂高神社までだ。けれどリリーは当然のように穂高神社の鳥居の脇を素通りし、そのまま踏切を越えて自転車を走らせた。

けれど、見晴らしのいい場所までたどり着いた時には、リリーがロープをかけてそこでターザンごっこをするための虹は、もうどこにも見あたらなかった。

「虹、風に飛ばされちゃったんだよ」

僕は、なんとかリリーを慰めたくて適当なことを言った。蔦子がリリーの隣で、なぜか涙を浮かべていた。リリーは、じーっと空を睨《にら》みつけていた。

僕は幾度となくこの時のことを思い出す。ドリームにあった広いベッドで三人ごちゃ混ぜになって昼寝をしていた時の、少し湿っぽいタオルケットの感じや、天井に広がるシミ、雨が上がった後のきっぱりと晴れ渡った空の青、はっきりと大きくコンパスで描いた弧のような巨大な虹。上り坂で自転車を漕いだ時の太ももの突っ張り具合や、リリーの着ていた黄色いブラウス。高台に吹いていた爽やかな風の匂いや、青々と茂っていた田畑の緑、ビデオの早送りのように、瞬時に姿を変える真っ白い雲。

きっとあの時、僕は生きていることを実感していたんだと思う。たくさん運動をした後の心臓は激しく鳴っていて、息もぜいぜいして、空気が肺の隅々にまで行き渡っていくのを感じていた。リリーの頬が赤く染まり、首筋が汗でしっとりと濡れていた。頭の左右に結ばれた三つ編みは、まだ髪の毛の量が少なくて豚のしっぽみたいだった。

リリーの幼い願いも空しく、虹は一瞬でどこかに消えてしまったけれど、そういうことのすべてを、僕は必死に小さな手足を広げて受け止めていたのだ。


あともう一つ、はっきりと覚えている出来事がある。

それは、僕が五歳の時だ。だから多分、虹を求めて遠出をした翌年だったと思う。スバルおじさんが、バイクを買って来た。いきなり外から、ブオオオオオオン、ブオオオオオオンと、ものすごい爆音が聞こえてきたので、僕ら三人は慌てて恋路旅館の勝手口から表に飛び出した。

「リュウ、かっこいいだろ？」

黒いヘルメットを外しながら、スバルおじさんはとても自慢げな笑みを浮かべて言った。いつも着ていたトレードマークのアロハシャツが、いつになく色鮮やかに輝いて見えた。男同士ならわかるだろ、という目で、スバルおじさんはじっと僕だけを見つめていた。そのことが、幼い僕には誇らしかった。

「高かったんだぞ」

「いくら?」

　僕はたずねた。

「うーん、お前ら三人のお年玉百年分貯めても、まだ足りないくらいだよ」

　スバルおじさんは、バイクの表面に傷がついていないかを入念にチェックしながら、惚れ惚れとした声で言った。それから、おもむろにポケットからタバコを取り出すと、ゆっくりとライターで火をつけて吹かした。いつもはたいていジーパンなのに、ぴったりと太ももに張り付くような黒い革のズボンを穿《は》いているのが印象的だった。

「ハーレーが、やっと俺のものになったんだ」

　そんな声がした。蟬の声がうるさくて、恋路旅館で飼っていたニワトリもけたたましく鳴いていた。後から菊さんや従業員の人達も、仕事の手を止めて見にやって来た。

「何だこれ?」

　菊さんは、当然とも言える質問をした。

「ハーレーダビッドソンだよ。バイクの王様。これからは、いつでもこいつに乗っけて好きな所に連れてってやるよ」

　菊さんは、スバルおじさんの言葉には応えずに、ただ怪訝《けげん》そうな表情を浮かべていた。従業員の人達は、どういう態度で接したらいいかわからないという困惑した様子で、遠巻きにスバルおじさんとそのバイクを眺めていた。

「スバルおじちゃん、かっこいいよ！」

僕は、なんとかその場の空気を穏やかなものにしたくて、慌てて言った。

「だろう？」

僕の放った一言で、スバルおじさんの顔が、パーッと霧が晴れたように明るくなった。

「じゃあ、お前達をドライブに連れてってやるかな」

「わーい」

僕は、本当に嬉しくなって両手を万歳の形にして言った。

「ほら、ここに乗せてやるよ」

スバルおじさんは、僕らがいる反対側を指さして言った。リリーは無表情で、蔦子は怪獣を見るような恐ろしげな目でそのバイクを見つめていた。僕は、その時になってようやく、バイクの横に、もう一つオモチャの車みたいなのがくっついているのに気が付いた。いくら両親にねだっても買ってもらえなかった、屋根なしタイプのスポーツカーだ。

「何これ？」

「サイドカーだよ」

「サイドカー？」

「だから、横についている車のことさ」

「乗れるの？」

「もちろん。バイクと一緒に付いてきて走るんだ」

「すげぇ」

僕は感激した。普段リリーや蔦子とばかり一緒にいるから、僕は単純に、同性のスバルおじさんと男同士の会話ができることを喜んでいた。そして気付いた時にはひょいと体が持ち上げられ、僕はその真新しいサイドカーに乗せられていた。

「蔦ちゃんは？」

スバルおじさんが蔦子の方を振り向いて言うと、蔦子は怯《おび》えた顔をして、首を横に振ってかたくなに拒絶した。

「怖くなんかないって」

スバルおじさんはニコニコと笑って言ったが、それでも蔦子の意志が揺らぐことはなかった。

「じゃあ、蔦ちゃんは応援団な」

スバルおじさんは少しだけ残念そうに言った。それから、

「リリー、君は?」

と、今度はリリーの方を振り向いてたずねた。

「リリーはじゃじゃ馬だから、おじさんの後ろにつかまって乗るかい?」

スバルおじさんが得意満面で言うと、菊さんがスバルおじさんを睨むのがわかった。

「リュウ君と一緒にサイドカーに乗るもん」

リリーは、ほっぺたを膨らませて言った。

「オーケー。君達はふたり並んでサイドカーにしよう」

それからスバルおじさんはヘルメットをかぶり直して、目元に水中メガネみたいなゴーグルをかけると、

「しっかりエンジョイするんだぞ!」

そう勢いよく言って、キックペダルを踏み込んだ。

その瞬間、体の芯を太い風がぶわっと通り抜けた。それまでの人生で全く味わったこともないような、ものすごい衝撃だった。

あまりにもその音が大きすぎて、一瞬、世界から音という音が消えてしまったかのような錯覚を覚えた。音というより、突風のようだった。耳の中で鼓膜がビリビリと震えた。

僕は咄嗟《とっさ》に、降りたいと思った。でも、すでにすべての物事が動き始めていて、ここでもう一度地面に足を着けることは許されなかった。

僕らを乗せたハーレーダビッドソンは、勢いよく発車した。スピードはどんどん上がり、僕の視野は、いろんな色彩が混ざり合い、最後は世界がすっぽりと一つの色に包まれた。なんだか地面を直接滑っているみたいだった。

ギャーとか、ワーとか、僕は大声で叫んだ。叫んでも叫んでも、その声はエンジンの音にかき消され、そのうち自分が絶叫していることすらわからなくなっていた。

しばらく恋路旅館の周辺を走った後、スバルおじさんは大王わさび農場の方へとハーレーダビッドソンを走らせた。他に車のいない一本道を、スバルおじさんはわざとくねくねと蛇行しながら走った。そのたびに田んぼの側溝に落っこちそうになり、反動でリリーがサイドカーの外に飛ばされてしまうんじゃないかと不安になった。僕は無意識のうちに、リリーの腕にぎゅっとしがみついていた。道路はあまり舗装されていなかったので、車輪が小石や木の枝に乗り上げるたび、ジャンプするようにサイドカー全体が跳ね上がった。

僕は正直、このまま死んでしまうのかと思った。恐怖におののき空を見上げると、太陽がぎらぎらと燃えていた。気温の高い日だったけれど、その暑ささえ感じられないほど僕は震えていた。

そして、ようやくわさび農場の駐車場に着いた。少しずつスピードが落ちて、耳の中に、普段のざわめきや人の声が流れ込んでくる。まるで、宇宙飛行士が宇宙から地上に戻って来たみたいだった。助かった、と僕は心底ホッとした。けれど、安堵していられたのも、ほんの一瞬のことだった。

なんか臭《くさ》い。

明らかに、ウンコの臭《にお》いだ。

もしかして、リリーが。

あまりに怖くて、もらしてしまったのかも。

愚かな僕は、それでも暢気《のんき》にそんなことを考えていた。でも、弁解の余地もなく、犯人は僕だった。

「やっぱ、ハーレーは最高だよなぁ！」

ゴーグルとヘルメットを順番に外しながら、スバルおじさんが興奮冷めやらぬ様子でバイクから降りて近付いてくる。

「オレも、自分の運転するハーレーのサイドカーに乗ってみたいよ」

スバルおじさんはほっぺたを紅潮させ、普段よりもっと大声で付け足した。

僕は、もうダメだ、と思った。そして、正直に言おうと思った時、突風のようにどっと涙があふれて、少しも言葉がしゃべれない状態になった。

僕は、赤ん坊のように大声でわんわん泣いた。五歳にもなって、しかもあろうことかリリーの隣でウンコをもらしてしまったことが、どうしようもなく情けなかった。怖くて、リリーの表情を見ることもできず、このまま消えてしまいたいと思った。

事態を察したのか、スバルおじさんは僕をひょいと両腕で持ち上げると、そのまま人《ひと》気《け》のない草むらの中に連れて行ってくれた。僕は、体中から火を吹き出しそうなほど恥ずかしくて、スバルおじさんの上半身にコアラのようにがっしりしがみつき、赤ちゃん返りしたみたいに大声で泣いた。泣くことしかできなかったのだ。スバルおじさんは僕を叱ったりはしなかったが、それでも僕はスバルおじさんの表情を見るのが怖くて、二人で男子トイレに入っている間もずっと目を合わせられなかった。

僕はパンツを脱いで半ズボンだけ穿いてトイレを出た。普段はそんなことしないのに、トイレを出る時、スバルおじさんが手を繋いでくれた。体中から臭いがして、半ズボンは微妙に湿っていた。

毒舌家リリーのことだから、きっと、ウンコもらしとか何とか、言われるに違いないと思った。けれど、僕がスバルおじさんに連れられて駐車場の方に出て行っても、リリーは何も言わなかった。そのことが逆に、恐ろしかった。太陽がねちねちした暑さで僕を照らすたび、僕の体からはムッとするような生き物くさい臭いが沸き立った。そこから、どんなふうにして戻ったのか、さっぱり思い出せない。帰りも、リリーと並んでサイドカーに乗ったのだったか。もしかして僕は、泣き疲れて眠ってしまっていたのだろうか。

恋路旅館に戻ると、蔦子が車寄せに立って手を振りながら出迎えた。

「ねぇねぇ、乗り心地どうだった？　楽しかった？」

無邪気にたずねてくる蔦子を、僕ははね除《の》けるようにして手で押した。蔦子は、バランスを失って地面に転びそうになった。

「ごめん」

そう言ったら、またじわじわと空しさがあふれてきた。しかもそんな時に限って、いつもその時間にはいないはずの母が、恋路旅館の勝手口からサンダルを履いて笑顔で出て来た。

これが、僕が人生に絶望した一回目の記憶である。

結局、それから僕は、一度もサイドカーには乗らなかった。スバルおじさんも、もう二度と一緒にドライブをしようとは誘わなかった。週末になると、スバルおじさんは一人でハーレーダビッドソンにまたがり、全国各地で行われる「集会」というやつに出かけていた。

僕は、恋路旅館の車庫からハーレーの太いエンジン音が聞こえるたび、両手で耳を塞《ふさ》ぎたい気持ちになったものだ。菊さんがサイドカーに乗せられて、病院やスーパーに連れて行ってもらうこともなく、サイドカーにはもっぱら、恋路旅館で使われる台所洗剤やトイレットペーパー、食材などが積まれていた。そして、スバルおじさんがハーレーダビッドソンにまたがる回数も、だんだん少なくなっていった。それは、僕が新車にウンコをもらしたことと、関係があるのかどうかはわからない。

数年後、サイドカー付きのハーレーダビッドソンは、ニワトリ小屋の脇にある納屋に、トラクターと並んでひっそりと置かれていた。すでに、たっぷりと埃をかぶっていた。


こんなこともあった。

確か僕が小学生になって初めての夏休み、つまりハーレーウンコ事件の次の次の年だ。リリーは穂高にスケートボードを持ってやって来た。輸入家具を販売する会社の社長をしていたリリーの父親が、アメリカからお土産に買ってきてくれたものだという。リリーと蔦子は小学二年生になっていた。スケボーなんて、穂高ではあまり見かけなかった。僕は、学校の友達にわざわざ電話をして自慢した。

最初は、僕らも普通に平地を滑って遊んでいた。けれど、だんだん平らな道では飽き足らなくなり、坂のある所で滑るようになった。遊び方もエスカレートし、初めの頃はボードの上に立つことや、ジグザグに進んだりするのを目標としていたのに、やがてボードの上に上半身をのせ、両手両足を一直線に伸ばして坂を下りるようになった。

蔦子は怖いからと言って一度もやらなかったが、僕は、女の子のリリーになど負けてはいられないという変なプライドも手伝って、リリーと交代でボードの上に腹ばいになった。それでも、最初はごくごく短い坂道を下りるだけで、スピードも子供じみた程度しか出なかった。

それが、少しずつボードに乗って坂道を滑っている距離が長くなり、それに合わせて僕とリリーの上げる歓声も大きくなった。まるで、地面の上をそのまま滑り落ちているようで、自由自在に移動できるスーパーマンにでもなった気分だった。額を撫でる風が心地よかった。僕は、毎回大声で叫びながら、その一瞬のスリルを謳歌した。

普段気付かない所にある草花や石がぐんぐん目に飛び込んでくる。本当に、瞳の奥に入ってしまいそうだった。色彩がひとかたまりになっていくようで、僕は一瞬、サイドカーのことを思い出した。一度やると、あと一回あと一回と何度でもやりたくなり、終われなくなった。

さすがにそろそろ恋路旅館に戻らないと、心配してスバルおじさんが探しに来てしまうという時だった。本当にこれが最後だから、とリリーはボードを持って坂の随分上の方まで上っていった。それを、僕と蔦子は坂の途中から見上げていた。夕暮れ時だった。あたりの景色が、一面、うっすらと淡いピンクに染まっていた。

リリーは坂の上の方で立ち止まると、ボードが勝手に滑り落ちないように手で押さえてから、おもむろにボードの上に寝そべった。今までとは向きが逆だった。背中の方をボードに預け、自分は空と対面している。その日は、年に一回見られるか見られないかの、見事な夕焼け空だった。

穂高はあまりにも高い山々に取り囲まれているせいで、一年を通して、夕暮れ時でも空が赤く染まることはほとんどない。その代わり晩秋から春先にかけては、山に雪が積もるのでその部分が淡いピンク色に染まるのだが、リリーが来ていた夏の間は、申し訳程度に、山の向こう側に沈んだ夕陽の余韻を味わうのがせいぜいだった。けれど、その日はこれから何かが起こると、空も知っていたのかもしれない。

気が付いた時、リリーはすでに坂道を下り始めていた。両手両足を左右に大きく広げ、まさに「大」の字で僕らの目の前を通り過ぎていった。本当に、ほんの一瞬の出来事だった。

　横に立っていた蔦子が、「あっ」と小さな悲鳴を上げるのが聞こえた。僕は咄嗟に、何が起きているのかわからなかった。普段滅多に車の往来など見られない農道を、大型のトラクターがやって来たのだ。リリーも、トラクターの運転手も、どちらも相手の存在には気付いていていない。

　危ない！　心の中で叫んだ言葉は、けれど声にはならなかった。見る間にトラクターの巨大な車輪が迫ってくる。僕は、恐怖のあまり反射的にまぶたを閉ざした。おそらく蔦子も同じだったのだろう。トラクターとリリーの距離はぐんぐん狭まり、僕らは普段そんなことをしないくせに、思わず手と手をぎゅっと握り合っていた。その一瞬が、僕らには何時間にも長く思え、まるで永遠のようだった。

　けれど、実際には数秒あるかないかのほんの短い時間だった。僕は覚悟を決め、ぎゅっと固く閉ざしていたまぶたを剝《は》がすようにこじ開けた。

「象の鼻の中を滑ってるみたいだった」

　逆光で、声の主の表情はうかがえなかった。けれど、確かにリリーの声だ。

「リリー」

　僕と蔦子は、全く同じように声を上げ、リリーのそばに駆け寄った。

蔦子が目に涙を浮かべていた。リリーは、本当に奇跡的なタイミングで、トラクターの前輪と後輪の間をすり抜けたのだ。擦り傷ひとつ負っていなかった。リリーが平気な顔をしているので、僕も平静を装った。けれど肋骨の内側では、ドッキンドッキンと、心臓が爆発しそうなほど強く脈を打っていた。骨が、振動でひび割れてしまうかと心配になった。

「安全かどうか、ちゃんと確認してから滑らなきゃダメじゃない！」

蔦子が、いつになく強い声でリリーに言った。怒っていることが、その声の響きからも滲み出ていた。

交差するタイミングがあとちょっとずれていたら、リリーは、ペシャンコか血まみれのどちらかになっていたはずだ。蔦子の怒りは、もっともだった。

「ごめんなさい」

珍しくリリーは、小さな声でつぶやくように謝った。

「バーカ」

リリーに言いたいことが山のようにあったのに、実際僕が選んだのは、そんな単語だった。自分でもそれに驚いて、僕は慌てて足下《あしもと》にあった小石を蹴飛ばした。小石は、思いのほか飛距離を伸ばした。するすると地面すれすれの位置を滑るように移動し、前掛けをされたお地蔵様の前でストップした。小石はまるで、さっきのリリーのようだった。

その日菊さんが作ってくれた晩ご飯の内容をいまだ鮮明に覚えているのは、その直前にリリーがそんな大それたことをやってのけたからかもしれない。

そして僕は思う。

もしあのボードに乗っていたのが自分だったら……。多分99・99999%、僕はトラクターの車輪の下敷きになっていたに違いない、と。

その晩菊さんが作ってくれたカレーライスは、普段以上にトロトロして、優しい味だった。サイコロくらいの几帳面な立方体に切られたジャガイモや人参、玉ねぎはうまくルゥに馴染んでいて、豚肉の旨みが滲み出ていた。福神漬けも、菊さんの手作りだった。

僕は、何杯も何杯もおかわりした。そうしていれば、永遠に夏が続きそうに思えた。けれど、リリーが穂高にやって来るということは、リリーが穂高を去ってしまう、ということでもある。始まりがあれば、終わりもある。菊さんが作ってくれたカレーライスからは、夏の終わりの味がした。

信州の夏は、本当にあっという間なのだ。

秋から春までは、とてつもなくゆっくりゆっくり進むくせに。だから僕は、気が付いたら終わってしまう夏のほんの一瞬も見逃すまいと、細い目を必死に見開いて過ごしていた。

その頃の僕にとって、夏だけが生きる支えだったように思う。僕の脳裏には秋も冬も春も印象がまるでなく、ただ夏だけが、太陽のような明るさで鮮明に輝いていた。山が色とりどりのパッチワークのようになる秋も、すべての罪をその下に隠してくれそうな雪景色の冬も、新緑の芽吹く躍動感あふれる春も、僕にとってはただただ夏を待つだけの退屈な時間に過ぎなかった。

リリーが来るたびに、やっていた遊びがある。それは、オバケごっこだ。僕らは基本的には外で遊んでいたけれど、たまに雨が降って外に出られない時は、よくオバケごっこをして時間を過ごした。

恋路旅館の三階の奥にある和室には、子供達が立ち入り禁止になっている部屋があった。そこを僕らは、大人達には内緒で、こっそりオバケ屋敷と呼んでいた。

僕らの部屋が「ドリーム」であったように、オバケ屋敷にもかつては客室としての名前があったのだろう。けれど、オバケ屋敷以上に相応《ふさわ》しい名前はないと誰かが判断したのかどうかはわからないが、戸口の柱には、かつての名前を偲《しの》ばせる四角い日焼けの跡だけがうっすらと残されていた。

最初は、オバケ屋敷に近付くことそのものがオバケごっこだった。僕らは、押し合いへし合いしてドアの前に陣取り、三人並んで必死に耳を澄ませた。ドアに耳をくっつけると、たまにうめき声が聞こえてくる。僕らは、固唾《かたず》を呑んで中の音に聞き入った。

毎晩、ドリームのベッドに入ってから、僕らはオバケ屋敷の住人についてあれこれと想像を巡らせた。普段あまりおしゃべりではない蔦子が、その時ばかりは饒舌《じょうぜつ》だった。

ある日、ちょっとしたはずみから、オバケ屋敷のドアが開いた。いつもは鍵がかかっているはずなのに、その日はスーッと自然に開いてしまったのだ。よっぽど驚いたのか、リリーが僕の背中にしがみついた。

三人団子状態になってドキドキしながら部屋の中を見渡すと、ほとんど光の入らない小暗い部屋の中央に、孤島のようにいびつに盛り上がる膨らみがあった。そこが、オバケの住処《すみか》だった。

「今動いたよっ」

蔦子が、興奮したように小声で囁《ささや》いた。

「どんな顔？」

気を取り直したらしいリリーが、冷静な様子で背伸びしながら中をうかがう。その頃、僕とリリーの身長差は歴然だった。どさくさにまぎれてリリーの肩に手を触れて、僕も目一杯背伸びをして中を覗《のぞ》き込んだ。リリーの首筋から、場違いな甘い桃みたいな匂いがした。

けれど、もっと様子を知りたいという興味はあるものの、オバケ屋敷の中に足を踏み入れるほどの勇気は誰にもなかった。カーテンの隙間からかすかに外の光が届き、スポットライトのようになったそこを、ワルツを踊るようにキラキラと埃が舞っていた。じめっとするすえた臭いがして、僕はなるべく不潔な空気を吸い込まないよう、浅く浅く息をした。

「動いてる？」

リリーが、大きな瞳を更に大きく見開いてオバケを見つめて言った。気のせいかもしれないけれど、窓も閉め切っているしクーラーも扇風機もついていないのに、部屋の奥から絶えず生ぬるい風が吹いていた。

「帰ろうよ」

僕は、リリーの着ていたブラウスの生地をしっかりと握りしめていた。

と、その時だった。

ウォーッというものすごい叫び声がして、何か大きな物がバンッと僕らの方へ飛んできた。一瞬、何が起こったのかわからなかった。僕らは、一目散にその場を離れた。それから壊れそうな木の階段をダダダダダと駆け下り、勝手口から飛び出すようにして太陽の下に躍り出た。それでもオバケが僕らの後を付けてこないか心配で、何度も何度も後ろを振り返りながらがむしゃらに走り続けた。僕は逃げて逃げて逃げまくった。そして気が付くと、いつもはビリの僕が、蔦子だけでなくリリーまで抜いて先頭を走っていた。

僕らは、穂高神社の境内《けいだい》まで行って、ようやく立ち止まった。神様の守ってくれる領域には悪い霊は入れないのだと、いつだったか菊さんが教えてくれたのだ。あまりに勢いよく走ったので、喉がぜいぜいして痛いほどだった。

「オバケが……」

リリーが、胸を激しく上下に動かし呼吸を整えながら、途切れ途切れの息で言った。

「ホントにいたね」

蔦子も、同じように途切れ途切れの息で答える。

それから、僕らは急におかしくなった。一体、何がそんなにおかしかったのだろう。

僕らは、今度はいっせいに笑い始めた。笑うと、後から後から泡が沸き立つようにおかしみが込み上げてきて、止まらなくなった。三人で、笑い茸《たけ》を食べたみたいだった。通りすがりの大人達が、奇異なものを見るような眼差しで見つめ、ちょっと距離を置くような感じで去って行った。笑いすぎて、おなかが痛かった。なぜだか涙があふれてきたので、僕は手の甲で拭いながら、それでも流れにまかせて笑い続けた。太陽を見上げても、梢《こずえ》を見ても、神社の屋根を見ても、何を見てもおかしかった。

こんな怖い思いを経験したら、オバケごっこをしなくなるのが当然だろうと思われるのだが、僕らはなぜか逆にオバケごっこをどんどんエスカレートさせた。僕ら、というのは主に蔦子で、リリーもそれに同調した。僕は、渋々という感じで、女子二人に付き合っていた。

正直、小学校の中学年にもなると、学校の友達も増えるし、男同士で遊びたい、と思わないでもなかった。リリーと蔦子は女同士だから、多分僕がいなくなったって、同じように楽しく遊べたと思う。けれど、その場面を想像すると、僕はなんだか自分だけが仲間外れにされてしまうようで嫌だった。それに学校の男子とは、夏休みが終わればまたいくらでも遊べるのだし。

とはいえ、なんとなくリリーや蔦子のいる場所から距離を置きたいような気持ちになっていたのは、蔦子が小学五年生にしてもう初潮を迎えたせいもある。姉と弟と言っても年子だし、気持ち的には双子のような気分でいた。それが、いきなり別人になったみたいで、僕は途方に暮れた。その前に、何も知らされていなかった僕は、とにかくびっくりしたのだ。なにせ、第一発見者は僕だったから。

その日も、僕らはドリームのベッドでゴロゴロと好き勝手に眠っていた。その頃、寝る前にみんなで僕のマンガを読むというのが日課になっていて、ベッドの上には読みかけのマンガがページを開いて伏せた状態で転がっていた。

その日は、僕を真ん中にして眠っていた。最初に目を覚ました僕は、ベッドから出ようと何気なくタオルケットをめくり上げた。その時、目に真っ赤な色彩が飛び込んできた。

蔦子が殺されている！

背筋に戦慄が走った。パジャマに血が滲んでいたのだ。蔦子は、微動だにしない。僕は、頭が真っ白になった。そして、反対側で寝ているリリーの肩をつかみ、耳元で囁いた。

「リリー、リリー」

少しずつリリーを意識し始めていた頃だから、そんなに間近でリリーの顔を見るのは久しぶりだった。けれど、今はそんなふうにのんびりと感慨に浸っている場合ではない。だって、蔦子が殺されたのだ。何者かによって。僕はふと、例のオバケが復讐しに来たのではないかと思った。オバケに一番興味を持っていたのは蔦子だったからだ。そして僕は、姉が殺害されたというのに全く気付かずに眠っていた自分自身を、心底情けない奴だと思った。

「リリー、リリー」

寝起きの決してよくないリリーは、僕が少し強く体をゆすると、やっと薄目を開けた。ぼんやり僕を見つめ、不思議そうな表情を浮かべている。

「リリー、驚かないで聞いてくれる？」

僕は、幼い子供に嚙んで含めるように言った。

「うん」

リリーが、まだ半分夢の中にいるような眠たげな表情でこくりと頷《うなず》く。同じシャンプーを使っているはずなのに、リリーのつやつやと光る長い髪の毛からは、濃厚な甘い香りが流れてくる。

「蔦子がね……」

と言ったところで、どっと涙があふれた。

「蔦ちゃんが、どうかしたの？」

リリーがあまりに暢気な調子で言うものだから、僕はその一瞬、カーッとなった。

「蔦子姉ちゃんが殺された」

僕は気持ちを抑えて、抑揚のない声で一気に言った。

えっ。

と、リリーが赤い唇の隙間から、そんな声をもらしたように思う。けれど、そこからのことは、あんまりよく覚えていない。

「リュウ君は、ここから出てって！」

リリーにどやされる声で、僕はハッと我に返った。

「早く！　蔦ちゃんはちゃんと生きてるから、大丈夫」

リリーの声も、涙声だった。

それから僕は、ドリームから追い出された。確かに、蔦子は死んでいなかった。ドリームのドアを閉める瞬間、手足が動くのがわかった。けれど、重傷かもしれない、と思った。重傷だったら、早く救急車を呼ぶべきだろう、と。

「お父さんとお母さんには？」

ドアを閉める間際、僕はリリーの背中にたずねた。

「リュウ君は何も言わなくていい。私から話す」

リリーはてきぱきとした口調で言った。そして、

「今日は私達の分まで、卵、お願いね」

と付け足した。僕はドリームのドアを閉め、リリーに言われた通り、いつも通りニワトリの卵を集めに行くことにした。恋路旅館で飼っているニワトリの卵を集めて菊さんに持って行くと、一個五円で買い取ってくれたのだ。僕らにとって、それが夏休み中のアルバイトだった。

複雑な気持ちで外に出ると、ぞっとするほど深い青空が、穂高の上空一面に広がっている。蔦子が死んでおらず、ちゃんと生きていたことに、僕はホッと胸をなで下ろした。

その日の夜、菊さんがお赤飯を炊いた。小豆が、たくさん入っていた。穂高では、毎年七夕をひと月遅れの旧暦で祝うのだが、ちょうど七夕のお祝いをしたばかりで、僕は、お赤飯を見た瞬間、また小豆か、と言ったのを覚えている。穂高では、七夕に小豆入りのまんじゅうを作ってお供えするのだ。そのまんじゅうが、やっとなくなった頃だった。

「いいからリュウ君も食べる。お姉ちゃんのお祝いだで」

菊さんは、お赤飯にごま塩をまんべんなくまぶしながら言った。

「何のお祝いなの？」

何も知らなかった僕は暢気にたずねた。


「リュウ君には関係ないの」

リリーがぴしゃりと言って、僕の顔をキッと睨む。ただ、お祝いされる当の本人である蔦子が少しも嬉しそうでなく、終始うつむいているのが気がかりだった。

また、と不満を言ったわりに、菊さんのお赤飯は、ふっくらと炊きあがっていておいしかった。おかずは、僕らの大好物、コロッケだ。ピンポン玉くらいの球体にまるめて揚げた菊さんの特製コロッケは、カレーやハンバーグなど並み居る強豪がひしめく中でも、子供達に人気ナンバーワンのおかずだった。口に入れると衣がサクッとして、中からとろとろしたジャガイモが顔を出した。菊さんの作るコロッケは、冷めてもサクサクのままだった。

僕やリリーもコロッケは大好物だったけど、このコロッケを何よりも愛していたのは蔦子だ。けれど、蔦子はコロッケにも、全然箸をつけなかった。

「蔦子姉ちゃんが食べないなら、コロッケ、もーらい」

僕は、どさくさに紛れて蔦子の分のコロッケにも手を伸ばした。ブルドックソースをたっぷりつけて丸ごと頬張ると、口の中でオーケストラの演奏が始まるみたいだった。でも、本音を言うと、やっぱりコロッケには白いご飯の方が合うと思った。

それにしても、夏は短い。

サンバのカーニバルが始まるように突然やって来たかと思うと、終わるのも突然だった。本当に、その年の夏休みも、びゅんと風が吹くように一気に駆け足で過ぎていった。気が付くと、リリーが東京に帰る日が、あと数日後に迫っていた。

リリーと蔦子は、あの事件があってから、妙に絆《きずな》を強めていた。トイレも一緒に連れ立って行くし、目配せをし合って二人だけで無言の会話をすることも多くなった。僕には手厳しい言葉を投げるリリーも、蔦子には優しい態度で接していた。それに三人で夏休みの宿題をしている時も、二人は小学五年生のドリルを広げているのに、僕はまだ小学四年生のドリルだ。永遠に追いつけない歯がゆさに、僕はじりじりと苛立っていた。

そして、なんとなくいつも蔦子の肩ばかり持つリリーに、無意識のうちに冷たく接するようになっていた。リリーは、そんな僕の幼い意地悪も、ひょいと空気のようにかわしてしまうのだけど。その大人びた態度が、僕をますますイライラさせ、卑屈にさせた。

リリーなんか、さっさと東京に帰ればいいのに。

さすがに口では言えなかったが、内心はそんな言葉で毒づいていた。だんだん、リリーを鬱陶しいとさえ思うようになった。もう、ほとんど言葉を交わすことすらなくなっていた。

　去年の今頃は、夜も眠れないほどだったのに。リリーが東京に戻ってしまうことを想像するだけで、ひとりでにポタポタと涙がこぼれたものだ。でも、今年はもう絶対にリリーのためになど泣くもんか、と僕は心に誓っていた。

　お盆を過ぎ、夏山への登山客も少なくなり、恋路旅館も静かな一日を迎えていた。すると、晩ご飯の後片付けを終えた菊さんが、ふと思い出したように言った。日曜日の夜のことだった。

「夜景でも、見に行くだがね？」

　その響きが、僕の心を少しだけ横にずらした。

　真っ先に反応したのは、リリーだった。その横で、蔦子もにっこりと笑っていた。

「行く行く！」

「リュウは？」

　菊さんに聞かれたので、僕もかすかな声で「行く」と答えた。

　スバルおじさんが、恋路旅館のワゴン車を用意してくれた。その頃にはもう、ハーレーダビッドソンの出番はすっかりなくなっていた。他に手伝いの人三人も、一緒に夜景を見に行くことになった。

スバルおじさんが運転し、菊さんが助手席に座り、僕らは夜景を見に出発した。目指すは、隣町の池田町だった。ちょうど、穂高と線路をはさんで反対側にあり、高台に行くと夜景が一望できるのだ。僕と蔦子は、何度か両親と来たことがあった。けれど、リリーは初めてだった。途中スーパーマーケットに立ち寄って缶ジュースやスナック菓子を買い込み、それから十分くらいで目的地に到着した。

駐車場にワゴン車を止め、外に降り立つと、ツンと尖《とが》った空気が鼻の穴に滑り込んだ。恋路旅館の周辺より、更に空気が冷たい。僕は、いやがうえにも、夏の終わりを痛感した。街灯がほとんどなく、頭上には満天の星が広がっていた。

「おいしそう！」

リリーが叫んだ。聞き間違いかと思って耳をそばだてていると、

「金平糖みたいにキラキラしてる」

ひとり言のように言った。

車を止めた場所から少し離れると、突如として真っ暗闇になる。近くに人がいるのかいないのかさえ、よく目をこらさないとわからなかった。

僕は、リリーの白いブラウスの残像を、目で追いかけていた。好奇心旺盛なリリーは、どんどん闇の中に吸い込まれていく。そっちに行っちゃダメだ、と僕は思った。リリー、

向こうはお墓だから。だけど、それを声で伝えることが、どうしてもできなかった。まるで言葉が、凝固剤でカチカチに固まってしまったみたいに。蔦子が、そっとリリーの後ろを歩いていた。

それにしても。

美しいなんて単語、小学四年生の僕の日常には使いようもなかったが、その夜見上げた星空は、本当に美しかった。僕は、スバルおじさん達がどこにいるかをきちんと把握しながら、そばにあったベンチの上にごろんと横になった。多分リリーなら、草むらの上に手足を広げて寝転がっただろう。

巨大な傘に刺繍された、特別な模様を見ているようだった。暗闇に目が慣れてくると、流れ星がスイスイ通っていくのがわかった。僕は、リリーに流れ星が見えることを教えてやりたくなった。でも、変な意地がそうさせなかった。と同時に、太陽ってすごいんだな、と僕は感心した。太陽が姿を消すだけで、世界中が真っ暗闇になってしまうんだから。

その時、一際大きな流れ星が通り過ぎた。一瞬、辺りがほの明るく見えるほどだった。僕は、ロケットか何かが墜落したんじゃないかと心配になった。びりびりと闇を燃やすような力強い輝きだった。目を閉じると、何度でも、さっき見た光の帯が再生された。

あまりのすごさに見とれてしまい、願い事をしなかった自分を後悔した。

　すると、

「リュウ君、どこいるの？　こっちおいでー」

　そう呼びかけるリリーの声が耳に届いた。リリーに久しぶりにリュウ君と呼ばれて、僕は内臓の隅々までが赤くほてるような気がした。それでも、僕はしばらくそれを無視した。僕を仲間外れにしたんだから、少しくらい心配させたって罰は当たるまい、と。僕は、寝たふりを決め込むことにした。

「リュウちゃん、どこ？」

　蔦子の声も聞こえてくる。冷たい風が、僕の顔の上を流れていった。なんとなく、空気からシナモンの香りがするのがわかった。ある雨の日に三人でクッキーを焼いたから、シナモンの香りを覚えたのだ。ちぇっ、と僕は思った。女二人に囲まれているから、いつまで経っても、女っぽい遊びしかできないじゃないか、と。すると、

「なんだ、リュウ君ここにいたの。探しちゃった」

　僕の顔を覗き込むようにして、リリーが言った。

「蔦ちゃんが、オバケごっこしよう、って」

　間近で見るリリーの瞳は、星空の一部のようだった。こんなに近くで面と向かうこと

なんて、最近はあんまりなかった。僕は、何が今更オバケごっこだよ、と悪態をついた。けれど、リリーから普通に、

「おいでよ」

と誘われて、そのまま両手をぐいっと引っ張り上げられた。

リリーの手はアイスクリームみたいに冷たかった。いくら強そうでも、リリーはやっぱり女の子なんだと思った。指が細くて、小鳥みたいだったのだ。けれど意思とは裏腹に、僕はリリーの手を払いのけた。それからわざとズックの底を地面にズリズリ擦《こす》りながら、蔦子の待つ方へと向かった。大人達は、星空の下で宴会を始めているらしかった。

闇の中に、四角い墓石が連なって光っているのがうっすらと見えた。僕らはジャンケンで、行く順番を決めた。なんでいつもこうなってしまうのか、結局僕が、最初に行くはめになった。

遠くに大人達の話し声や笑い声が聞こえたものの、そこはシーンと静まり返っていた。僕は、足下に注意しながら、一歩ずつ慎重に前に進んだ。その時、オバケのことが頭に浮かんだ。オバケごっこで見た、恋路旅館の一室に住むあのオバケだ。僕は、またどこからかいきなり何かが飛んでくるんじゃないかと、そればっかりが心配になった。ザワザワとした梢の動きに敏感になり、自分の踏んだ小石の音に鳥肌を立てた。もう、手探

りで前に進まないと、状況が確認できないほどだった。

その時。

ねぇ、という声がした。

最初は気のせいだと思いたくて、あえて無視した。でも、また、女の人の声のようなものが、墓地の奥から聞こえてきたのだ。僕を、闇の奥に誘っているような感じだった。僕の緊張は最高潮に達した。もうこれ以上この場所にいたら、大変なことになる。

僕は踵《きびす》を返し、来た道をまた急ぎ足で戻った。走ると地面を蹴る音が響いて、そうするとオバケに僕が逃げていることがばれて追いかけられるだろうと思い、僕は競歩みたいに極力音を立てないで、早足の忍び足で歩いた。途中草の根っこに足を取られ、ズックの片方が脱げた。それでも構わずに歩き続けた。なるべく、息も止めて歩いた。僕の気配を、オバケに知らせてはならないと必死だったのだ。そして僕は、オバケどころではない、顔から血を流した女の幽霊が僕の後を無言で追いかけてくる様子を頭の中でリアルに思い浮かべてしまい、そのイメージが脳裏から離れなくなった。

「ゆゆ、幽霊がいるよ」

僕は、二人のいる所までなんとか辿り着くと、地面にしゃがみ込んで囁いた。このまま三人とも呪われでもしたら。そう思うと、膝がガクガク震えて立っていられなかった。

暗くて二人には見えなかったと思うけど、僕の顔からは血の気が引いていた。僕は突然寒気《さむけ》を感じ、背中を丸めて両手に息を吹きかけて温めた。温もりを感じていないと、自分までそっち側の世界に引きずり込まれそうに思えた。

「幽霊？」

蔦子が、全く事態を把握していない、むしろわくわくした様子で言った。

「この奥に確かにいたんだよ。僕、この目で見たんだから」

少し大袈裟に言わないと二人には僕の恐怖が伝わらないと思い、僕は若干脚色して話した。とにかく、切羽詰まった様子を一秒でも早く女子二人に伝えたかった。見上げると、二人の顔が、僕の頭上にぼんやりと風船のように浮かび上がっていた。

「ほら、耳を澄ますと、聞こえてくるって」

僕は尚も必死で訴えた。

手足の震えは止まらず、むしろもっともっと強くなった。自分で自分をしっかりと抱きしめていないと、骨と骨が関節から外れてバラバラになりそうに思えた。

「しーっ」

リリーが言った。

それを合図に、僕らは同時に口をつぐんだ。それから、意識を集中させ、墓地の奥へと耳を澄ませた。恋路旅館で僕らがやっていたオバケごっことは、明らかに次元が違う。

また、風が不気味な音を轟《とどろ》かせた。

「聞こえるね」

最初に言ったのは、リリーだった。

「えっ、ほんと?」

蔦子が、楽しそうに言った。

「あっちの方」

リリーが、音の出所《でどころ》を指して蔦子に伝える。確かにその方角は、僕が幽霊の声を聞いた方向だった。リリーの真っ白い腕が、闇の中へぬーっと伸びた。

するともう一度、僕の耳にも聞こえてきた。今度は、さっきよりももっとくっきりと。

うぅぅぅぅ、うぅぅぅぅ、苦しみを嘆いて啜《すす》り泣いているような声だった。

「あ」

どうやら蔦子も、音を確認したらしかった。

「行ってみよう」

リリーが言った。

「なんでだよぉ」

反射的に、僕の口から情けない声がもれた。

「だって、困っていることがあるなら、助けてあげなきゃ」

「相手は幽霊だぜ」

僕は、リリーのバカさ加減に辟易《へきえき》しながら言った。

「いつか、リュウ君だってオバケになるかもしれないのに」

そう言うリリーの声は、か細くて今にも風に吹き飛ばされそうだった。

でも今までの経験から、リリーが行くと言ったらそれは絶対なのだ。そうすれば、蔦子も腰巾着みたいにリリーに付いて行くに決まっている。そしたら、今度は僕がここに一人っきりで残されてしまうだろう。それを想像するだけで、身震いがした。

「行くよ」

リリーが、今度は凛々しい口調で言う。リリーってやつは、土壇場になると本当に強さを発揮するのだ。こうなったらもう、僕もリリーに従うしかない。

「うん」

僕と蔦子は、ほとんど同時にそう答えた。

気が付くと、僕らは三人並んでタッグを組むようにして歩いていた。真ん中にリリーを挟み、両脇を僕と蔦子がガードする。僕は、リリーのいる世界からはぐれてしまわないよう、しっかりと腕と腕を絡めて前進した。何か起きた時は、三人が運命共同体なのだと念じた。殺される時は三人一緒で、僕一人が生き残るのも僕だけが殺されるのも嫌だった。肘が、リリーの胸元に、ぎゅっと強く押しつけられていた。

一歩進む毎に、心臓が激しく高鳴るのがわかった。まるでストーブに灯油を入れる時に使う赤いポンプみたいに、ドッキュン、ドッキュンと鳴った。僕は、その音がリリーや蔦子にまで聞こえてしまうんじゃないかとハラハラした。気持ちを鎮めようと、何度も深く息を吸って深呼吸を試みた。けれど、少しも効果は表れず、心臓は柵の中で大暴れする猛獣のようだった。そんな時に限って、オシッコがしたくなるから自分でも情けなくなる。もう二度と失態をしないよう、僕はきゅっと膀胱《ぼうこう》に意識を集中させた。

僕らが前に進む毎に、その声は更にはっきりと届くようになった。僕の錯覚でなかったことは明らかだ。複雑な気分だった。幻であってくれたらいいと、どこかで淡い期待を抱いていたのだ。

気持ちを紛らわそうと空を見上げると、さっきまでの星空は厚い雲に覆われていた。不穏な予感がした。何かよくないことが起こるに違いないと思った。僕は、ぎゅっと唇を噛みしめた。

それはまるで、泣きながら鼻水を啜り上げているような声だった。声の主は、もうすぐそばまで迫っていた。

僕は、もはや目など開けていられなかった。ここで首つり自殺を試みて、けれどうまく死にきれなかった女が、首に絡まる紐を解いてくれと訴えているに違いない。さもなくば、女はもう死んでいるのに、自分が死んだことがまだ理解できず、啜り泣いているとか。想像は、果てしなく広がり際限がなかった。

リリー、やっぱりもう帰ろうよ。

喉元まで、そんな言葉がせり上がっていた。恋路旅館の玄関前にかけてある丸い灯《あか》りを思い出して、僕は急に心細くなった。実際、堪《こら》えきれなかった涙が、目尻を濡らしていた。臆病者とか意気地なしとか、リリーにどれだけ罵《ののし》られても構わなかった。僕は、今すぐ駆け出して、自分達の匂いが染み込んだドリームの布団に、頭からすっぽりと潜り込みたかった。でも、僕にはこの場から一人で戻れるだけの勇気などこれっぽっちもなかった。

「ここから聞こえる」

リリーが落ち着いた声で言った。

僕は途中から目を閉じていたせいで、自分がどこをどう歩いているのか、見当もつかなかった。もっとも、目を開けていても、ほとんど真っ暗闇だから周囲の状況などわからないのだけど。それから、僕の左腕がすっと緩んで、そこからリリーの腕がほどけた。僕も、覚悟を決めてゆっくりと目を開けた。声は、僕らのすぐ足下から聞こえていた。

　リリーは、黙ってその場にしゃがみ込んだ。僕と蔦子もそれにならった。うっすらと、足下に四角いかたまりがあるのがわかる。リリーが、ゆっくりとそのかたまりに手を伸ばした。目の前にあるのは、大きめの段ボールだった。

「もうすぐだからね」

　リリーが、ひっそりとした声で囁いた。

　段ボールのふたは、ぐるぐると粘着テープで留められていた。いくら頭の回転ののろい僕でも、もうさすがにそこにいるのが顔から血を流す女の幽霊だとは思わなかった。生き物だ。猫か鳥かハムスターかタヌキかキツネか。さすがに、熊とまでは思わなかったけど。

　リリーは粘着テープを剝がすのに躍起になっていた。テープが透明なので、暗闇の中で剝がすのに苦労しているらしい。僕と蔦子も、箱を押さえるのを手伝った。鳴き声から判断するに、爬虫類が出てくるのは想像しがたかったけれど、それでも凶暴なワニとかカミツキガメだったら面倒だな、と思った。

「今助けてあげるよ」

リリーは、そう箱に向かって話しかけながら、必死にテープと格闘した。そして、ついに粘着テープがすべて剝がされ、リリーはゆっくりと段ボールのふたを開けた。

「きゅーん、きゅーん」

僕の耳に、か細い声が届いた。

「まだ小さいよ」

リリーがつぶやく。

「犬？　猫？」

待ちきれないといった口調で蔦子が聞いた。

「子犬だよ」

リリーが答える。僕は、ついさっきまで怯えていたこともすっかり忘れて、犬だとわかった途端、やったーと思った。ずっと、犬が飼いたいと思っていたのだ。そして同時に、最悪のことも想像した。菊さんだ。菊さんは、どうしてか犬だけは苦手だったのだ。

リリーは、子犬を段ボールの中から抱き上げると胸元に抱いた。その瞬間、草と砂糖を混ぜたような、かすかに甘い、生き物の子供特有の匂いがした。子犬は、ひっくひっくと、しゃっくりみたいな感じで息を吸い上げている。うんと顔を近付けると、子犬の顔がどこにあるのかやっとわかった。その時子犬が、僕の鼻の頭をぺろりと舐めた。ピタッと貼り付く、ガムみたいな感触だった。

「くすぐったいよ」

　僕は言った。

「リュウ君も、ほら」

　リリーはそう言うと、僕の膝元に子犬を移動させる。子犬は、さっきまでの僕みたいに脚をぶるぶると震わせていた。怖かったんだろう、と思った。僕は、なるべく子犬を安心させようと、両手でしっかりと抱きしめた。僕の胸元に、えも言われぬ柔らかくて温かい感触が広がる。

　僕は、一瞬にして子犬のことが好きになった。そして、僕はもう二度と、この子犬に辛い思いをさせまいと、心に誓った。その誓いは、僕の芯からぐんぐんと芽を伸ばし、葉を茂らせ、固い決意へと成長した。僕の腕に抱かれている子犬は、温かくて丸っこくて小さな存在だった。

「私にも抱かせて」

　蔦子の声に、僕は突然夢から目を覚まされたようにハッとなった。それから、そうか、リリーが〈空の国〉を旅している時も、こんな気分なんじゃないかと思った。僕もその時、目の前の子犬と旅をしているようだった。ふわふわとして、どこかとても心地よい場所へ。

蔦子に渡す前に、僕はもう一度子犬をしっかりと両手で抱きしめ、その顔にほっぺたを近付けた。その頃にはもう、子犬が白い色をしていることもわかった。そして、とてもかわいいということも。

「蔦子姉ちゃんにも抱っこしてもらえ」

僕は、まるで小さな弟にでも言い聞かせるような口調で言った。やっと会えた、そんな運命のようなものさえ感じて、なんだか途方もない巡り合わせの不思議にひれ伏して、感謝したい気分だった。

「ねぇ、この子に名前を付けようよ」

しばらくしてから、蔦子が言った。

「名前付けちゃったら、もう私達の仲間だもん。誰も、私達を引き離せないから」

子犬の背中をゆっくりと愛おしそうに撫でながらつぶやく。わが姉ながら、名案だと思った。そして、この子犬を家で飼うことが、実際、平坦な道ではないと、そこに居合わせたみんなが同じことを思っていることもわかった。僕は、また二人と腕を絡ませ、強力なタッグを組んでいる気持ちになった。

「せーの、で好きな名前を言うことにしない？」

提案したのはリリーだった。

「うん」「わかった」

僕と蔦子は口々に答えた。

「そしたら、少し考える時間ね」

リリーが言い、しばらく僕らは三人ともじっと押し黙って、それぞれ子犬の名前を思案した。僕は、蔦子の腕に抱かれてすっかりおとなしくなった子犬を見ながら、あれこれ名前を考えた。そして、すごく大事なことに気付いた。

「ところで、この子は、オス？　メス？」

「どっちかなぁ」

リリーが言った。

「かわいいから、女の子じゃない」

蔦子が、のんびりと口を挟んだ。

その理由付けは全く子供じみたものだったけど、僕もなんとなくそう思った。でも、ふと考え直して言った。

「いや、オスだよ」

自分でも驚くほどきっぱりとした声が出た。もしこの子がメスだったら、僕はますます男一人で孤立してしまう。だけどもしオスだったら、今度は二対二で対等になれる。絶対にオスであってほしいと思った。でも、その場にいた誰もが、正確な判断はできなかった。すると、

「どっちでも通用する名前にすればいいんじゃないの?」

リリーが、僕と蔦子を仲裁するように言った。確かにそれもそうだな、と僕は納得した。そして、オスであってもメスであっても大丈夫な名前を、再度あれこれ考えた。けれど、さっき見た流れ星みたいに、いくつもの名前がスーッスーッと僕の脳裏をよぎっては、確信のないままどれも闇の中に消えてしまうだけだった。

「では、そろそろ」

リリーが、姿勢を正しながら言う。

「そうだね」

蔦子がこっくりと頷いて反応した。

僕にはまだ決定打が出ていなかった。いいな、と思う候補はいくつか挙がっていた。けれど、最終的な判断はしかねていた。どうしよう、と思ったが、女子二人に従うしかない。

「決ーめた」

僕は、さも心が固まったかのような口調で言った。

「じゃあ、せーのでいっせいに言うのね」

リリーが、僕と蔦子の目を見て念を押す。そして、一度大きく息を吸ってから、「せーの」と一際はっきりとした声で言った。

「海」「リコ」「うに」

三人それぞれの声が重なった。それから、束の間深い沈黙がおとずれた。

沈黙を破ったのは、蔦子だった。

「海。海ちゃん。いいと思う！　二対一だし、多数決で決まりだね」

今はもうすっかり夜だというのに、そこだけ日だまりみたいにぽかぽかと明るい声だった。

「海」という名を挙げたのは、リリーだ。僕は、あれこれ迷って、でも本当にぎりぎりまで結論が出なくて、とっさに「うに」と答えたのだ。両親に回転寿司に連れて行ってもらい、たった一度だけ「うにの軍艦巻き」を食べたことがある。その時の味を、思い出していた。とろりとして、体に染み入るようだった。それに、うには高級な食べ物だ。回転寿司でも、一個だけという条件で、ようやく食べさせてもらったのだ。僕はこの子犬にそういう僕の好きな物の名前を付けたかった。でも今更、恥ずかしくてそんなこと言い出せなかった。

「リュウ君も、そう言ったの？」

リリーに聞かれ、僕はどぎまぎしながらも首を縦に動かした。

「どうして？」

「うーんと、はっきりと具体的な理由があったわけではなかったんだけど」

僕はさも、自分も「海」と言ったかのような素振りで答えた。

「ほら、長野には、海、ないでしょ。だから」

「ふうん」

リリーが言った。その声は、僕が本当は「うに」と言ったことなんてお見通しなのだという響きだった。

「私が言ったリコより、ずーっとずーっといいと思う。リコちゃんじゃ、平凡すぎるし。それに、最後にコが付くと、やっぱり女の子っぽい感じがするもんね」

自分の意見をそんなふうにさらっと却下できるのは、蔦子の美徳だと思う。僕の場合は、却下というより、誤魔化《ごまか》したに過ぎない。

「海」

蔦子が呼ぶと、子犬は初めて、しっかりとした声でキュウと鳴いた。

「海」

同じようにリリーも呼ぶと、また返事をするようにキュウと鳴く。

「海だぞ、お前は今日から海になったんだぞ」

もう、暗闇に独りぼっちにはさせないからな、という言葉は、僕は海にだけ聞こえる心の声で伝えた。それから、手のひらにすっぽり収まってしまう海の頭を、僕は何度も何度も撫でてやった。クゥゥゥ、クゥゥゥ、と海は甘ったたれるような声で鳴き続けた。

「そろそろ、帰るぞー」

遠くから、スバルおじさんの声がした。僕らは、同時に立ち上がった。

海は、僕が着ていたパーカの懐に入れて連れて帰ることになった。この場で菊さんに海のことが知れたら、きっと箱の中に戻してこいと言われるに決まっている。今までも、同じことがあった。だから、僕はもう、同じ轍《てつ》を踏みたくなかった。

海。今だけでいいから、おとなしくしていてくれ。

僕は、おなかのあたりでもぞもぞと動く海に語りかけながら、一歩ずつ慎重に墓地を歩いた。

途中、僕はどさくさに紛れて、さっき脱げた片方のズックを何気なく拾って履き直した。墓地に入る時はあんなに長く感じたのに、戻りはあっと言う間だった。来た時より、随分目が慣れてきているらしい。坂の上の方に、はっきりと大人達のシルエットが浮かび上がっていた。気が付くと、空に月が出ていた。

「肝試しでもしてたのかい？」

スバルおじさんが朗らかな声で聞いた。

「もちろん」

僕はさらりと答えた。とにかく、誰かが常に話していれば、万が一海が鳴いても聞こえないだろう。それは、さっき三人で墓地から引き上げる時に考えた作戦でもあった。

僕らはそのまま恋路旅館のワゴン車に乗り込んだ。運よく、三人並んで後部座席に陣取ることができた。

「すごいオバケがいたの！」

「リュウ君が、真っ青になっちゃって」

「怖かったよねー」

帰り道、走るワゴン車の中で、女子二人も精一杯おしゃべりをした。話のネタが尽きそうになると、何度でも同じ話を繰り返した。

僕はあれほど、池田町から恋路旅館までの道のりを長く感じたことはない。途中から、手伝いに来てる人の一人が歌をうたい始めた。僕らが知らない、外国語の歌だった。

大声で歌ってくれたので、僕は心底ホッとした。一度だけ海がぷしゅんとくしゃみをしたのだが、大人達が酒を飲んでいたせいか、うやむやにすることができた。僕は、それから何度も咳をしてその場を取り繕った。

スバルおじさんが、運転しながらこっちを向いて言った。

「リュウ、風邪かい？」

「平気だよ」

僕は、ワゴン車の窓を開けながら答えた。ぴゅーっと、冷たい風が流れてきた。海はその場所が気持ちいいのか、僕が着ていたTシャツに、湿った鼻を押しつけてクンクンと僕の匂いを嗅いでいるようだった。おなかが温かかった。僕はまるで、海と自分が臍《へそ》の緒で繋がっているような安らいだ気分に浸っていた。

窓から外を見上げると、また厚ぼったい雲が晴れて、ポツポツと星が輝いていた。でも、もう流れ星を見つけることはできなかった。前髪が、さらさらと夜風に煽《あお》られていた。気が付くと、リリーがパーカの上から海を静かに撫でていた。外国語の歌は終わり、ワゴン車が道路を進む音だけが子守歌のように響いた。あと一つ角を曲がれば、恋路旅館だった。

ついに僕らは、無事にドリームまで海を連れて帰ることができた。

「成功！」

「やったー」

「よかったねー、海」

ドリームのドアを閉めるやいなや、僕らは声を潜めて、けれど顔には満面の笑みを浮かべて言い合った。僕は、ベッドの中央に移動して、ゆっくりとパーカのジッパーをおろし、海を解放した。真っ白だと思っていた海は、右耳と胴の一部に、薄茶色のブチが入っていた。はっきりと明かりの下で見る海は、僕がぼんやり暗闇の中で見て想像していたより数千倍かわいく、まだ両手にのるほど小さかった。

「かわいい」

幾重にも重なるその言葉は、どれが誰の声かも区別がつけられないほどだった。

恋路旅館の厨房に誰もいなくなったのを確認してから、蔦子とリリーは冷蔵庫に入っているはずのミルクを温めに行った。その間、僕は海と二人きりでドリームのベッドに寝転がっていた。

僕が黙ると、海はまだ開いたばかりのような腫れぼったい目で、きょとんとして僕の顔を不思議そうに凝視した。薄く開いたまぶたの奥に覗いている真っ黒い目は、たまに菊さんが作ってくれるコーヒーゼリーのようだった。手足や尻尾も、ぷくぷくとしてあどけなかった。

そして、それと並行するような形で、僕の胸に突如として激しい怒りが込み上げてきた。それは、海を墓地に置き去りにした奴に対する憎悪にも似た怒りだった。もし僕達が夜景を見に池田町に行かなかったら、もし蔦子がオバケごっこをしようと言わなかったら、もし僕が海の鳴き声に気付かなかったら……。

何かを一つ取り除いただけで、僕らは海と出会えなかったのだ。暗闇にこんなに小さな海を段ボールに入れて放置したことを思うと、僕は本気でそいつを殺してやりたいような気分になった。

小さな海を見つめながら悶々としていると、女子二人が仲睦まじく温めたミルクを皿に入れて戻って来た。

「海、ご飯だよ」

「いっぱい飲んで、大きくなるんだよー」

二人は、口々にそんなことを言い合いながら、海の鼻先に、人肌に温めてきた真っ白いミルクを近付けた。けれど海は、ただ匂いを嗅ぐだけで、決してそれに口をつけようとはしなかった。

「はちみつを入れてあげたら飲めるんじゃない?」

リリーが本気で言うのがおかしくもあり、かわいくもあった。温めたミルクにはちみつを溶かして飲むのは、リリーの好物だ。よく、夜中に眠れなくなると、リリーは夏でも、菊さんにそれを作って飲ませてもらっていた。

「スプーンで飲ませてみたら?」

僕は、リリーの提案を無視して別のアイディアを持ちかけた。

「それ、いいかも!」

すぐに蔦子が反応し、ドリームを飛び出して厨房からスプーンを取って戻って来る。蔦子は小さなスプーンで生温《なまぬる》いミルクをすくうと、ゆっくりと海の口元に近付けた。

「飲んでるよ!」

リリーが、興奮した様子で言った。

海は、用心深そうにミルクの表面に鼻を近付けては、匂いを嗅いでから舌を出す。その動作のどれをとっても、海はいちいち愛らしかった。

海がスプーンでミルクを飲んでいる間、僕はさっき胸に抱いた怒りを、リリーと蔦子にぶつけてみた。

「ほんと、ひどいよ」

この憤りを、二人と分かち合いたかった。

「でも、そいつが海をあそこに捨てたから、私達がこうして海と出会えたんじゃない」

リリーは、海の短い尻尾を指先でいじりながら言った。

「だけどさ、もし俺らが見つけてなかったら、海、あの箱の中で冷たくなってたんだぜ」

死という言葉は、使いたくなかった。そして、なぜだか急に男っぽい言葉遣いになっていた。

「いいじゃない、結果として海は今、私達といるんだから」

リリーはいつもそうだ。なんというか、達観してしまっていた。僕は、蔦子の意見も聞いてみたくなった。そして、蔦子を見て何か言うように無言で促した。

「海と出会えて、よかった」

少し間を置いて、蔦子は言った。それが、心の奥の奥からひっぱり出した言葉だということが、よく伝わってきた。なぜだか、蔦子は今にも泣き出すんじゃないかという表情を浮かべていた。それを見ていたら、僕までがもらい泣きしてしまいそうになった。

「とにかく」

リリーが言った。

「これからが、大変だよ」

確かにそれはそうだ。海を捨てた犯人に対する怒りで、エネルギーを消耗させている場合ではない。

「まずは、お父さんを味方につけるのがいいと思う」

蔦子が、きっぱりとした声で提案した。僕は、黙ったまま一度だけしっかりと頷いた。

父も昔、犬を飼っていたことがある。白い大きな犬で、子供の頃よく背中に乗って遊んだのだという話を、僕は何度か聞いたことがあった。その、父に宿る愛犬心のようなものを上手に刺激すればうまくいくのではと思った。

翌朝、僕らはまず、父に海を抱かせることにした。前置きをするよりはそのまま海を見せた方が効果的なのではないかと判断し、いきなり父をドリームに呼んで、海と対面させた。父は、ぎこちない仕草でドリームのドアを開け、中へと入ってきた。

「父さんに、一番最初に見せるんだよ」

僕は、慎重に言葉を選びながら、いかにも子供っぽい口調で言った。僕の念が通じたのか、海も父を見るなり頼りない尻尾をパタパタと動かし、愛嬌のある顔で父を見上げた。

父が味方になってくれる可能性は五分五分じゃないかと蔦子は言ったが、僕には、確証のない妙な自信があった。海には、どんなに頑固な人の目尻をも下げさせてしまうほどの愛らしさがあったからだ。

案の定、父は海を見つけるなり、いつもより優しい顔つきになった。

「かわいいでしょう？」

追い打ちをかけるように、僕は海を抱き上げ、父の胸元に移動させる。海は、クゥゥゥゥと甘ったれた声で一回鳴き、従順な様子で父の胸元に抱っこされた。少し、困ったような表情を浮かべているのがおかしかった。

「ゴンスケに似てる」

父は海を抱き、まるでぐずりそうな赤ん坊をあやしているような動作をしながら言った。ゴンスケというのは、父が昔飼っていた犬の名前なのだろう。

「メスかな？　オスかな？」

僕は、またもや慎重に父にたずねた。リリーと蔦子が、真剣な眼差しで僕と父との会話を見守っていた。

「オスみたいだな」

海のおなかのあたりをのぞき込んで、父は言った。

「まだ、生まれて一月くらいしか経ってないね」

父が海の虜《とりこ》になっていることは、一目瞭然だった。僕はしばらくの間、父と海を二人だけの世界に置くことに決めた。子供達三人は、遠巻きに父に抱かれる海の様子を見守っていた。

　そろそろ父が会社に行かなくてはいけない時間を見計らい、僕はゆっくりと言葉を紡いだ。

「ねぇ、父さん」

「うん」

　父は、海を抱いたまま気のない返事をした。父の顔には、このままずっとこの子犬を抱っこしていたいのだと油性のマジックペンではっきり書いてあるようだった。

「海を飼ってもいいでしょう？」

　僕はこの時、海という名前を初めて父に披露した。

「だけど、母さんが何て言うかなぁ。それに、菊さんもさ……」

　父の答えは想定の範囲内だった。

「父さんの意見はどうなの？」

　僕は、もっとも大切なことを問いただした。

「そりゃあ、父さんはもともと犬が好きだし」

　父の顔は、だんだん僕らと同じ少年の頃に戻っていくようだった。

「じゃあ、父さん的には賛成なんだね」

僕は、「賛成」というところで語気を強め、しっかりと念を押してたずねた。

「そうだなぁ」

父は、曖昧につぶやいた。

「ありがとう」

僕はすかさず言った。その言葉が合図であったかのように、そばに居合わせたリリーと蔦子も、口々に父に感謝の気持ちを述べた。ちょっとわざとらしく思えるほどだった。

それから父は僕の腕に海を戻し、名残惜しそうな顔でドリームを後にした。

「いってらっしゃい」

僕らは元気よく父の後ろ姿を見送った。

父が飼っていいと言えば、母も反対はできまい。

それが、僕らの予測だった。とにかく母は、長いものには巻かれるタイプなのだ。自分の意見など関係なく、多数決で多い方に合流する。そんな母の姿を僕は時々じりじりする思いで見てきたが、この時ばかりはありがたいことだと感謝した。

今度は蔦子が母を説得することになった。成績もよく、生活態度もまじめで、大人を怒らせるような行動をほとんどしない蔦子は、母から絶大な信頼があった。

蔦子は、海がいかに可哀想な境遇にあったかを詳しく説明した。

墓地に捨てられていたこと。その箱のふたが透明な粘着テープで留めてあったこと。そういうことを、淡々と母に報告した。

「お母さんには、絶対に迷惑をかけないから。散歩にも連れて行くし、掃除もする。リュウちゃんだって、海と暮らしたら、きっと宿題もちゃんとするようになるし」

最後の言葉は因果関係があまりピンとこなかったけど、蔦子は蔦子なりに必死だったのだろう。

「でも、今は子犬でかわいいと思っても、もっともっと大きくなるしね、それにいつか、みんなよりも先に死んでしまうのよ。お母さん、それが辛いの」

生き物を飼っていいかどうかの問答になると、たいてい大人達は口を揃えてこう言うのだ。いつか、死ぬのだと。僕は、海がいつか死んでしまうなんて、想像したくなかった。その時、リリーがぴしゃりと言った。

「生きとし生けるものは、みんな死ぬんだよ。死ぬのを怖がっていたら、誰とも、何とも付き合えないじゃない」

まるで、舞台の台詞を読み上げるような、迷いのない口調だった。一瞬、その場が朝の雪原みたいにシーンとなった。生きとし生けるものは、みんな死ぬ。そんな言葉を、十歳の女の子が口にするとは。僕は、すっかり魂消《たまげ》てしまった。リリーの言っていることが、ものすごく真っ当なことに思えた。

「ねぇお母さん」

蔦子が、とどめを刺すように甘えるような声で言った。

「そうねぇ。お母さんは、いいと思うのよ」

やった、と僕は心の中で小さくガッツポーズを決めた。けれど、母の言葉には続きがあった。

「でも、菊さんが。それに、家《うち》は旅館でしょ？　現実問題として、どこで飼うの？」

本当に、絶望的な気持ちになった。それを言われたら、もうどうすることもできない。結局、恋路旅館の主導権は、女将《おかみ》である菊さんが握っているのだ。僕らは、恋路旅館に間借りする居候にすぎない。そして菊さんは、犬とはまさに犬猿の仲なのである。八方塞がりだった。突然、自分の中で芽生えていた希望が、しょぼくれるのを感じた。

「お願い」

それでも僕は、一縷《いちる》の望みをかけて母に訴えた。自然に、目に涙が込み上げていた。僕らが飼わなかったら、海の将来はどうなってしまうのだ。薄汚れた野良犬になど、したくなかった。海には、定期的に与えられる食事や安全を確保する屋根が、どうしても必要なのだ。僕は、もしこの願いが叶わないのであれば、海と二人で家出してやるとまで考えていた。ぼろ、ぼろ、とまるで小石がこぼれるように、大粒の涙が途切れ途切れに出てきた。ふと見ると、蔦子も泣いていた。

「もう……」

母は、嘆くように一言だけそう言った。

その後、母と菊さんとの間でどんなやりとりが交わされたのか、子供達には一切知らされなかった。けれど、結果として菊さんも、恋路旅館で海を飼うことを条件付きながら承諾してくれたのだった。

「海、よかったね」

「今日からお前は、僕らの正式な家族だぞ」

「海、大きくなったら、一緒にお散歩に行こうね」

僕らはドリームの広いベッドに仰向けになり、口々に祝福の言葉を浴びせた。海は、まるで人間の赤ちゃんがそうするように、ぽちゃぽちゃとしたおなかを見せて無防備に眠っている。まだ、自分が外の世界にいることを知らず、お母さんのおなかの中にいて、安心しきっているみたいな寝顔だった。

海はまだ、目の周りや口、鼻の周辺に毛が生えていない。そこだけが、淡いピンク色に染まっていた。肉球もマシュマロみたいで、中にピンク色のゼリーが詰まっているみたいだった。触ると、ふかふかとして気持ちよかった。ミルクを飲む時だけうっすらと目を開けるのだけど、基本的にはいつもすうすうと眠っていた。

ぐっすり眠っている海は、僕らがおなかを撫でたりしても、全く目を覚まさない。その辺は、僕に似ているかも、と思った。ちっちゃな爪の生えた前足をかすかにぴくんと動かすものの、時には半分口を開けて、そこから薄っぺらい舌を覗かせ、ヨダレを垂らして眠っていた。

僕らは、まだ海を外には連れ出せないので、日がな一日ドリームにこもって海を観察した。窓のすぐ近くまで秋が迫っていることにも気付かずに、夏休みの残り数日間を謳歌した。リリーと口もききたくないと思っていたことなど、嘘のようだった。僕らは、海を中心に、また一つに結束した。海は、僕ら三人の心を引きつける強力な磁石のような存在だった。海なしでは、もう僕らの関係は成立しなかった。

さっそく蔦子が、本屋で犬に関する本を買ってきて、犬の習性などを、僕とリリーに事細かく教えてくれた。犬は、緊張すると欠伸《あくび》をすること。犬はほとんど色彩を感じず、近眼で、嗅覚で世界を見つめていること。淋しい気持ちを感じると、遠吠えをすること。犬の歯は成犬になると全部で四十二本あり、メスのおなかには十個もの乳首があること。犬も猫舌で、熱いものが食べられないこと。

すべてが僕ら人間とは違っていて、それまで知らないことばかりだった。

他にも蔦子は、犬には鎖骨がないので両方の前足を持って強く広げてはいけないことや、犬の体温は三十八度ぐらいあって呼吸は一分間に十五回〜二十回ほどであること、体温が上がると口から熱い空気を吐き出して温度調節をすること、犬は汗をかかずに呼吸で体を冷やしていることなどを教えてくれた。知れば知るほど、海の体は神秘のベールに包まれていた。

海と出会ってからの数日間を、僕らは夢のように過ごした。寝ても覚めても海のことで頭がいっぱいで、いつも誰かが笑っていた。リリーがもうすぐ東京に帰ってしまうことすら、頭からすっぽりと抜け落ちていた。この夏が、なんだか永遠に続くんじゃないかと、僕は本気でそう思っていた。少しずつ風が冷たくなっていたことにさえ、気付かなかった。海と過ごす時間は、時間そのものが生き生きと命を持っているかのようで、退屈なことなど少しもなかった。

リリーが穂高を去る日の朝、それまでぼんやりとしか開いていなかった海の目が、ようやくぱっちりと開いた。

「海、またね。私のこと、覚えていてね」

リリーは今にも泣き出しそうになりながら、海の頭や体を撫で回した。海は、おとなしくリリーにされるがままになっていた。ちゃんと覚えているから大丈夫だよ、とリリーを勇気づけるように、リリーの顔を桜色の舌で舐めていた。別れ際、リリーは何度も海を抱き上げ、その口元にキスをした。

リリーが穂高を去った翌週、父は、海のために犬小屋を作ってくれた。気が付くと、季節は突然老けたみたいに秋になっていた。

海のための犬小屋は、恋路旅館の中庭に置かれることになった。恋路旅館の中央には、ちょうど片仮名の「ロ」の字のように、正方形の庭があった。それほど念入りに手入れをされていないそこには、松の木やミモザが元気よく茂っていた。

小屋は、ミモザの木のちょうど真下に置かれた。少しでも景色がいいようにと、父があれこれと考えて決めてくれたのだ。海がその小屋で一人暮らしをするのはまだまだ先の話だったけれど、一日の中で時間を決めて、少しずつその小屋で過ごす練習をさせた。

海は、毎日顔を合わせている僕にさえはっきりわかるほど、ものすごいスピードで成長した。犬は、人間の七倍もの早さで成長するという。つまり僕にとっての一日が、海にとっての一週間ということだ。頭の中でそのことを想像すると、目まいがしそうになった。しかも最初の二年は特に早く、たった二年間で大人になってしまうという。

出会った頃は年の離れた弟のようだと感じていた海も、だんだん僕との年齢差を縮め、弟から同世代の仲間へと近付いてきた。僕にとっては海が一番の親友になった。

見つめ合っていれば、海の心がわかる気がした。海の瞳には、すべての感情が表れていた。そこには、少しの曇りも汚れもなく、僕にちょっとでも邪《よこしま》な心があると、それをありのままに映し出す鏡のように思えた。僕はよく、海の体に耳を当てて目を閉じた。そうしていると、本当にその体の奥に海が広がっているようで、さざ波や海辺を飛ぶ純白のカモメの翼まで見えてきそうに思えた。海は、僕にとって無限大の存在だった。

僕は、せめて海の前でだけは正直でありたいと思った。海にだけは、どんな小さな嘘さえも、つくことが憚《はばか》られた。だから、同級生が少しずつ悪いことに手を染め始めても、僕は海を思うことで、なんとか善良の側に踏みとどまることができた。海を、哀しませたくなかったのだ。

それは同時に、僕が人生で初めて味わうロマンティックな時間だったのかもしれない。海と過ごす時間は美しい夕焼けのようで、僕はそのあまりの美しさに感動して、わけもわからないまま叫びたくなった。たとえ言葉は交わさなくとも、テレパシーのように気持ちと気持ちを共有している実感があった。

やがて穂高には雪が降り、長い長い冬が訪れた。

嬉しかったのは、父が海の犬小屋にも正月飾りを取り付けてくれたことだ。その頃になると、すでに犬小屋の中には海専用の毛布が敷かれ、ボールや骨の形をしたオモチャなども置かれていた。ハウス、と誰かが命令すれば、海は従順な様子で犬小屋の中へ収まった。海は、誰の目から見ても賢い犬だった。そして海は、僕や蔦子だけでなく、誰にでも平等に優しかった。あからさまに海を遠ざけていた菊さんにさえ。ただ、みんなに愛想を振りまくから、番犬にはなれなかったのだけれど。

一度、真冬の雪原に、海を連れて出かけたことがある。

基本的に、冬の穂高はゴーストタウンだ。もちろん人は住んでいるのだけど、皆、家の中に閉じこもって出てこない。外を歩いていて、人とすれ違うことはほとんどなかった。

田んぼも畑も、どこに境界線があるのか全くわからないほど、見渡す限り真っ白い雪に覆われている。僕はスキーウェアに耳当てをし、靴底に滑り止めの付いた長靴を履いて完全防寒で外に出た。日曜日だった。空には青空が広がり、遠くには雪をいただいたアルプスの山々が聳えていた。晴れて青空が広がると、穂高は余計に冷え込みが厳しくなる。

海は、赤い首輪をつけていた。両親が、クリスマスプレゼントに買ってくれたのだ。そしてリードは、僕から海へのクリスマスプレゼントだった。春になったら、いよいよリードで繋いでの本格的な散歩がスタートする。それまでに、首輪やリードの感触に慣れさせておかなくてはいけなかった。

雪原の中央までは僕が抱きかかえ、そこで海を放した。海は子犬の頃に較べると大分体重が増えていたが、それでも抱けないほどではなかった。どう見ても雑種の海には、もともとそれほど大きくはならない犬の血が入っていたのかもしれない。

「海、遊びに行っておいで」

僕はそう言って、海の後ろ姿を見送った。海は、あっという間に僕のいる場所を離れ、雪原を自由自在に駆け回った。まるで、透明な風の尻尾を捕まえようと懸命に追いかけていくようだった。ほとんど白い体毛をしていた海は、雪との区別がつかなかった。唯一小さな黒い鼻先だけが、海の所在を教えてくれた。

「海！」

僕は叫んだ。海があまりにも遠くに行ってしまったので、急に不安になったのだ。海がこのままどこかに消えてしまったらどうしよう、と。

けれど、僕の声を聞きつけた海は、すぐに遠くから戻ってきた。まるで、びゅーん、びゅーんと飛んでいるみたいだった。僕は、ミルクチョコレート色をしたブチが少しずつ近付いて来て、ようやく安堵した。

その時海は、明らかに笑っていた。海は、笑うと左のほっぺに笑窪《えくぼ》ができた。

「楽しいんだね」

僕は声に出して海に伝えた。

それから僕は、思いっきり、海にいい子いい子をしてやった。そうされると海は、出会った頃の幼い海に戻ったみたいに、無邪気な顔で舌をだらんと外に垂らして笑っていた。

海は、幸せで幸せで仕方がないという表情で僕を見上げ、僕の太ももに前足をかけて立ったまま、尻尾を大きく振り動かした。手袋を外して海の顔を撫でてやると、海は更に笑みを浮かべて僕の手を優しく何度も舐めた。雪原に反射する太陽がまぶしかった。

「海、くすぐったいって」

僕はそう言いながら、その場にごろんと寝転がった。空が、本当に丸く広がっていた。

僕はふと、海と二人で海原の表面から遥かかなたに広がる世界を見上げているような気持ちになった。僕と海の呼吸以外に、音という音が聞こえなかった。それでも、首筋から入り込んだ雪の固まりが、僕の背中を冷たく濡らしていた。そのことで僕は、かろうじて自分が海面に浮かんでいるのではなく、雪原に寝転がっているのだということを自覚することができた。

僕は両腕を伸ばし、より一層強く海の体を抱きしめた。

「ありがとう」

僕は言った。その時、僕は本当に海への感謝の気持ちでいっぱいだったのだ。

僕が海を見つけたんじゃない。海が、僕を見つけてくれたんだ。

そう思うと、本当に僕の中に温かい感情が染み出てきて、僕の細胞を優しい気持ちでたっぷりと満たした。体がぽかぽかと温かくなり、周りに積もる雪さえ解かしてしまいそうだった。海さえ僕のそばにいてくれたら、あとは何を失うのも怖くなかった。

ずっとリリーがやって来る夏だけを待ち望んでいた僕に、海はすべての季節が放つ一瞬一瞬のきらめきを教えてくれた。景色の中に海がいるようになったら、急に度の合ったメガネをかけたみたいに、穂高の自然が目に飛び込んでくるようになったのだ。

春、海の犬小屋のある中庭では、ミモザが、梅よりも桜よりも早く新しい季節の到来を告げる。ミモザはまるで、永遠に時間を止められた打ち上げ花火のようで、枝先から、まぶしげな黄色い花をこぼれそうなほどに咲かせていた。とりわけ、その年の春は、恋路旅館の中庭のミモザが美しく咲いた。中庭も、そこに海が暮らすことを歓迎しているようだった。

背筋を伸ばし、誇らしげな海と闊歩する畦道《あぜみち》の両脇には、色とりどりのきれいな野の花が咲き乱れ、海との散歩を特別なものに引き立てた。真っ白い雪の布団を押し上げるようにして黄色い福寿草が顔を出し、その傍でネコヤナギの芽が銀色に輝いていた。木蓮が青空を見上げて白い花びらを綻《ほころ》ばせるその足下では、水仙が俯《うつむ》くように優雅な花を咲かせていた。

散歩を繰り返しながら、海は一つ、自分の好物を発見したらしい。それは、野生のクレソンだ。遠くからでも、クレソンの自生する水際を見つけると、嬉しそうに尻尾をぱたぱたと動かしていた。実のところ、僕はクレソンが辛くて苦手だ。だから、クレソンが食べられる海を、尊敬の眼差しで見つめていた。

それでも、たとえ好物のクレソンを見つけた時でさえ、海は決して、僕の腕を引っ張るような乱暴な真似はしなかった。外を歩いている時は、ひときわ思慮深い表情を浮かべていた。僕らには、最初から主従関係など存在しなかった。確かに僕が海のリードを握ってはいたけれど、でもそれは、僕の方が海よりも偉いことを意味するのではなかった。僕と海は常に対等で、リードを介して、僕らは手を繋いで歩く気分を味わっていた。

海は、自分よりも小さな犬を見つけて虚勢を張ることも、自分より大きな犬に出会って卑屈になることもなかった。海は、穂高でも稀に見る礼儀正しい犬で、まるで小型の掃除機みたいに、僕の横にぴったりとくっついて並んで歩いていた。

犬の年齢を当てはめるなら、海はその時、僕と同い年か、すでに僕より少しお兄さんになっていたはずだ。その頃になると、海がオスだというのがはっきりとわかっていた。オシッコをする時も、片足を器用に上げて三本の足で上手にバランスを取っていた。だから僕は、向こうから海と背格好の似たメスが近付いてくると、複雑な気持ちになったものだ。いつか、海が僕よりも好きな相手に出会って、僕のことなんて見向きもしなくなってしまうのでは、と、ふと淋しくなるのだ。でも、きっと海だって、いつか親になったりする日も来るんだろう。僕にとって辛いことでも、海にとって嬉しいことなら、最終的には僕にとっても喜ぶべきことなのだ。海が幸せなら、僕も幸せなのだと思った。それに、海は犬なのだから、そうあって当然なのだ、とも。だから海の去勢をすることは、考えていなかった。

海はまた、散歩の途中で道祖神を見つける天才だった。このあたりには、たくさんの道祖神が祀られている。それはたいてい石に彫られた一対の男女の像なのだが、その像は肩を寄せ合ったり手を繋いだりして、何とも微笑《ほほえ》ましい姿なのだ。地元にいるとあまり珍しくも思わないのだが、外からやって来る観光客には人気があるらしく、わざわざ道祖神を見るためだけにやって来るような人達もいた。僕と海が並んで散歩をする途中でも、観光客が道祖神に向けて熱心にカメラのレンズを向ける姿を何度となく目撃した。海は、そういう人達を見ると、ちょっと嬉しそうに微笑んでいた。

僕は、海と並んで歩いているだけで、皆に誇りたいような気分になったものだ。僕は胸を張って、穂高の町を練り歩いた。毎日が、華々しいパレードだった。

中でも、小川沿いに続く小高い土手を並んで歩く時は、僕はより一層の多幸感に包まれた。地面から無数のシャボン玉が湧き上がってくるようだった。その春から夏にかけては、本当に毎日が天国だった。

海との出会いから約一年が経ち、再びリリーが穂高にやって来た。

その頃にはもう、菊さんが僕と蔦子を従えて松本までリリーを迎えに行くこともなかった。しっかり者のリリーは、松本駅で大糸線に一人で乗り換えることができたし、穂高からも自力で恋路旅館まで歩いて来ることができた。僕は小学五年生、リリーと蔦子は小学校最後の夏休みだった。

蔦子は、その前の年の秋くらいから、勉学に目覚めていた。それで、その夏休みは、小学生の分際でわざわざ松本の塾に通っていた。松本は、昔から学都と呼ばれ、学問のさかんな土地柄なのだ。穂高にはないような塾や予備校が、松本にはたくさんあった。往復の送り迎えは、パートの合間をぬって母が担当した。中学受験を試みるわけでもないのに、その頃蔦子は取り憑《つ》かれたように勉強に励んだ。

リリーが穂高に到着するという当日、海は誰が教えたわけでもないはずなのに、珍しく朝から落ち着きがなかった。さすがにほとんど成犬に近い海を中庭で放し飼いにすることはできず、その頃にはもう、海は重たい鎖に繋がれていた。それが、恋路旅館で海を飼うにあたって菊さんから出された条件だったし、鎖で繋がれているとは言え、海には中庭を移動できるだけの自由はあった。ただ、鎖が頑丈すぎたのか、海が動くたびにジャラジャラと音がして、それを聞くと、僕は海に対して心底申し訳ないような気持ちになっていた。

「海、静かにっ」

僕は海が落ち着きなく騒ぐたび、中庭へと足を運び、その都度海をたしなめた。宿泊客に迷惑をかけたら海の立場が危うくなるから、海には厳しく躾《しつけ》をしなくてはいけなかった。そのことは、海自身心得ているのか、僕が姿を現すと、海は行儀よくお座りをし、メトロノームみたいに尻尾を激しく左右に動かすのだった。そんな姿を見ると、逆に海をうんと甘やかしてやりたくなってしまう。

それでも、もうすぐリリーが来るんだから、いい子にしろ、と、僕は声には出さず、無言のうちに海の瞳に訴えた。リリーの名前を口にするのが、ちょっと照れ臭い時期だった。

僕らが生まれたのはバブル景気の直前だったが、その景気は既に崩壊し、この穂高にも暗い影が忍び寄っていた。恋路旅館の宿泊客も、ピークの時よりいくぶん少なくなっていた。もう、部屋が満室になって予約を断ることもなかった。客足の減少に歯止めをかけるためカラオケの設備を導入したものの、その効果も期待していたほどには上がらなかった。

銀行に借金をしてまでカラオケを入れたいと主張したのは、菊さんではなくスバルおじさんだった。スバルおじさんは、再来年に控えた長野オリンピックに、大きな希望を抱いていた。オリンピックさえ開催されれば、またバブルの頃のような賑わいが、この穂高にも戻ってくると信じていたらしいのだ。

リリーは、ちょうどお昼頃、穂高に到着することになっていた。僕は、迎えには行かないつもりだった。蔦子は松本の塾に行ってしまったし、二人だけで穂高の町を歩くなんて、想像するだけで頭が膨張して爆発しそうだった。しかも、もしもそんな姿を同級生に見つかったら。

けれど、どうしても海がリリーを迎えに行きたいと主張して譲らなかった。少なくとも僕の目には、そうとしか見えなかった。普段はこちらが心配になるくらい大人しくて賢い犬のくせに、リリーが乗ってくる予定の大糸線の到着時刻が近付くにつれてますます挙動不審になり、珍しくキャンキャンと甲高い声で吠え立てた。

「わかったよ」

僕は、リリーが到着するギリギリの時刻になって、慌てて海を外に連れ出し、恋路旅館を飛び出した。それから全速力で、穂高駅まで走った。

海は、野性を取り戻したかのようにぐんぐんスピードを上げた。あの冬の日、僕を目指して雪原を疾走した海が再現されているようだった。海はまるで、道の上を飛翔しているように美しく走った。本気で走ったら、海の方が僕よりずっとずっと速いのだ。いつもは海が僕に合わせてくれていたのだった。

僕らがちょうど穂高神社の鳥居の前を通り過ぎた時、下りの大糸線が穂高駅に到着するのが見えた。僕らは少し遅れて、ようやく駅前のロータリーに到着した。その時ちょうどリリーが駅員に切符を渡して外に出て来た。最初になんて声をかけようか考えあぐねていたら、先にリリーが言った。

「すっかり大人になっちゃって」

すぐに足下にランドセルを置くと、その場にしゃがみ込み、ひとしきり海と再会の挨拶を交わした。リリーは、いつもリュックではなく、ランドセルに荷物を詰めてやって来た。それが、リリー流のこだわりらしかった。

海が喜んでいることは、誰の目にも明らかだった。海は、千切れてしまうんじゃないかと心配になるほど、バタバタと激しく尻尾を振っていた。リリーの顔を、まるで飴玉にしゃぶり付くみたいにぺろぺろと舐め続けた。

だけど、僕の心は複雑だった。さっきリリーが海に対して放った言葉は、そっくりそのまま、僕がリリーに対して抱いた感想でもあった。目の前のリリーに、赤いランドセルはあからさまに不釣り合いだった。

リリーこそ、この一年ですっかり大人になっていた。わりとぴったりと体に吸い付くようにデザインされた白いワンピースは、リリーの体の線をはっきりと浮き上がらせていた。体の線というよりは、体の表面に生じた凹凸を。

見てはいけない、見てはいけない、と思いながらも、僕の視線はリリーの胸元に釘付けになった。そこには、去年は確かに存在しなかったはずの柔らかそうな膨らみが盛り上がっていた。急にリリーを生々しく意識して、僕は本気で呼吸が苦しくなった。けれど当の本人は、僕の視線などお構いなく、海とじゃれ合うことにすべてのエネルギーを注いでいた。

海との一通りの挨拶が済んでから、ようやくリリーは立ち上がった。横に並ぶと、相変わらず身長の差はあからさまだった。ちらっと駅のガラスに映る自分達の姿を確認したら、まるで年の離れたお姉さんと弟みたいだ。そのこともまた、僕の精神を一気に萎《な》えさせた。リリーが手の届かない遠い存在になったみたいで、切なくなった。

僕は気を取り直して、リリーの赤いランドセルを預かって右肩にかけ、左手に海のリードを握って歩き始めた。海を間に挟むことで、かろうじてリリーと並んで歩く気恥ずかしさから目を背けることができた。毎年そうしていたように、僕らは穂高神社の鳥居をくぐり、神社にお参りをしてから恋路旅館を目指した。

「蔦ちゃん」

とリリーが言いかけたので、

「今、松本の塾に行ってる」

僕は、リリーの話を奪うようにして続けた。なんだか、突《つ》っ慳貪《けんどん》な言い方になってしまい、自分でもちょっとびっくりした。

「うん、手紙にそう書いてあった」

僕はまたちょっとびっくりして、その後に続けるべき会話を見失った。リリーと蔦子が文通をしているなんて、今の今まで知らなかった。そして、なぜだか海と出会ったのが、もう何年も昔のように感じられた。僕らが今よりずっとずっと幼い頃から、こうして一緒に時間を過ごしてきたかのような気持ちになった。でも実際には、たった一年しか経っていないのだ。その間に海が、目まぐるしい早さで成長を遂げ、僕らを追い越し、立派な青年になっていた。

アスファルトの表面を、じりじりと太陽が照らしていた。いつになく暑い一日だった。僕は正直、この夏をどうやって乗り越えたらいいのか途方に暮れていた。よき仲介者だった蔦子も不在で、リリーは大人だった。もう、かつてのようにお互いにパンツ一丁で川遊びをしたり、木によじ登ったりすることもないだろう。スケボーだって、一時はあんなに熱狂していたのに、もうその上に体を乗せることはない。リリーと共にすることが、何もないように思われた。僕の持っているマンガだって、リリーはすでに読み尽くしてしまっている。毎朝ニワトリの卵を集めることは続けるにしても、それからの長い一日をどうやってやり過ごすべきか、僕には全く見当がつかなかった。

その時、一際甲高い声で、海が鳴いた。

ふと顔を上げると、菊さんが恋路旅館の入り口で、僕らの帰りを待っていた。オレンジと白が格子柄になったワンピースを着て、腰には紺色のエプロンを巻き付けていた。

額に手のひらをかざしてひさしを作り、僕らの姿をまぶしそうに見つめている。

最初は海と犬猿の仲のように見えた菊さんも、なんとか海と仲よくなろうという努力はしている様子だった。誰も見ていないところで、たまに、ロールパンを餌に海との交流をはかっていた形跡がある。海は菊さんに対しても、分け隔てなく愛嬌を振りまいた。

穂高駅からの帰り道、時間を持て余すのではないかとあんなに不安だったのに、いざ蓋を開けてみると、それは全くの杞憂《きゆう》だった。もし、一緒に夏を過ごすのが丸っきり僕とリリーの二人だけだったら、確かに僕の不安も、あながち的外れではなかったかもしれない。けれど、僕らには海がいた。それに、蔦子は泊まりがけで松本の塾に行っていたわけではなかったので、朝ご飯は三人まとまって食べられたし、早い日は夕暮れ時にはもう恋路旅館に戻って来て、今まで通り一緒に晩ご飯を食べることができた。相変わらず、菊さんの作るコロッケは、僕らの好きなおかずナンバーワンだった。

松本の塾に行くことで自信がついたのか、蔦子は自分の意見を以前よりはっきりと主張するようになった。幼い頃のリリーみたいだ。塾での友達もできたらしく、夜、僕らの知らない相手から電話がかかってくることもあった。そんな時、蔦子の表情は嬉々として輝いていた。それでも、僕らを疎略に扱うような素振りはなく、電話から戻って来ると、また同じような調子でトランプ遊びや人生ゲームに参加した。

そうしているうちに、僕は、去年までどうやってリリーと接していたのかを、少しずつ思い出せるようになった。確かにリリーの外見は見違えるほどに成長したが、そのしなやかな体の奥には、あの頃と変わらないリリーがいた。そのことに気付いてからは、僕もそれほどリリーがかけ離れた存在だとは思わなくなった。それに、海の存在が、ボタンを押すとしゅるしゅると巻き取られるメジャーみたいに、僕とリリーとの距離を縮めてくれた。

それでも、去年とは明らかに変わったことが三つあった。

一つは、ドリームの閉鎖だ。

表向きは建物の老朽化が原因とされたが、おそらく大人達が、ドリームの広いベッドで小学校高学年になった男女が入り交じって雑魚寝《ざこね》するのを、よくないことと判断したのだろう。

そして、もう一つもそれに少し関連するのだが、僕らは三人で一緒にお風呂に入らなくなった。すでにその兆候は去年からあって、僕にとっても、リリーや蔦子の裸を見るのは妙に照れ臭くて嫌だった。というか、自分の裸を見られるのが恥ずかしかった。

だから、リリーや蔦子ともう一緒にお風呂に入らなくていいとなった時、僕はかなりホッとした。そして代わりにというのも変だけど、僕はたまに海と一緒にお風呂に入った。海のシャンプーは、僕の担当だった。

そしてその夏、リリーは再び〈空の国〉へ旅するようになっていた。一時期、そこへ通う回数が減っていたのだ。けれどこの年は、気が付くとリリーは頻繁に空を見上げ、あの頃と少しも変わらないうつろな表情で、僕には見えない何かと心を通わせていた。

僕はもう、リリーの心をとらえる何ものかに、嫉妬することはなかった。むしろ、なるべく長く、リリーが旅することができるようにと祈っていた。海だって、同じ気持ちだったのだろう。いくら構ってほしくても、そういう時のリリーには決して近付こうとはしなかった。僕、リリー、海が美しいトライアングルを描くように、ほどよい距離を保ちながら、その夏を静かに過ごしていた。

世界が等しくスミレ色の衣をまとう夕暮れ時になると、僕らは必ず二人と一匹で散歩に出かけた。その中の、誰一人として欠けることはなかった。まるで、三人が一緒でないと散歩という行為自体が成り立たないかのように、僕らはそのルールを忠実に守った。

恋路旅館の厨房からおいしそうな湯気が立ち上る中、僕は何かの儀式が始まるみたいに、ゆっくりと廊下を歩いて中庭に向かう。海は、スミレ色の空に匂いがあるかのようにツンと鼻先を上に向け、待ってました、と言わんばかりにすました表情を浮かべていた。そして、四本足ですっくと地面に立ち上がった。決して、早く散歩に連れて行ってくれよ、などと大声で吠えて催促するような真似はしない。海は、実に思慮深い犬なのだ。

「海、散歩に行こうか」

僕は毎回そんなふうに言葉をかけながら、散歩用のリードを取り付けた。海になら、僕の言葉が伝わる気がした。いや、実際に海は、いくつかの単語を理解し、聞き分けていた。「サンポ」も海が知っている日本語の一つだった。

散歩という声を聞きつけた海は、僕が作業しやすいよう首を横に傾ける。そんな時僕は、海が人として生まれてくれていたら、どんなによかっただろう、と途轍《とてつ》もないことを想像した。言葉が通じ合えたら、もっともっと海とわかり合えて、多くのことを共有できたのに。一緒に自転車に乗ったり、プールで泳いだり、かき氷を食べたり、いろんなことがやれたのかもしれない。それでも、僕と海は大親友であることに変わりはなかったけど。

ふと気付くと、リリーはどこからか音もなく現れて、僕の後ろに立っていた。海が、僕ではなく、僕の後ろに前屈みになっているリリーを見つめて笑っているとわかると、僕の心にほんの一筋すき間風が吹くのを感じた。でも、それもあっという間にどこかに消えて行方がわからなくなる程度のものだった。

「デートの時間だよ」

リリーはいつも、僕の頭越しにそう言うのだった。僕は毎回、その甘い響きに胸が詰まって、酸欠状態になりそうだった。リリーが誘っているのは僕ではなくて海なのだと、きちんと理解していてもだ。

僕は、この一年で開拓したあらゆる散歩道をリリーに紹介した。リリーが歩いたことのない道が、穂高にはまだいくらでもあった。僕と海は、こっそり目配せして、今日はあっちに行こう、と確認し合った。不思議なことに、僕と海の意見が嚙み合わないことは一度もなかった。リリーになんとなく元気がない時は平坦な道を選んだり、元気が漲《みなぎ》っていそうな時は少し山の方まで歩いてみたり、一年に一回あるかないかの奇跡的な美しい夕焼けに出会えそうな時は見晴らしのよい高台を目指して歩いたりした。気が付くと、僕らの行動範囲は以前よりぐんと広がっていた。それもすべて、海のおかげだ。

海が僕とリリーのちょうど真ん中にいてくれたことで、僕らはほとんど言葉を交わさなくても少しも気詰まりな雰囲気にはならなかった。むしろ、言葉を交わさないことが、心地よかった。僕とリリーは、海を通じて、言葉を交わさなくてもわかり合える状態にあったのかもしれない。そこは、ものすごく平和で穏やかな世界だった。

途中、僕らはよくアンズジュースを買って一緒に飲んだ。ニワトリの卵拾いのアルバイトで稼いだお金で、僕らはかわりばんこにジュースを買った。リリーは一口二口飲むだけで十分だったので、最初にリリーが飲んで、残りのジュースを僕が飲んだ。そんな時、僕は顔にこそ出さなかったが、内心ものすごくドキドキした。そして急にリリーのいろんなことを想像してしまい、アンズジュースを味わうような気分にはなれなかった。そんな気持ちをリリーは少しも察するふうではなかったが、海だけは、僕の緊張がまるでレントゲン写真のように透けて見えているようで、ニヤニヤとした意味ありげな笑みを浮かべながら、僕とリリーを交互に見つめるのだった。海には、ちっとも隠し事ができなかった。

ある日、僕らは児童公園に立ち寄り、海に水を飲ませてやった。リリーの穂高滞在はとうに折り返し点を過ぎ、残すところあと一週間くらいになっていた。

そこは、錆びかけたジャングルジムと滑り台があるだけの、ちっぽけな公園だった。もう子供達にすら見向きもされないようで、その時も僕ら以外には人がいなかった。リリーが両手をお椀の形にして水をすくって海の口元に近付けると、海は薄っぺらな桜色の舌で、必死に水を飲んでいた。

穂高は、お盆を過ぎるともう秋の足音が近付いてくる。その時も、少し肌寒いと感じる風が吹いていた。半袖のリリーに僕が着ているパーカを貸してやりたかったが、僕は上手にそう提案することができなかった。そういえば、一年前海と出会った時も、同じパーカを着ていたのだった。

「ねぇ、リュウ君」

「ん？」

僕は、意識して気のない返事をした。

「海って、本物の海を見たことあるのかな？」

「まだないかも」

僕は咄嗟に、冬、海と二人だけで雪原に行った時のことを思い出した。まだ誰も足を踏み入れていないまっさらな雪原に手足を投げ出し大の字に寝転がると、まるで海と二人っきりで、大海原にぷかぷかと浮かんでいるような気持ちになった。雲の陰から太陽が顔を出し光が差し込んだ時、雪の結晶がキラキラと輝いて、本当に波のように見えたことを思い出した。けれど、なんとなくそのことは、海と僕だけの秘密にしておきたかった。

「見せてあげたいね」

リリーは、海の背中を丹念に撫でながら言った。

「だってさ、せっかく海っていう名前なんだもん」

僕は言った。僕も、リリーの手に触れてしまわないよう細心の注意を払いながら、海の背中を同時に撫でていた。見た目より、ずっとゴワゴワとした毛並みだった。よく考えると、出会った頃の海よりも、かなり骨格がしっかりしてきている。筋肉もりゅうりゅうと盛り上がり、大人の犬らしくなっていた。そして、こうしている間にも、海は僕らの七倍のスピードで老成していることを想像し、しんみりとした気分になった。これからは、どんどん年齢が離されていくだけだった。

「来年の夏は」

はっきりとしたよく通る声でリリーが言った。

「うん」

僕は、それに続く言葉がわかって同意した。

海に、本物の海を見せてやろう。

僕らは、その時しっかりと指切りげんまんをするのを感じた。実際に指と指を絡ませることはなかったけれど、その代わり、心と心をぴったりと寄り添わせたような確信に満ちていた。

来年もまたリリーが穂高にやって来る、そう思うと、僕は久しぶりに、心の中に存在する自分の尻尾を、ピンとまっすぐに立てているような気分になった。海に白い尻尾があるように、僕にも目には見えない尻尾が生えていた。

「海、来年は海に行って一緒に泳ごうな」

公園からの帰り道、僕は声に出して海に伝えた。海って何？　僕の名前じゃなくて？　そんなふうなきょとんとした表情を浮かべて、海は空を見上げていた。西の空に、うっすらとあかね色の雲が浮かんでいた。

「海、きっと喜ぶね」

リリーがその、あかね色の雲を見つめながら言った。リリーの顔も、うっすらと淡いピンクに染まっていた。

けれど、その時に海と交わした約束は、果たせなかった。

「リュウ、リュウ、早く外に出ろ！」

もうすぐ日が暮れそうな時間帯だった。季節は、晩秋になっていた。穂高を取り囲むアルプスの山々には、すでに雪が積もっていた。父も母も、まだ仕事から戻っておらず、蔦子も塾に行っていて恋路旅館にはいなかった。

声の主は、スバルおじさんだった。

スバルおじさんは、本当に焦っている様子で叫んだ。

「か、か、火事だよっ」

「火事？」

僕は、まさかと思った。スバルおじさんが、またふざけて変な冗談を言っているのかと思ったのだ。けれど、部屋のドアを開けたら一気に焦げ臭い匂いがして、どこからか、バチバチと激しく燃えているような音も聞こえてきた。

本当なんだと知って、僕は頭の中が真っ白になった。煙が、頭に入り込んでしまったようだった。落ち着け、落ち着け、僕は学校の防災訓練を思い出しながら、自分自身に言い聞かせた。でも、焦れば焦るほどわからなくなり、僕は意味もなく部屋の中をうろつき回った。何か、持って出なくては。そのうち、恋路旅館の警報機も鳴り出した。ジリジリという古めかしい音が、なんだか淡い夢を見ているように錯覚させた。

口元をセーターの袖口で覆い、なんとか部屋を出ると、一階へと続く階段には更に煙が充満し、すぐ目の前の様子さえ見えなかった。身を屈めて慎重に歩いていると、後ろから、そこにいるのはリュウ君かい？　と声をかけられた。毎年この季節にやって来て穂高の写真を撮っている、アマチュアカメラマンの横田さんだった。

「一緒に逃げよう。付いておいで」

横田さんは、僕の頭にずっしりと大きな手のひらをのせて言った。目に煙が染み込んで、ボロボロと止めどなく涙が流れた。息が苦しかった。

きっと自分はこのまま死んでしまうに違いない、と思いながら、僕は横田さんの締めていたベルトをしっかりつかんで前に進んだ。途中からは本当に目を開けていられなくなり、目を閉じて、横田さんの背中にしがみついて歩いた。大丈夫だからな、と声が聞こえてきたような気がしたけれど、それが実際の横田さんの声だったのか、それとも僕の心が生み出した幻の声だったのかはわからない。横田さんは、ゴホゴホと咳き込みながら、ゆっくりと一歩ずつ前に進んで行った。

どこをどう歩いているのかさっぱりわからなかった。けれど、気が付くと僕は外にいた。部屋から外に出るまでに炎を見た記憶はなかったが、外に出ると、確かに恋路旅館が燃えているのがわかった。陽の暮れかけた夜空に赤い火の粉が舞い上がり、炎はどんどん勢いを増した。怖かった。

「リュウ、無事でよかった」

ふと懐かしい声がして、そこにはいつものように長袖のTシャツの上から派手なアロハシャツを着たスバルおじさんが靴下のまま立っていた。よく見ると、みんな靴も履かずに靴下だった。菊さんも、従業員の人達もすぐに逃げられたらしく、呆然と炎を見つめていた。

「今確認をとったんだけど、宿泊のお客さん達も、みんな無事だったよ」

そうスバルおじさんが言いかけた時、僕は左手に薄っぺらいアルバムを持っていることに気付いた。そして、自分が大事な大事なものを残してきてしまったことにも。

「海は？　ねぇスバルおじさん、海はどこ？」

僕の目に、みるみる涙が浮かんできた。

「いるんでしょ？　みんな、無事だったんだよね？」

僕は、自分の不安をかき消したくて、わざと笑みを浮かべて言った。笑うしかなかった。けれどスバルおじさんは答えなかった。僕は、それがすべての答えなのだとわかった。

「海！」

僕はふと夢から覚めたような気持ちになって、大声で叫んだ。そして、恋路旅館に近付いた。まだ全体には火が回っていないから、中に戻れそうだった。

「海、今すぐ助けてやるから！」

僕は叫んだ。そして、そのまままっすぐ恋路旅館の勝手口から中に入ろうとした時、背中をぐっと止められた。

「ダメだ！」

大きな声が、頭の上から降ってきた。父だった。

「父さん、中にまだ、海がいるんだよ。鎖で繋がれているから、逃げられないの。助けてあげないと、海は……」

その先の言葉を、僕は想像したくなかった。

父は、僕の前に回り込んで、道を塞いだ。肩を、ぎゅっとつかまれていた。痛いほどの強さだった。

「離せっ。離せってば！」

僕は泣き叫びながら、父の顎や胸元を力任せに拳で叩いた。けれど、父は決して道をあけようとはしなかった。父の体は、僕よりずっとずっと大きく、岩のように行く手を塞いでいた。

「まだ間に合うの！　今助けに行けば、海は……」

怖いのと煙が目に染みるのとで、涙がぼたぼたこぼれた。海より大切なものなんて、僕にはなかったはずなのに。僕は、自分が助かることばっかり考えていたのだ。

「離してっ。お願いだから、離してよっ」

僕の耳の底に、海の鳴き声が響いた。ウォーン、と今までに聞いたことがないような切なげな声だった。遠吠えだった。犬は、淋しさを感じると遠吠えをする。蔦子が最初に買ってきた犬の本にそう書いてあった。体が、真っ二つに引き裂かれる思いだった。

やがて消防車が到着し、恋路旅館にホースから水が放たれた。為す術《すべ》がなかった。火の手の方で、ガシャン、ガシャンとガラスの割れる音が響いていた。急に風向きが変わったのか、煙が、僕らの立っている場所を直撃した。僕は立ってすらいられなくなり、腕で目元を覆いながら、地べたにしゃがみ込んだ。耳を澄ましても、もう海の遠吠えは聞こえなくなっていた。空を見上げると上空が一面真っ白で、辺りには絶望的な救いがたい臭いが漂っていた。

「まだ、中庭に犬が一匹残っているんです！」

父は、ホースを持って中に突入しようとしている消防団の一人をつかまえ、早口で言った。見上げると、父も目を腫らして泣いていた。父の泣き顔を見るのなど、初めてだった。

「わかりました」

消防団の人が、冷静な声で答えて父と僕に一礼した。

「お願いします！　海を助けてやってください！」

僕も跳ね上がるように立ち上がり、恋路旅館の敷地の中へと勇敢に入って行く消防士さんの背中に叫んだ。もう、この人にすべてを任せるしか、他に方法がなかった。

「お願いします!」

僕はもう一度、声の限りに叫んだ。横に並んで立っていた父が、僕の肩を、ポン、ポン、と二回強く叩くのがわかった。父も僕の隣で、地面に旋毛《つむじ》が着きそうなほど、深く深く頭を下げていた。

「海、がんばれ。もうすぐ、消防士さんが助けに行くから、それまでがんばって、お願いだから」

自分でも、声が震えているのがわかった。

僕は、ただただ神様に祈った。僕の命を捧げてもいいから、海を助けてやってください、と。僕は心の中で両手を合わせ、そう必死に語りかけていた。泣いても泣いても、涙は後から後からあふれてきた。

火は、あっという間に恋路旅館全体に燃え広がった。時々、太い梁《はり》が崩れ落ちるのか、ものすごい音と共にパーッと火の粉が舞い上がった。火は、菊さんとスバルおじさんが暮らしていた離れにまで燃え移った。菊さんが、その様子をただ呆然と眺めていた。古い木造建築なので、あっという間に炎が伝わったのだ。空を真昼のように明るくするほどの激しい燃え方だった。

「最近、雨が降らなくて乾燥していたから」

後ろの方から、集まった近所の人達の声が聞こえてきた。

その間も、僕は必死に海の無事を祈った。海なら、きっと生きて帰って来る。消防士さんの横にぴったりと付いて、ピンと耳を立て勇敢な姿で戻って来る。海なら大丈夫。あの墓地で、粘着テープで塞がれた段ボールの中に捨てられていた時だって、僕らと出会えたほどの幸運の持ち主なんだから。

祈りながらぎゅっと目を閉じると、いろんな表情の海が思い出された。

段ボールの中からひょっこり現れた海。最初、スプーンからしかミルクを飲めなかった海。無邪気な寝顔でおなかを見せてぐっすりと眠る海。嬉しそうに犬小屋を見つめていた海。雪原を風のように疾走した海。クレソンを見つけて喜ぶ海。菊さんにもらったロールパンを地面に穴を掘って埋めようとした海。春の畦道を堂々と胸を張って歩いた海。リリーと再会した時の幸せそうな海。海、海、海。僕の脳裏には、どこまでも海の面影が連なっていた。

そして気が付くと、僕は父の腕に抱かれていた。小学五年生にもなって恥ずかしいと思ったけれど、手足の感覚がすっかり麻痺したみたいで、操り人形のようにダランと垂れているのが自分でもわかった。ふと見上げると、満天に星が広がっていた。一瞬、どこまでが夢でどこまでが現実なのか、わからなくなった。けれど、周囲に漂う焦げ臭い匂いで、僕は赤々と燃え上がる炎を思い出した。

「父さん？」

僕は、父の腕に抱かれたままの格好でたずねた。

海は？

そう質問したかった。けれど、その瞬間どっと睡魔が襲ってきて、言葉を続けることができなかった。最後に残っていた一粒が押し出されるように、ツーッと涙が降りてきた。父の匂いが、なんだかすごく優しかった。

僕は、その日のうちに両親の知り合いの車に乗せられ、穂高を離れていたらしい。そのこと自体は、全く覚えていない。次に気が付いた時には、温かな布団の中に寝かされていた。恋路旅館とは違う、また別の上品な石鹼の香りがした。

一瞬、すべてが夢だったのかと思った。自分は、ずっと悪夢にうなされていたのだ、と。さもなくば、僕は自分があの火事で死んでしまったんだと思った。もうここは天国で、今までいた世界には戻れないのだと。僕は、自分が死んだことを本人が理解したり納得したりしないと、そのまま地縛霊になってしまう、という話を思い出した。今の僕も、それに近いのかもしれない、と思った。不思議なことに、悲しくはなかった。それより、ちょっとホッとした。そうか、死ぬってこんなに楽ちんなんだ、と。

でも、僕はまだ生きていた。着ていた洋服に、焦げたような煙の匂いが染みついていたのだ。これは、夢でも天国でもなくて現実なのだと、僕は朦朧《もうろう》とした頭で、けれどはっきりと確信を持ってそう思った。でも、それじゃあ一体ここはどこなのだろう？

そう思って、上半身を起こそうとした時、

「リュウ君」

聞き覚えのある懐かしい声が響いた。

「リリー？」

僕の声は裏返った。

まさか。どうしてリリーがここに？

僕は、すっかり頭の中が混乱した。やっぱり僕は、夢を見てるんじゃないかと思った。

「今、お水持って来るから」

リリーは、ひっそりとした声でつぶやいた。それから、ひたひたと静かな足音を響かせて部屋を出て行った。リリーがパジャマを着ている、しかも家の中を熟知しているということは。

あれこれ考えているうちに、リリーはガラスのコップに水をたっぷり汲んで戻って来た。

僕は、渡されたコップに口をつけた。そして、ゴクゴクと一気に飲み干した。喉がものすごく渇いていた。

「もっと飲む?」

リリーが聞いたので、

「もう大丈夫みたい」

僕は言った。水を飲ませてもらったおかげで、少しだけ体が潤った。窓の向こうから、カラスの鳴き声が聞こえてきた。

「ここって?」

僕が慎重にたずねると、

「神楽坂のうち。私の部屋だよ」

リリーが、これ以上ないというくらいわかりやすく答えた。

「リュウ君、初めてだよね、うち来るの」

リリーが、うっすらと前歯を見せて笑いながら言った。それからスーッと笑いを引っ込めた。

海は?

という質問が、また喉元までせり上がってきた。けれど、してはいけない質問なのだと悟った。

「もう少し寝た方がいいよ。まだ朝早いし。えーっと、おトイレだったら、この部屋を出て左の突き当たりにあるから。シャワーも使いたかったら、鍵かけて勝手に使ってね」

リリーは小声で囁くように言った。本当に弱っている相手に対しては、リリーは決して言葉のナイフを向けないんだな、と思った。その思いやりの心が、逆に僕には辛かった。

「ありがとう」

自分でも驚くくらい、落ち着いた声だった。少しだけ開いているカーテンの向こう側は、まだちょっと薄暗かった。

目を閉じると、星空がまぶたの裏側に甦《よみがえ》った。地上では火災が発生しているというのに、宇宙はそんなことには一切お構いなく、星を輝かせていた。そんなもんなんだな、と僕は思った。僕らの身に何が起ころうと、世界は何一つ変わらないのだ、と。けれど少ししてから、僕の胸にある別の考えが浮かんでいた。

いや違う。あの美しい満天の星は、海の魂を迎え入れるための荘厳な演出だったのかもしれない、と。

海はもう、この世にはいないんだ。

僕は、はっきりとそう自覚した。なぜだか、誰からも教えられていないのに、絶対にそうなんだと思った。だから僕はここにいて、だからリリーは僕に優しくしてくれているんだ、と。悲しいくらいに、そうだとわかった。でも、もう涙は一滴もこぼれなかった。

再び目を覚ますと、また窓の向こうが暗かった。一体どのくらい時間が経ったのだろう。そう思って時計を見ると、前に目を覚ました時から十二時間以上が過ぎていた。僕は半日もの間、昏々と眠り続けたのだ。

僕はようやく起き上がって、枕元に置いてあった新品の服に着替えた。それから、リリーの家族がいるらしい部屋の方を目指してゆっくりと歩いた。

その日、リリーの家の夕食はおでんだった。僕は味のよく染み込んだこんにゃくを食べながら、涙が止まらなくなった。恥ずかしいと思いながらも、涙を垂れ流しにした。そんな僕を、リリーの家族は誰一人からかったり冷やかしたりしなかった。リリーの小さな弟でさえも。

お風呂から上がってリリーの部屋に戻ると、リリーは部屋から続くベランダに出ていた。パジャマは、リリーの母親の翠さんがユニクロで買ってきてくれたものだった。

ゆっくりと窓を開けると、リリーが僕の方を振り向いて薄く微笑んだ。

僕はベランダに出て、後ろ手でまたゆっくりと窓を閉めながら、

「おいしかったね」

と言った。言葉は、案外すんなりと出た。

「リュウ君、大変だった」

リリーは初めて火事のことに触れた。

「うん」

僕は素直に頷いた。リリーの髪が夜風にそよいで、甘いような爽やかなような香りが流れてきた。

「リリー」

僕は言った。今しか言えない、と心の声がした。僕は、その声にぐっと背中を押された気がした。けれど、

「ご」

と言いかけたら、急にどっと悲しみが鉄砲水のように押し寄せてきて、もうその先の言葉が詰まって出てこなかった。それでも、僕は息を殺しながら、なんとか最後まで、

「ごめん」

と謝った。

「僕……」

また、涙がぼたぼたこぼれた。もう、涙なんか一滴も残っていないと思っていたから、自分でもちゃんと泣いているのが意外だった。喉が、ぶるぶると震えていた。涙が邪魔をして、リリーの顔は見えなかった。

「本当に助けたかったんだ」

僕は一気に叫ぶように言った。

「だけど……」

言い訳するなんて、最低だと自分でも思った。火の勢いが強すぎて、中には入れなかった。リリーにだけは、わかってほしかった。悔しくて、自分が情けなくて、どうしようもなかった。ただ、リリーに謝らなければ、とそれだけを強く思っていた。来年の夏、海を本物の海に連れて行ってやるという約束が果たせなくなった。生き残るべきは、僕ではなく、海だったのに。

「リリー」

僕は、震える声でもう一度リリーの名を呼んだ。

リリーは、何も答えなかった。パジャマの袖で目元を拭きながら顔を上げると、怒っているのでも悲しんでいるのでもない表情で、ただじっと眼下に広がる夜景を眺めていた。

「どうしようもないよ」

リリーは、聞こえるか聞こえないかの頼りない声で、ぽつりと言った。

見上げると、東京の空は明るかった。星は、ようやく一個か二個を探せるくらいしか出ていない。海のことを想うと、いくらだって涙がこぼれた。

気が付くと、リリーの顔が目の前に迫っていた。僕の唇に、リリーの唇が触れる。温かくて、柔らかかった。僕は、何かとても懐かしい感覚を、もう少しで思い出しそうだった。

僕らは、風が通り抜けられそうなかすかなすき間を残して、唇と唇を触れ合わせた。その瞬間時間が止まってしまったようで、永遠のように長い時間そうしていたようにも、ほんの一瞬に過ぎなかったようにも思う。僕はその間ずっと息を止めていた。こういうことは、大人になってからするものとばかり思っていた。

僕は、このまま僕とリリーだけを残して世界が砕けて粉々になってしまうんじゃないかと心配になった。いや、もしかしたらそれは僕の願望だったのかもしれない。

やがて、唇と唇は自然に離れ、気が付くとリリーと並んでまた東京の夜景を眺めていた。体中がズキズキした。

これが、それまでの僕の人生における、もっともやるせなく、そしてもっとも崇高な一日だった。別な言い方をするなら、最低であり最高の出来事だった。

それでも、その時に一つだけ心に固く誓ったことがある。

それは、僕は決して海を忘れない、ということだ。

僕の身に何があろうと、何が起きようと。

リリーも全く僕と同じ気持ちでいるということが、僕には痛いほどよく伝わってきた。

そう、僕らは決して海を忘れない。

数日後、父は車で僕を東京まで迎えに来た。父は、リリーのマンションに上がりもせず、玄関先でほんの少し翠さんと会話を交わしただけで、僕の荷物を車のトランクに詰め込んだ。手ぶらでこっちに来たはずなのに、翠さんが大量の服を用意してくれたおかげで、帰りは紙袋二つ分の荷物になった。

高速で急降下するエレベーターの中でも、車に乗り込んで中央道に入ってからも、父はほとんど口を利かなかった。僕らは、住む所を失ったのだ。リリーのマンションにいる時はそんなこと少しも考えなかったのに、父の顔を見たら、急に現実的な問題を考えるようになった。これから先、僕らはどうやって暮らしていくのだろう、と。

「松本に住むことになったからな」

だいぶ車を走らせてから、父は思い出したようにぽつりと言った。自分が穂高以外の場所で暮らすなんて、想像すらしていなかった。この先自分はどうなるのだろうと思っていると、父は続けた。

「だけどリュウは、学校のこともあるし、穂高に残りたいなら、残ってもいいぞ」

断言するような口調だった。

「蔦子姉ちゃんは？」

僕はたずねた。

「蔦子は、松本の中学に行きたいそうだ」

僕は、突然両親にまで見捨てられ、孤児になった気分だった。

「考えてみるよ」

けれど僕は、平静を装って父にそう返事をした。

「焦らなくてもいい。とりあえず、今日は松本の社宅に帰るけど」

父は、穏やかな口調で言った。松本に暮らす自分の姿を、僕はどうしてもうまくイメージできなかった。

松本市郊外に建つ、父が勤めていた精密機械メーカーの社宅は、こぢんまりとした古い二階建ての家だった。僕が東京から戻った時、まだ表札も出ていなかった。とりあえず生活に必要な物だけが無造作に家のあちらこちらに積み上げられていた。そして蔦子は、数日前に火事で家を失ったというのに、荷物と荷物の間に出来た小さな溝に体を埋めるようにして、もう塾のテキストを開いていた。

「ガリ勉」

頭がストップをかける前に、口が滑った。

蔦子は僕を見上げると、鋭い視線で僕を睨んだ。その目に、僕は瞬時にたじろいでしまう。海を殺したのはお前だと、無言で言われている気がしてならなかった。

「なーんてね」

僕は、慌てておちゃらけた調子で蔦子に言った。

「リリー、元気だった?」

蔦子も、穏やかな表情に戻って答えた。

「まぁ」

キスしたことは、二人だけの秘密だ。僕は、そのことを思い出すだけで自分の頬が赤く染まるのを感じた。でも、蔦子にはそんな僕の心のうちなどわかりようがなかった。

それからの僕らは、まるで最初から海なんか存在しなかったみたいに振る舞った。あれだけ海を溺愛していた蔦子も、父も、母も、海に関しては一切口を閉ざした。僕も、表面上はその空気に従った。でも、そうすればするほど、僕の中ではマグマのように海の存在が大きく大きく膨らんでいった。悲しみは誰とも分かち合えないと肌で知ったのは、この時だった。

一週間ほど休んでから、僕は以前通っていたのと同じ穂高の小学校に登校するようになり、松本の社宅から穂高までの送り迎えは、両親が交代でしてくれることになった。

それと並行して僕は、なんとなく父を避けるようになった。今まで、父とどんなふうに会話をしていたのかが一切思い出せなかった。もしあの時父が僕を引き留めなかったら……。僕は、取り戻しようのない過去に、何度も何度も遡《さかのぼ》っては反芻《はんすう》した。もしかしたら海を助けられたかもしれない。そう思うことで、僕は父を道連れにして底のない自己嫌悪に陥った。父が海をあやめたわけでは決してないのだとわかっていながら、僕は次第に、海殺しの罪を父になすりつけようとしていたのだ。家族そのものが、鬱陶しかった。

その頃、僕の知らないところで、大人達の話し合いも進んでいた。

今まで生計の柱だった恋路旅館が火事で焼失したのだ。菊さんとスバルおじさんが暮らしていた離れも、ほぼ黒焦げ状態になってしまい、改めて建て替えなければ住める状態ではなくなっていた。その悲惨な現実は、小学五年生の僕の頭で想像できる限度を超えていた。それでも夜中、両親がひそひそと小声で話し合う中に、いくつか僕や蔦子にも理解できる単語が混じっていた。僕らは、大人達の言動にじっと耳を傾けて夜を過ごした。もうすぐそこまで、冬の足音が近付いていた。

一年と少し先に、長野ではオリンピックの開催を控えていた。翌年には長野新幹線が開通する予定で、道路も急ピッチで整備されていた。どこもかしこも、オリンピック景気に浮かれていたのだ。会場となる長野市周辺には、様々な施設が建設中だった。

松本市とオリンピック開催地の長野市は、同じ県内とはいえ、昔は藩が違ったほど離れており、両者は意識し合う関係にあった。特に松本市は、県庁所在地である長野市に対して、文化的には自分達の方が優れているのだという独特な自負を持っている。だから、松本に近い穂高の人達も、オリンピックを複雑な気持ちで迎え入れていた。冷ややかな視線を送りながらも、少しはその恩恵に与《あずか》れるのではないかと、嫉妬と期待が半々ずつ入り交じっているような雰囲気だった。

両親の会話と後々知ったこととを総合すると、どうやらその頃、母親である菊さんと息子であるスバルおじさんの意見が真っ向から対立していたらしい。菊さんは、ご先祖様から受け継いだ今の土地で、初心に戻って食堂を始めてはどうかと提案したらしかった。もともと恋路旅館は、こぢんまりとした家族食堂だったのだ。菊さんからすると、恋路旅館は規模を拡大しすぎていた。今までのようにたくさんの従業員に頼らずとも、自分達だけで経営して、自分達が生きるのに困らない必要十分な生活の糧さえ得られればいいのではないかと考えていた。

けれど、スバルおじさんは違った。今ある恋路旅館と離れの土地を売って、もっと山の方に新たに土地を見つけてそこでペンションをやってはどうかと考えていた。

ある冬の日に、スバルおじさんは松本市郊外にある社宅までやって来た。

「これからはさ、もっと遠くまで目を向けないと。オリンピックは再来年だよ。交通網が整備されれば、関東からも関西からももっともっといっぱい客が来るって。日本人だけじゃなくて、外国人だって来るようになるよ。部屋に全部トイレとシャワー付けてやってさ、メシもほら、フォークとナイフ使う洋風のにしてさ。穂高を軽井沢みたいな国際的な観光地にするのが、俺の夢なんだよ。そのためには、どうしても山の方に移らないと、ダメなんだ。今、山の方にはレストランとかペンションとか、こじゃれた感じのいいのがいっぱい出来て成功してるっていうし、美術館なんか目当てに若者がたくさん来てるんだって」

スバルおじさんは、熱弁をふるっていた。

けれどそのためには、新たな資金が必要だった。「タンポ」とか「ユウシ」とか「ホショウニン」とか、僕にはわからない単語がたくさん登場した。成績がよかった蔦子ですら、大人達の会話を百パーセント理解するのは難しいらしかった。

何がどうしてそうなったのか、詳しい経緯はわからなかったが、結果として菊さんは、恋路旅館と離れの土地を手放すことに同意した。スバルおじさんはペンションの資金を集めるため、親戚中を奔走したらしい。僕らの両親も、いくらかは「シュッシ」したらしかった。そのことで父と母が口論していたのを、なぜだか僕ははっきり覚えている。

僕はと言えば、火事以来どんどん口数が少なくなった。いくらお風呂に入って石鹸で力を込めて体や顔を洗っても、煙の臭いが皮膚や髪の毛に染み込んでいるようで堪らなかった。自分が焦げ臭い匂いを放っているようで、友達とも距離を置くようになった。

何もかもを失ったのだ。それまでの人生で集めてきた些細《ささい》なガラクタも、昨日まで着ていた洋服や靴下も、学校で使っていた教科書もノートもランドセルも。僕の手元に残ったのは、たった一冊のどうでもいいような薄っぺらいアルバムだけだ。逃げる時に着ていた洋服も、すすで汚れていたので東京にいる間に翠さんがすぐ処分してしまった。それに、僕は何よりも大事だった大親友、海を失ったのだ。

喪失感は、日増しに風船のように膨らんで、僕の心を空虚な洞窟にした。クラスメイトが笑っていても少しも笑えなかったし、友人達が日常生活で抱く悲しみなど、僕の絶望に較べたら取るに足らないものに感じていた。それに親に送り迎えをしてもらっている身だったから、友達と遊びながら帰ることもなく、自ずと孤立してしまっていた。

誰もわかってくれない。結局人は一人で生きていくしかないのだ。僕は、そんな諦めの境地で、小学校生活最後の一年をやり過ごした。

その夏、リリーは穂高に来なかった。来る場所もなかったのだ。僕の記憶する限り、初めてのリリー不在の夏だった。僕の隣には、海もリリーもいなかった。たった一年前の夏休みが、幻のように思えた。そして恋路旅館のあった場所は、すっかり更地になっていた。

菊さんが所有していた土地は、わりとすぐに買い手が見つかったらしい。大糸線沿線のちっぽけな駅とはいえ穂高駅から近かったし、離れと合わせるとかなり広い土地だった。土地を買ったのは、東京にある中堅の不動産会社だったという。ゆくゆくは、そこに百円ショップを作りたいらしかった。それまでは、駐車場にすると言っていた。

その頃僕は、ある幻覚と必死に戦っていた。

それは、恋路旅館に火を放ったのは自分なのではないか、という思いだった。もしかしたら、自分の火の不始末で火事になったのかもしれない、と。現実にはそうではないのだとわかっていても、ふとした瞬間に、自分が犯人なのではないかと錯覚した。いくつもの想いが乱反射するようで、何が現実で何が幻なのかも、うまく判断できなくなってしまう。

ただ、火事があってから一年も経たずして、その年の夏の終わり頃には、穂高の山の上の方に新しいペンションが誕生した。名前は、「ペンション恋路」と付けられた。そのネーミングが、果たしていけているのかいけていないのか、小学六年の僕には判断できなかった。スバルおじさんは、もっと横文字の洒落《しゃれ》た格好いい名前を付けたかったらしい。けれど、すべての権利を息子であるスバルおじさんに譲る代わり、菊さんは最後までこの名前にこだわった。僕は、その年の二学期からは、ペンション恋路の隣に建てられたプレハブ小屋から、山道を歩いて小学校に通うことになった。

もちろん両親は、僕の気持ちが落ち着いたら、僕を松本の学校に通わせようと考えていた。けれど、僕は自らの意志で今まで通り穂高の小学校に通うことを選んだ。特別な理由があったわけではない。ただ、あえて言葉にするなら、僕はすべてがどうでもよかったのだ。家族と暮らすのが、面倒臭かった。そして、本当の理由を一つだけ挙げるなら、僕は海のそばを離れたくなかったのだ。海との思い出から、遠ざかりたくなかった。だから、穂高に残った。

中学に進学する際、さすがに両親は松本に来るように言った。両親は当然僕がそうするだろうと思っていたらしく、僕がどうしても穂高の中学校に通いたいと言った時は難色を示した。

友達もいるからさ。

僕は、精一杯の嘘をついて両親を説得した。

それに、ペンションの手伝いもしなくちゃいけないし。

これは、嘘ではなかった。実際、菊さんはもう若くはなかったし、スバルおじさんは隣町にある人気の蕎麦屋まで蕎麦打ちの修業に通っていたので、留守にすることも多かったのだ。まだ、ペンションの宿泊客は週に一、二組といったところだったけれど、ベッドメイキングをしたり掃除をしたりという雑用は、僕に任されることが多かった。

両親と進路のことであれこれ話し合っていた最中に、どさくさに紛れるようにして長野オリンピックがスタートした。一九九八年二月七日に行われた開会式を、僕は菊さんと二人、コタツに入りながらテレビで見ていた。その日、学校は休みだった。同じ県内でやっているのに、テレビを通して見ているからか、果てしなく遠い場所で行われているかのような、おかしな錯覚がした。

菊さんが、開会式の間中ミカンを頰張っていたので、僕もつられてずっとミカンばかり食べていた。耳を澄ますと屋根に降り積もる雪の音までが聞こえてきそうな、とても静かな午後だった。待ちに待ったオリンピックの開会式当日だというのに、ペンション恋路の宿泊客は誰もいなかった。

善光寺の鐘の音。オリンピックスタジアムに集まった三万五千人の観衆。御柱《おんばしら》の儀式。大相撲の力士達に先導されて会場入りした、各国の選手達による入場行進。青空の下にはためく国旗。史上最多、七十二の国と地域、約二千三百人の選手達。横綱・曙の土俵入り。会場内にこだました、「ヨイショ」の声。森山良子という女性歌手の歌声。サマランチ会長の挨拶。選手宣誓。一斉に空に放たれた二千個もの鳩型の風船。小澤征爾の指揮による「第九」。そして、大合唱。

何か素晴らしいことが始まる。小学校生活最後の冬を迎えていた僕は、まだ真新しい匂いの漂うプレハブ小屋で、期待に胸をときめかせた。

オリンピックが開催されていた二週間、僕は時間を見つけては、テレビのチャンネルをオリンピックの中継に合わせ、テレビで観戦した。印象的だったのは、ジャンプ競技の日の丸飛行隊の活躍だった。普段はスポーツ観戦になどほとんど興味を示さない菊さんが、彼らの飛翔に大声で声援を送り、原田雅彦の涙には僕までがもらい泣きしそうになった。

　僕がテレビを通じてウィンタースポーツに夢中になっている間、スバルおじさんは、ただひたすらペンション恋路の予約の電話が鳴るのを手ぐすねを引いて待っていた。スバルおじさんは、オリンピックの開会式と同時に電話が鳴り止《や》まないほどの予約が殺到するのを期待していたようだった。それに合わせて、日本人だけでなく外国人にも応対できるよう、英会話のレッスンも行っていた。僕や菊さんまでが、そのレッスンに参加を強要されたのには辟易したけど。

　しかし日本人選手が金メダルを取ろうが、オーストリア出身のアルペンスキーの選手、ヘルマン・マイヤーが滑降で大転倒したにもかかわらず、三日後のスーパー大回転で大復活して金メダルを取り、更に大回転でも金メダルを獲得しようが、スバルおじさんが期待した事態にはならなかった。夢中になって観戦した長野オリンピックは、十六日間の日程を終え、二月二十二日、あっという間に閉会した。

　後にも先にも、僕があんなふうにオリンピックに熱中したのは、長野だけだ。地元で開催されたことがそうさせたのか、それとも両親や蔦子と離れて暮らしていたことの淋しさを埋め合わせるためにそうしていたのか、よくわからない。ただ、確実に言えるのは、オリンピックに夢中になることで、僕はほんの一瞬、底なしの深い絶望感を忘れることができたということだ。

結局僕は、穂高で中学生になった。

中学に入った僕は、帰宅部を選択した。正確には生物クラブに入ったのだが、事実上は帰宅部だった。同じ小学校から行ったわりと仲のいい友達が軟式テニス部に入りたがり、僕もかなり熱心な勧誘を受けた。でも僕は意志を貫き通した。

山の上の方にあるペンションから山の下の方にある中学に通っていたので、行きは下りで楽勝だったが、帰りは急な上り坂だった。それでも僕は、たとえ体力的にはきつくても、ペンションまでの最短コースを選んで帰宅した。それから、ペンション恋路の手伝いをした。

恋路旅館と離れの土地を売って新たに手に入れた山側の土地には、温泉を引くことができた。オープンまでには間に合わなかったが、スバルおじさんは、ゆくゆくはここを露天風呂付きのペンションにしようと考えていた。その露天風呂作りを手伝うことが、僕の毎日の放課後に課せられた主な仕事だった。

スバルおじさんが期待したような、予約の電話が鳴り止まないという事態は、結局一度も起きなかった。それでも、ペンションには少しずつ宿泊客が来るようになった。恋路旅館が火事になったことを聞きつけて、わざわざ心配して訪ねてくれるかつての常連さん達もいた。

旅館からペンションになったのを機に、経営はスバルおじさんに任されていた。厨房も、例外ではなかった。隣町の有名店で蕎麦打ちの修業をしてきたスバルおじさんは、すっかり料理に目覚めたらしく、次々と新しいメニューを創作した。都会の人達にも喜んでもらうというモットーのもと、味だけでなく、見た目にもこだわった料理を生み出した。お酒も、カクテルやワインなど豊富に取り揃えた。

菊さんが作る郷土料理を知っている昔からの常連さん達は、少し不満そうだった。僕も正直、たまに味見させてもらうスバルおじさんの創作料理が、果たしておいしいのかどうかよくわからなかった。最後にデザートで出される蕎麦がきにも、ホイップクリームがのっていたりするのだ。けれど、若いカップルが大喜びして食べているのを見ると、これはこれでありなのかもしれないな、と思って納得した。菊さんは、僕らが食べる賄《まかな》いだけを、毎日せっせと作ってくれた。あとは畑に出て野菜を育てたり、田んぼで米を作ったりして時間を過ごした。

一日の仕事を終え、菊さんが用意してくれた食事を食べる頃には、体はすっかりクタクタになっていた。すぐにベッドに転がり込んで眠ることができれば問題はないのだが、あまりに体が疲れると、どんどん頭が冴えて眠れなくなる。そんな時はよく、スバルおじさんと夜更かしをした。

スバルおじさんは、大のビートルズファンだった。スバルおじさんによると、そのくらいの年代の人達は、スバルおじさんに限らず皆がそれぞれ自分とビートルズの一対一の関係を築いていたらしい。

スバルおじさんは、お客のいなくなったひっそりとした食堂で、よく僕にビートルズのレコードを聴かせてくれた。CDではなく、レコードだった。つややかに光る黒い円盤の表面に、指紋のように音が記憶されていて、繊細な針の先が丁寧に音を拾うのである。一度そのレコードに針を落としたら飛ばさずに最後まで聴くのが普通で、CDやMDのように聴きたい曲だけ聴くというふうにはできなかった。スバルおじさんは、それがレコードのよさの一つだと教えてくれた。僕の手元に一冊の薄いアルバムが残ったように、あの火事でスバルおじさんの元に残されたのは、ビートルズをはじめとする何枚かのレコードだった。

ビートルズのレコードを取り扱う時のスバルおじさんは、料理の味付けをしている時よりも真剣だった。貴重品に触れるように両手には白い手袋をして、うやうやしく大きな紙のジャケットを持ち上げると、そこからスーッと黒い円盤を抜き出した。その間は、呼吸も止めているようだった。そして、落とさないよう慎重に盤を持ち、蓄音機にセットした。蓄音機は、スバルおじさんの幼馴染みが、ペンション恋路の開店祝いにプレゼントしてくれたらしい。

それから、ゆっくりと針を円盤に近付けた。その動作は緊張感に満ちていて、外野の僕までが、呼吸を忘れるほどだった。やがてそこから、ビートルズの音楽が奏でられる。

「CDはさ、人間が聞こえていないとされてる音の領域を全部カットしちゃってるんだけど、レコードはそうじゃないから。聞こえてないけど、感じてるっていうのかな？だから気持ちいいんだよ」

レコード盤に針を落とすたび、スバルおじさんは言ったものだ。

回転するレコードを上から見るスバルおじさんの瞳は慈愛に満ちていて、僕が知っているかつてのスバルおじさんの表情だった。

少しお酒が回ってくると、スバルおじさんは小声でいろんな昔話を聞かせてくれた。スバルおじさんが好んで飲んでいたのは、舶来物の透明なお酒だった。一度、リュウも飲んでみるかと言われ、調子に乗って一口飲んだら、喉が焼けそうになった。それ以来、どんなにスバルおじさんがおいしそうにお酒を舐めていても、そしてどんなにすすめられても、僕は固辞するようになった。

スピーカーの音量は極力落としてあったはずなのに、なぜかレコードだと、ボリュームが小さくてもはっきりと音が聞こえてきた。

僕はこの食堂で、アナログ盤の音を生まれて初めてきちんと聴いたように思う。それは、確かにスバルおじさんが教えてくれた通り、日溜まりにさらさらと優しく降り注ぐ天気雨のようだった。僕は、海の温もりを思い出さずにはいられなかった。まるで、すぐそこでビートルズが演奏しているのを、海を膝に抱いて一緒に聴いているような気分になった。音という透明な毛布で抱きしめられているような、今まで一度も味わったことがない種類の安らぎだった。

「ビートルズは、神様に祝福されていたとしか思えないよ」

これがスバルおじさんの口癖である。

スバルおじさんは、一九六六年、日本武道館で行われたビートルズのコンサートを実際に見に行っている貴重な日本人の一人だ。それは、僕が生まれる二十年近くも前のことで、スバルおじさんは当時高校三年生だった。夏休みの少し前で、友人と学校をサボって見に行ったという。初めての東京、初めての武道館だった。

僕には、スバルおじさんに聞いてみたいことが山ほどあった。

コンサートのチケットは、どうやって手に入れたのか。初めての武道館でライブを見るのは、緊張しなかったのか。音はちゃんと聞こえたのか。

レコードの針が一曲分の演奏を終えるたび、スバルおじさんは沈黙を縫うように、それらの質問に答えてくれた。だけど、スバルおじさんが教えてくれたのは、ビートルズのことだけではなかった。

ある時、スバルおじさんはとつぜん僕に言った。いつもよりたくさんお酒を飲み、少し酔いの回った口調だった。お酒を飲んでもほとんど顔に出ないスバルおじさんにしては珍しく、顔がほんのり赤く染まっていた。

「リュウ、女を扱う時はな、こういうふうに大切にするんだぞ」

A面からB面へ移る時だった。レコードを両手でうやうやしく持ち上げて、スバルおじさんは言った。その頃から髭も髪の毛も伸ばし始めていたスバルおじさんは、後ろの髪の毛を無造作にゴムで束ねていて、まるで時代劇に出てくる浪人のようだった。レコードはCDと違って壊れやすいし、傷つきやすいから、いつだって大事に扱わなくてはならない。そのことを、僕に伝えたかったのだろう。

けれど僕はその瞬間、生々しくリリーのことを想像してしまい、体がはち切れそうになった。口の中に生唾が溜まって、思わずゴクッと飲み込んだ。あの頃僕の頭の中はリリーのことでいっぱいだったのだ。当時の僕を支える右足がビートルズだとすれば、左足はリリーだった。

僕は、あれから幾度となくあの後の続きを想像して、物思いに耽《ふけ》った。

あれからというのは、リリーの部屋に続くベランダでキスをして以来という意味だ。僕にとっての、人生で最低で最高の出来事のことだ。

あんなことがあって、恋路旅館もなくなってしまったし、僕はもう、リリーが穂高にやって来ることはないだろうと思っていた。もしかしたら、もう二度と会うことさえないのかもしれない、とすら思っていた。だから夏がすぐそこまで来ていても、小学生の頃のようにはときめかなかった。

けれど、予想に反してリリーは再び穂高にやって来た。僕は中学一年生、リリーは中学二年生になっていた。肌寒いベランダでキスをしてから、二年近い時が流れた。

久しぶりに会ったリリーは、見るからに大人だった。もう、幼い時のあどけない面影も、ランドセルを背負う頼りない肩もない。背もぐんと大きくなっていた。僕はリリーのことを、なんだか陽当たりのよい場所で育つ球根みたいだな、と思った。のびやかな手足は、まるで太陽に向かってどこまでも伸びようとする植物の芽のようだった。

僕は、リリーのシルエットを視界に入れるだけで心が揺さぶられた。まるで、信仰の篤い信者が、はるばる遠い所から歩いて来てやっとお目当ての神様に会えたような、たとえるならそんな境地だった。僕はわけもなくリリーの足下にひれ伏したくなった。リリーは、神々しいほどにまぶしく見えた。

穂高に滞在中、リリーは主に菊さんの手伝いをした。最終的な料理の味付けをするのはスバルおじさんでも、材料を切ったりする下拵えは菊さんの仕事だった。一方僕は、途中になっていた露天風呂製作の手伝いに明け暮れた。

かつては僕とリリーの間にいて精一杯の愛嬌を振りまいていた海の不在が、僕らを寡黙にさせた。僕は、意識してリリーに話しかけなかった。リリーの方からも、僕に話しかけることはほとんどなかった。近付きたいと思えば思うほど、僕の体は錆び付いた金具のようにぎこちなくなった。リリーが遠い存在になっていた。

夏の終わりにリリーとの距離を縮めてくれたのは、死んでしまった海の思い出ではなく、ビートルズだった。例によって、スバルおじさんが僕らにビートルズのレコードを聴かせてくれたのだ。お盆も過ぎ、もう秋の面影がすぐそこまで忍び寄っていた。窓から吹き込んでくる風には、何かの終わりを予感させる気怠《けだる》いエッセンスが含まれていた。

その夜、スバルおじさんが針を落としたのは、ビートルズのオリジナルアルバムとしては最後となる『レット・イット・ビー』だった。三曲目の「アクロス・ザ・ユニバース」が始まった時、気が付くとスバルおじさんはいなくなっていた。飲みかけのビールの泡だけが、密やかに音を鳴らしていた。僕らは小さな明かりだけがついた食堂で、二人きりになった。

「あ」

リリーがひとり言のようにつぶやいた。真横から見るリリーは、さすが西洋の血が入っていると感心してしまうほど、目鼻立ちがはっきりし、彫刻のようだった。

「アクロス・ザ・ユニバースだよ」

僕は言った。変声期を過ぎた僕の声は、低く波打つように響いた。

「この歌ね、私の子守歌だったんだって。この人の歌声を聞くと、どんな時でも泣き止んだんだって」

リリーは懐かしそうに目を細めた。

ほんの一言だったけど、久しぶりにリリーと普通の言葉を交わした気がした。もしかしたら、その夏初めてのちゃんとした会話だったかもしれない。ジョン・レノンの、世界を優しく包み込む慈雨のような歌声が、僕らの空からも静かに静かに舞い降りていた。

「リュウ君」

とリリーに呼ばれ、お互いの目と目が合った瞬間、僕らはどちらからともなく相手に吸い寄せられるように唇を近付けていた。僕の口の中に、クリームみたいに柔らかくて甘いリリーの体の一部が流れ込んできた。

前回はまだ小学生だったから、子供のキスしかできなかったけど、その時の僕らはもうお互い中学生になっていた。スバルおじさんがビートルズの日本公演を夢のようだったと語ったように、その時の僕も、まるで夢の中にいるようだった。脳みそが半分とろけてしまったみたいに、頭がぼうっとした。僕は、ただただリリーの唇を吸うのに夢中だった。

あんなに遠い存在だったはずのリリーの体が、僕の腕の中にある。髪の毛や頰や首が、僕の手の届く範囲にあることが、信じられなかった。

僕の手は、勝手にリリーの肩に触れ、それから胸元に触れた。リリーは少し身じろぎしたけれど、嫌がらなかった。手のひらに収まるリリーの乳房は、僕が妄想していたものよりも、ずっとずっとかわいらしかった。

「レット・イット・ビー」を熱唱するポール・マッカートニーの歌声が、静かに耳の奥へと流れ込んでくる。ふと見ると、リリーの着ていたTシャツが捲れ上がっていた。決まりが悪くなり、僕はリリーのTシャツを元に戻した。リリーは恥ずかしいのか顔を伏せたままだった。

僕は、勇気を振り絞ってリリーの手を握りしめた。とにかく、天井のない場所に行きたかった。

ペンションの建物から少し離れるだけで、辺りは真っ暗闇になり、見上げると満天に星が広がっていた。リリーの肌から、爽やかな甘い香りがした。

すぐそこに海がいる。

僕は確かに感じていた。暗闇で星を見上げる僕らを、海が、真っ黒いふたつの瞳でしっかりと見守っているような気がしてならなかった。

梢の向こうに、月が顔を出す。ふと、リリーがもうすぐ東京に戻ってしまうことを思い出し、切なくなった。

「ねえ」

僕は、甘えるように言った。親しげにそう言ったら、とつぜんリリーとの心の距離までがぐっと狭まった気がした。

「夏だけじゃなくて、冬も来れないの？」

虹を追いかけて自転車を走らせた幼い頃の関係に戻ったようだった。けれどリリーは、僕のその提案には何も答えなかった。ただ、月明かりの下で困ったように薄く笑うのがわかった。それから僕らは、もう一度短いキスをした。

リリーが冬、穂高に来られない理由を知ったのは、年が明けて三学期が始まる頃だった。年末年始を過ごした松本の社宅から戻ると、ペンション恋路にリリーからの長い手紙が届いていた。生まれて初めてもらう、エアメールだった。


リュウ君。

あけましておめでとうございます。

お元気ですか？

今頃、安曇野は雪景色なのかなぁ？

本当は、今年こそ、雪を見に安曇野に行って、リュウ君や菊さん達といっしょにお正月を過ごしたかったんだけど、やっぱり行けませんでした。

私は今、ハワイに来ています。

コンドミニアムのバルコニーからは、ハワイの海が見えます。なんだか、入浴剤を入れたみたいに真っ青すぎて、笑ってしまいます。

リュウ君に、私の家族のことを、話しますね。

大人の人達はみんな知ってると思うけど、リュウ君はまだ知らないと思うから。

あのね、私のパパには、奥さんが二人いるの。

一人は本当の奥さんで、もう一人が私のママです。

つまり、私のママは、「2号さん」になるのかな？　英語だと、mistressだね。正式には、結婚していないの。

パパは、私達のことを認知してくれているんだけど、要するに、私達は私生児です。

ママは神楽坂のお店でホステスをしていた時にお客さんだったパパと知り合いました。愛人の身で四人の子供を産んだ、強い人です。

向こうの奥さんにも子供が四人いるんだけど、あっちは全部女の子なの。それで、ママはムキになって、男の子が生まれるまでパパとエッチしたのかも。とにかく、弟のレオが誕生したことで、ママは少し、優越感に浸っている模様です。

パパは、日本にいる時は、うちとむこうの家を行ったり来たりしています。どっちも神楽坂で、近所だから。

そして、お正月は二家族合同でハワイで過ごすのです。

男二人、女九人の大家族だよ。パパは、よっぽど男の子が欲しかったのか、幼いレオにでれでれです。

みんなで朝の散歩をしたり、アラモアナショッピングセンターに買い物しに行ったり、ハワイのパワースポット巡りをしたり。夜は、たいていバーベキューをして過ごします。

不思議なことに、異母姉妹も、みんな仲よしです。

リュウ君、羅々ちゃんのこと覚えてるかな？

彼女は今、国際線のキャビンアテンダントとして働いています。イギリスにボーイフレンドができたんだって！　そして妹の流々《るる》ちゃんは、なんとハワイでも、いろんな所で男の子から声をかけられています。

東京にいると、みんなそれぞれ忙しくてなかなかゆっくり話す時間がないので、その分ハワイでたくさんおしゃべりしています。

リュウ君は？

お父さんやお母さんや蔦ちゃんと、楽しいお正月を過ごせましたか？

昨日は、満月でしたね。

真っ黒い海の上にまんまるのお月様が浮かんで、とってもきれいでした。

リュウ君に、また会いたくなりました。

一緒に封筒に入れたのは、ハワイの砂浜で見つけた貝殻です。

リュウ君を思いながら、拾いました。

ささやかなプレゼントだけど、どうぞ。

夏に会えるのを、楽しみにしています。

最後に日付と、「凜々」という名前が書かれていた。いつもリリーと呼んでいたからすっかり忘れそうになっていたけれど、リリーの本当の名前は「凜々しい」の凜々だったんだな、と僕はふと思い出した。そして、リリーにはぴったりな名前だと改めて感心した。

貝殻は、砕けて粉々になってしまっていた。それが貝殻だったことすら、想像できないほどだった。僕は、手のひらに貝殻の欠片《かけら》を集めて握りしめた。チクチクと肌を刺すような感触は、まるで今の僕の心模様のようだった。僕も、リリーに会いたかった。同時に僕は、自分の家族がいかに平凡かを思い知らされた。普通の形でないリリーの家族がうらやましかった。

その手紙が届いてから半年後。

再び、リリーが夏を連れて穂高にやって来た。空にかかっていたカーテンが、パーッと左右に開かれたようだった。

その年の春から、明男さんがペンションの仕事を手伝うようになっていた。明男さんはスバルおじさんの幼馴染みで、高校時代、二人は一緒に武道館のビートルズ公演を見に行くくらい、仲がよかった。ペンション恋路に古い蓄音機を贈ったのも、明男さんだった。明男さんは奥さんと別れた後、実家のある穂高に戻っていたらしい。ペンションの経営も少しずつ軌道に乗り始め、人手が足りなくなっていたので、スバルおじさんが直々に明男さんにアルバイトに来てくれるよう口説いたのだ。ただ、明男さんという名前のわりには口数が少なくて、どちらかというと印象の薄い暗い感じの人だった。

露天風呂も無事完成したし、働き手には明男さんもいたので、その夏は僕もリリーもわりと自由になる時間があった。

僕らは、時間が許す限り穂高のあちこちを自転車で走り回った。それはまるで、幼い頃にタイムスリップしたかのようだった。下り坂を一気に自転車で駆け下りる時、僕は、スバルおじさんが乗せてくれたハーレー・ダビッドソンのサイドカーや、リリーと遊んだスケボーのことを思い出した。

リリーも僕も、小さな子供みたいに、きゃーきゃーと歓声を上げながら坂を下った。リリーがサングラスを持ってきていたので、僕も知り合いの目を逃れたい気持ちもあり、同じようなサングラスを買って一緒にいる時はいつもお揃いでかけていた。田んぼと田んぼの間の畦道は、永遠と思えるほどの長さでずっと下の方まで続いていた。

戻るのに苦労するだろうな、とわかっていても、僕らは止まらずに走り続けた。ペダルを漕がないでどっちが遠くまで行けるか競争したり、山奥にある滝壺まで行って水浴びをしたり、石の中で寄り添う道祖神を探しに行ったりした。

リリーと二人きりになれる空間は、穂高のあちこちに存在した。誰もいない川のほとりで、大きな木の下に置かれたベンチの上で、鬱蒼と茂る草むらの中で、時にはスーパーマーケットの裏にある薄暗闇でも、僕らは子犬のようにじゃれ合った。かすかに汗で湿ったリリーの肌からは、香ばしいような太陽の匂いがした。

その年の秋から春にかけて、僕はそれまでの人生でもっとも勉強に精を出した。穂高には商業高校しかないから、中学を卒業すれば、そこに行くのでなければ否応なく穂高以外の場所にある高校に進学することになる。中には中卒のまま不良になってしまう輩《やから》もいたけれど、たいていは松本の高校に進学するのが慣わしだった。

僕は当初、高校ならどこでもいいと思っていた。どうせ高卒で終わるのだろう、という頭があった。けれど、蔦子がもしかしたら高校から海外に留学するかもしれない、というのを知って、妙な競争心が芽生えたのかもしれない。僕は、時間の空白を埋めるように教科書をめくり、参考書の問題を解くのに躍起になった。

そして僕は、中学三年生になった。リリーは、高校一年生だ。ただ、リリーは中高一貫教育の私立の女子校に通っていたので、特に何かが大きく変わるということはなかったらしい。僕とは、何もかもが別世界だった。

蔦子は、とりあえず松本の高校に入学し、一年間そこで勉強した後、カナダに留学することが決まった。久しぶりに両親の暮らす社宅に行くと、蔦子は晴れ晴れとした表情で、中学時代に使った教科書や参考書を片付けていた。

「来年からは、リュウちゃんがこの部屋を使ってね」

蔦子はさらりと言った。さすがに松本に実家があって、松本の高校に通うのに、穂高の山奥に留まってそこから通学するのは不自然だった。つまり、高校生になったら、僕はまた両親と共に暮らすことになる。そして、僕と入れ違いに、今度は蔦子が家を出るのだ。そのことを考えると、僕は正直、少し億劫《おっくう》になった。

もう、父とは日常の会話をほとんど交わさなくなっていた。父も、僕をなんとなく避けている様子だった。だから、たまに社宅に父と二人きりで残されると困惑した。そんな時、僕は一秒でも早く、穂高に戻りたいと思った。少なくとも、菊さんとスバルおじさんと三人で共同生活を送っていたペンション恋路脇のプレハブ小屋には、自分の居場所が確保されていたからだ。

雪が解け、ネコヤナギの芽が銀色に輝き始めた。

指で触れたそれは、僕にリリーの乳首の感触を思い出させた。

同級生には、まだそういうことを知っている人間はほとんどいなかった。詰め襟の制服を身にまとい教室の一角で人知れずマンガを読む僕はただのパッとしない中学生だったけど、ただ一つ、自分にはリリーがいるという事実だけが、僕に優越感を抱かせた。

成績は、少しずつだが上昇した。やればできるじゃん、と僕は思った。このままの成績を維持できれば、蔦子が入った松本の公立高校より、もう一つ上のランクの学校も狙えそうだった。

そして、とうとう夏がやって来た。僕とリリーは、共に十五歳になっていた。


その日僕らは、自転車に乗って穂高の郊外に出来たホテルを目指した。リリーが、インターネットでいくつか目星をつけてきてくれたのだ。最終的に僕らは、一番新しい所を選んだ。お金をかけないなら、菊さんとスバルおじさんの目を盗んでペンション恋路で、という手もあったけれど、なんとなくそれは、僕もリリーも気が進まなくて却下になった。

けれど、いざとなるとやっぱりまだ迷っているのか、リリーはなかなか自分で服を脱ごうとはしなかった。僕は、リュックからポータブルＣＤプレイヤーを取り出し、リリーと一個ずつイヤホンを耳に入れて音楽を聴くことにした。もちろん、ビートルズだ。ちゃんと「アクロス・ザ・ユニバース」から始まるよう編集して持ってきた。とにかく時間はたっぷりある。まずは、リリーと僕自身の心と体をリラックスさせなければ、何もかもが始まらなかった。

僕らは、大きなベッドの上で手を繋いだままごろんと寝転がった。天井の鏡に自分達の姿が映し出され、急に恥ずかしい気分になる。二人とも、まだ子供なのだ。でも、ここまで来て、今更止めるわけにもいかなかった。

僕は、少しずつリリーとの距離を縮めた。そして、焦らずにゆっくりと、玉ねぎの皮を剝がすみたいに一枚ずつリリーの服を脱がせた。同時に、自分の服も脱ぎ捨てていった。夏だったので、二人ともあっという間に下着だけになった。そんなふうに露わになったリリーの肌を見るのは、子供の頃、蔦子と三人で恋路旅館のお風呂に入っていた頃以来だった。

「いいの？」

もう一度、僕はリリーに念を押してたずねた。こういうことは、僕だけの意思ではなく、二人の意思でしたかった。もしもまだリリーが早いと思っているのなら、無理にはやりたくなかった。

「平気」

リリーはふわりと目を閉じて、かき消されそうなほど小さな声で囁いた。いつの間にか、イヤホンが耳から外れ、ビートルズの音楽が遠ざかっていた。

僕は、リリーを少しでも気持ちよくしてやりたくて、女の人の体のあちこちに存在するという「快楽のボタン」を夢中で探した。けれど、僕が必死で愛撫しようとすればするほど、リリーはくすぐったいのか体をよじってしまい、最後にはクスクスと笑い出すほどだった。僕らの初体験は限りなく人体実験に近くて、想像していたような「溺れるほどの恍惚」には程遠かった。それでも、試行錯誤の末になんとかリリーの中で射精することができた。

僕が、ペニスの先に引っかかっているコンドームを抜き取り、端を縛ってゴミ箱に捨てようとした時だった。

「私さぁ」

リリーはちょっと楽しそうな表情を浮かべて言った。

「生まれ変われるなら、カマキリになりたい」

「なんでまた?」

僕は、腰の辺りにそそくさとタオルを巻き付けながら言った。

「だって、カマキリって、交尾が終わると、メスがオスを食べちゃうんでしょ。私も、リュウ君のこと、食べてしまいたい、って思うから。そしたら、ずっと一緒にいられるもん」

リリーがどこまで本気で言っているのか僕には計り知れなかった。けど、その瞳は真冬の一番星みたいに爛々《らんらん》と輝いていた。

「でもリリーに食べられたら、僕がいなくなっちゃう」

僕は言った。それから、ちょっと決まりが悪くなって、

「シャワー、浴びてくるね」

と言ってその場を離れた。リリーは裸のまま、まだ気怠そうにベッドに横たわっていた。

温かいシャワーの雫《しずく》を頭から浴びながら、僕はふと、以前もこの場所に来たことがあるんじゃないかという既視感に襲われた。もちろん、この部屋ではない。そうではなくて、と記憶を巡らすうち、僕は幼い頃の夏休みを過ごした恋路旅館の「ドリーム」に辿り着いた。大きなベッドと、どこか隠し事をしているような雰囲気は、共通する部分があった。もしかして、と今まで思いもよらなかった考えがぽっかりと頭の中央に浮かん

でいた。

シャワーを止め、脱衣所にあったバスタオルで軽く体を拭いてから、僕は大発見をしたような気分でリリーの待つベッドの方へ移動した。そして、

「もしかして、恋路旅館ってさ、ラブホ」

と言いかけた。けれど、その言葉を最後まで続けることはできなかった。なぜなら、リリーが目を赤くしていたからだ。

「リリー」

僕は思わず駆け寄って、リリーの体に自分が使っていたバスタオルを被せた。不安が一気に押し寄せてくる。リリーが、僕との初体験を後悔しているに違いないと思った。

「ごめん」

僕はリリーに心から謝った。後悔してもしきれなかった。やっぱり、十五歳でセックスするのは早すぎたのかもしれない。僕はとんでもない過ちを犯したことに気付き、リリーやリリーの両親に土下座して謝りたいような気持ちになった。みるみるうちに、僕の瞳に涙があふれた。

「そうじゃないの」

リリーは、やや強い口調で言った。そして顔を上げた。リリーの視線の先で、テレビ

画面が光っていた。ちょうど、午後のワイドショーをやっている時間だった。僕がシャワーを浴びている間にリリーがつけたのだろう。

「私達がこうしてた間にも、悲しいことがたくさん起きていたんだな、って思ったら、急に切なくなっちゃって。それに、この事件……」

そこまで言うと、リリーは枕の上に顔を突っ伏した。そこには、ここ数日ニュースやワイドショーを賑わせていた母親の顔が映し出されていた。容疑が固まって、ついに逮捕されたらしかった。それまで顔につけられていたモザイクも外されていた。犠牲になった男の子の写真や幼稚園でお遊戯をする映像が、繰り返し繰り返し流された。

「やっぱり、犯人は母親だったんだ」

僕は、テレビ画面に顔を向けたまま言った。リリーに話しかけたというよりは、ひとり言のようになった。

「だけどさ、きっとこの男の子は、母親に殺される瞬間も、お母さんのことが大好きだったはずだよ」

リリーは少し語気を強めて言った。

「でも、生まれた時から虐待されてたみたいだね」

何気なく、僕は答えた。

「子供って」

リリーは続けた。僕は、その言葉の続きにじっと耳を傾けた。

「たとえどんな母親でも大好きなんだよ。それなのにさ、それなのに自分の産んだ子供をその手で殺すって、どういうこと？　でも私、なんとなくわかる気もするの。血が繋がっているから、まるで自分の分身みたいに思えて、だから殺せちゃうんだよ」

リリーは、自分でしゃべりながらどんどん興奮していくらしかった。そして、自分も幼い頃、母親に虐待されていたのだと告白した。

「あの翠さんが？」

リリーの言っていることが、にわかには信じられなかった。

僕は、火事の後、数日間僕を保護してくれたリリーの母親のことを思い出そうとした。僕の脳裏には、子供の目から見ても美しくて優しそうな女の人の姿が浮かび上がるだけだった。

「きっと、ママはママで、精一杯がんばっていたんだと思うの。正式に結婚していない相手の子供を何人も産んで育てていくって、多分私達が想像するより、ずっとずっと大変なことだったと思うから。だって、自分のことを愛しているって言われながら、近所にもう一人自分と同じように愛してるって言われてる人がいるんだよ。パパのこと好きだったら、嫉妬したり、辛くなったり、そうなるのが普通でしょ。たとえ表面上は平気なふりを装っていても。お正月は二家族合同でハワイになんか行っちゃって。でも無理すれば、必ずそのしわ寄せがくるからどこかでぶちまけないと、人は生きていけないよ。ママは、私を殴ったり叩いたりすることで、なんとかしようとしてたんだと思う」

リリーはひと息に言った。

「今も？　リリーは今も、そういうことをされているの？」

僕はリリーの話してくれた内容に、あまりにもびっくりしてしまっていて、その時、もっとその場に相応しい言葉があるはずなのに、少し横道にそれた質問をした。リリーは、ふっと表情を緩めて言った。

「今はもうさすがに私も抵抗できるようになったからね、そう簡単には殴られないよ。でも子供の頃は、いつママにスイッチが入るかって、ずーっとビクビク怯えてたの。だからあの頃は、夏休みが天国だった。リュウ君や蔦ちゃんが普通に優しくしてくれたでしょ。菊さんはたぶんそのことにうすうす気付いてて、だから私だけを穂高に呼んでくれたんだよ」

「リリー、辛かったんだね。よくがんばったよ」

僕はそう言いながら、リリーの頭を自分の胸に抱き寄せた。そして、海にしていたみたいに、頭を撫でていい子いい子してやった。まるで、目の前にいるのが幼い頃のリリーのような気持ちになった。なんであの頃それに気付いてやれなかったんだろう、そう思ったら、堪らなく情けなくなった。ぽたりと、リリーの栗色の髪の毛の中に、僕の涙が落ちるのが見えた。それにしても、どうして翠さんがリリーだけを虐待していたのかは、全くわからなかった。

「リュウ君は、泣かなくていいのに。せっかくの、私達の記念日なんだから」

リリーは鼻声を押し殺すようにして言った。

「でもね、さっき、ふと怖くなったの」

「何が?」

「私にも、ママと同じ血が流れてるんだよ」

「そりゃ、リリーは翠さんの娘だから」

僕は興奮しているリリーの背中をさすりながら、優しく諭すように言った。骨の浮き出た薄っぺらい背中に当てた手のひらから、言葉にならないメッセージを送り続けた。

「だって、私も同じことをするかもしれないもの」

少し時間が経ってから、リリーは苦しそうにつぶやいた。

「自分の子供に、同じことをしてしまうんじゃないか、って、さっきリュウ君としてた時に、一瞬、すごく怖くなってしまったの。だってセックスするってことは、赤ちゃんができるかもしれない、ってことでしょ」

リリーは潤んだ目に、真剣な眼差しを浮かべて言った。

「できないよ」

そういう問題ではないとわかっていながら、僕は言った。

「コンドーム、ちゃんとつけたし」

「そっかぁ」

とぼけた口調でリリーは言った。

「でもいつか、避妊しないで、ちゃんとしようよ。せっかくのリュウ君の分身をゴミと一緒に捨てちゃうなんて、可哀想すぎるもの」

リリーは静かに言った。それから僕の被せてやったバスタオルを体に巻き付けて、シャワーを浴びにバスルームへてくてくと幼げな足取りで歩いて行った。僕はその後ろ姿を見送りながら、ふと、火事の後僕がリリーの部屋のベッドに寝ていて目を覚ました時、水を汲みに行ってくれた時の幼いシルエットを思い出していた。

テレビ画面を見ると、リリーを悲しみのどん底に突き落としたワイドショーは、もう次の話題に移っていた。人気女優が年下のミュージシャンと結婚するらしかった。

いつか、僕とリリーも結婚したりするのかな？　僕はトランクスを穿きながらぼんやり想像した。それはおとぎ話の世界に思いを馳せるくらい、遠い遠い出来事に思えた。でも僕らが結婚する時は、名字が変わらないから楽でいいかも、なんて、暢気にそんなことも思っていた。

それから翌年の高校入試まで、僕は猛烈に勉強した。何がそうさせたのか自分でもわからなかった。でもとにかく、前にしか進むことのできない何かに、突き動かされていた。その時、一つだけ僕の頭にあったのは、将来、大学に行きたいという思いだった。具体的に何かを勉強したかったわけではない。明確な将来の夢が見えていたわけでもない。ただ、僕は東京に行きたかった。リリーの暮らす東京の空気を、自分も思う存分吸ってみたかった。東京にさえ行ければ未来が拓《ひら》けると、僕はそんな幻想を抱いていた。猛勉強の成果か、僕は無事、第一志望校に合格した。長野県内でも、トップクラスの公立の進学校だ。

いよいよ屋根裏部屋の荷物をまとめて両親の暮らす松本市郊外の社宅に移るという日、菊さんは僕にオムライスを作ってくれた。ケチャップ味のチキンライスを、薄焼き卵で包んだものだ。卵の表面には、真っ赤なケチャップでハートマークが描かれていた。

「ありがとう」

僕は素直にその皿を受け取って、菊さんにお礼を言った。菊さんと面と向かって深い話をした記憶はなかったが、考えてみれば、僕は実の両親よりもずっとずっと長く菊さんと時間を過ごしたことになる。中学の三年間、ほぼ毎日弁当を作ってくれたのも菊さんだった。寝起きの悪い僕を起こしてくれたのも、洗濯物を畳んでくれたのも、風邪ぎみの時にお粥を炊いてくれたのも。そう思ったら、温かい感情がほとばしってきた。ふっくらと丸みをおびて、まるで菊さんみたいなオムライスが、涙の膜の向こうにかすんで見えた。

「体には気を付けて暮らしなよ」

遠くに離れるわけでもないのに、菊さんはお別れの言葉のようなものを言い始めた。

「ご飯は、よく嚙んで食べること。寝る時は、腹を冷やさずに」

菊さんの目には、まだまだ幼かった僕がそのままの姿でオムライスを食べようとしているらしかった。

「菊さんこそ」

揺れ動く感情を振り切るように、僕は言った。このまま感傷に浸っていたら、オムライスが冷めてしまう。菊さんは、僕のオムライス好きを知っていて、誕生日やクリスマスに、よくケーキみたいに丸くて大きい特大サイズのオムライスを作ってくれた。それを、忘れずにいてくれたことが嬉しかった。

僕は、菊さんが作ってくれたオムライスをよく噛んで食べながら、菊さんと過ごした時間のあれやこれやを回想した。けれど、いくら様々なシーンを思い出そうとしても、気が付くと、僕の記憶は菊さんと二人で長野オリンピックの開会式を見たあの冬の日の午後に辿り着いた。二人でコタツに入り、ただただミカンを頬張りながらテレビを見ていただけなのに。あの何気ない時間が、僕にはたまらなく幸福な出来事に思えた。結局、ペンションには期待したほどオリンピックの経済的効果はもたらされなかったけど。

食べ終わるのが惜しかったが、僕はオムライスの最後の一口をスプーンでかき込んで、立ち上がった。

「じゃあ、またね。いろいろ片付いたら、こっちの手伝いにも来るから」

玄関先に立ち、僕は明るい声で言った。どこからか、スバルおじさんも現れた。

「高校生活、エンジョイするんだぞ。かわいい彼女でもできたら、連れて来て紹介しろよ」

スバルおじさんは、不揃いに生えた顎鬚を撫でながら言った。色褪せたアロハシャツの袖が、三月のまだ冷たい風になびいていた。すっかり定着してしまった目の下の隈が、改めて見ると妙に痛々しかった。

　母が、買ったばかりの赤い軽自動車で迎えに来てくれていた。長めにクラクションを鳴らし、僕らはペンション恋路を後にした。

　それから数週間を、何年かぶりに家族四人水入らずで過ごした。これが本来の家族の姿であるはずなのに、不思議な感じがした。皆がなんとなくよそよそしかった。蔦子は自分の持っていた荷物をほとんど処分し、僕に部屋を明け渡した。僕は、晴れて高校生活の第一歩を踏み出した。

　高校入学を機に、僕は自分のキャラを変えることにした。僕の過去を知る同じ穂高の中学から進んだ同級生も何人かはいたけれど、今までの僕を知らない人達の方が圧倒的に多かったから、これは絶好のチャンスだった。

　僕は、クラスメイトの間でなるべく明るく振る舞い、いい加減でおちゃらけたところを全開にした。それから、高校ではサッカー部に入部することにした。これには、はっきりとした理由がある。なるべく家に居たくなかったのだ。

　それにしても、高校からいきなりサッカー部に入ろうなんてバカは、僕だけだった。みんな、小学校や遅くても中学校からサッカーを始めていた。もしもみんなについていけなかったらマネージャーでもいいかな、と思っていた。けれど、自分でも驚いたことに、僕には隠されたサッカーの素質があったのだ。毎日山道を一時間以上も歩いて中学まで通っていたせいで、足腰の筋肉が鍛えられていたのかもしれない。それに思い起こせば、僕は幼い頃から、逃げ足だけは人一倍速かったのだ。

サッカー部の練習や、適当な友達付き合いにかまけて、次第に穂高から足が遠のくようになった。大糸線に乗ってしまえば三十分もかからずに行けるというのに、その三十分が長くて退屈な道のりに思えた。

その夏、リリーはずっとペンション恋路に寝泊まりをして、菊さんの手伝いをしていたようだ。かつての僕の居場所が、今度はリリーのものとなった。リリーは穂高で僕は松本だし、お互いにやることもあって、前の年のように四六時中べったりと離れずにいることはできなかった。

僕は正直、もっとリリーとのセックスにのめり込んでしまうかと不安だった。いったん最後までしてしまったら、寝ても覚めてもそのことしか考えられなくなって、手を繋いだりキスしたりするだけじゃ物足りなく感じてしまうのではと思っていたのだ。けれど僕も、どうやらリリーの方も、そうはならなかった。

僕らはお互いの空き時間をすり合わせては、松本の映画館に行って映画を見たり、夕方のあがたの森公園のベンチに座って話し込んだりという、いわゆる健全なデートを楽しんだ。けれど、そんな僕らの幸福な時間に、とつぜんのタイムアップが告げられたのだった。

九月に入った、最初の週末だった。リリーはもう、東京に戻っていた。

僕は、サッカー部の練習試合の後、友人数人と駅前にあるファストフード店で適当に時間を過ごしてから、夜九時頃帰宅した。

「ただいま」

そう言って玄関に入ると、

「リュウ、今までどこにいたんだ」

いきなり父に怒鳴られた。異臭がする、と思ったら、父が白髪染めをさせられていた。母がビニール手袋をして、薄くなった父の頭頂部に、専用の刷毛《はけ》でクリーム色の液体を塗っているところだった。首に白髪染め用のタオルを巻かれた父は、まるで軒先に吊されたてるてる坊主みたいな風貌で、これっぽっちも威厳がなかった。

僕は、腹の底から面倒臭いと思いながらも、父に促されるままダイニングテーブルの席についた。蔦子がカナダに留学して以来、父は怒りっぽくなっていた。

「こんなに遅くまでどこほっつき歩いてたんだ」

父は、自分が今どんなに滑稽な姿をしているのか、気付いてはいないようだった。僕は、父に対してくたくたとしたよじれた笑いが込み上げるのを、歯を食いしばって必死に堪えた。

「どこって、部活が終わってから、みんなとマック行ってただけだよ」

僕は本当のことを言った。しかし、その瞬間父が、バンッとテーブルを叩いた。

「嘘ついたって、わかっているんだからな」

父は、言った。

「嘘なんかついてねぇよ」

僕は、込み上げる怒りに、鎮まれ、鎮まれ、と背中を叩いてやりながら、かろうじて平穏な様子で答えた。

「男女交際をするなと言ってるんじゃない」

父は、言った。

「リュウだって、もう高校生だし。ガールフレンドの一人や二人……」

「何が言いたいんだよっ！」

テーブルを勢いよく殴ろうとした拍子に、父の前にあった湯飲み茶碗が倒れた。刷毛を持ったままの母が、心配そうに僕らを交互に見る。

「言いたいことがあるんだったら、はっきり言えよ」

僕は、父を睨み付けながら叫ぶように言った。体力で勝負するんだったら、もう父に勝てる自信もあった。

「落ち着け、リュウ」

父は、肩にかけてあった白髪染め用のタオルで、こぼれたお茶を拭き取りながらつぶやくように言った。急に怒鳴りつけたのはそっちの方だろうと、本気で腹が立った。

「だから何だよ」

僕は、父の顔をじっと見ながら促した。

「いつの間にそういう関係になってたんだ」

父は言った。目の前に座る父が、本当にみすぼらしく、卑屈に感じられた。リリーとホテルに行ったことがばれたんだとすぐにピンときた。

「いくらなんでも早すぎるでしょう。しかもわざわざあそこの家の子と付き合わなくても」

母も、父に同調するような素振りで言った。わざとらしく、顔に暗い影を作っている辺りが、いかにも下手な役者みたいでむしゃくしゃした。いつだってそうだ。母は父に従うばかりで、自分の意見なんてこれっぽっちも持っていない。僕は、この両親の子供として生まれたことに、心底うんざりした。何も言う気がせず、ただただ大きなため息がこぼれた。両親がリリーの何を知っているというのだ。リリーが夏休みに遊びに来ていたって、まともに話したこともなかったくせに。

「わかりました」

僕はそう投げつけるように言って立ち上がった。世界の糊しろと糊しろがくっついて、少しずつ閉じていくみたいに息苦しかった。

それから数週間後の土曜日だった。僕は、ペンション恋路に行くよう父に言われた。

二学期になり、また毎日自転車で高校に通う日々が始まっていた。高校入学を機にプチリフォームしたはずの僕のキャラは、壁が剝がれ落ちペンキが色褪せて、また少しずつ元に戻りつつあった。あんなに楽しかったサッカー部の練習も、だんだん退屈になってきたし、いつも洟《はな》が詰まっていて思いっきり呼吸ができないような日々が続いていた。

どうせ菊さんにリリーとのことで何か言われるのだろう、と思った。

重たい気持ちを引きずるようにしてペンション恋路の勝手口を開けると、驚いたことに、そこには見慣れたスニーカーがあった。ニューバランスの最新モデルで、僕とお揃いで松本のパルコで買ったものだ。

僕はリリーの隣にきちんと靴を揃えて脱いでから、従業員用のスリッパを履いて、菊さんがいそうな厨房の方へと向かった。ちょうど前の日の宿泊客を送り出した後らしく、二階の客室からは掃除機をかける音が響いていた。

「流星」

スリッパの底がわざと派手な音を立てるようにしてだらしなく歩いていると、後ろから菊さんに声をかけられた。

「今、お茶を持ってくかね」

菊さんは、肝心なことには何一つ触れずに言った。

食堂に入って行くと、リリーがパッと顔を上げて僕を見た。僕らは数秒間、相手の目の奥を覗き込んだ。光の加減によるのか、リリーの瞳がいつになく翡翠《ひすい》色に光って見えた。リリーに対して、かける言葉は見つからなかった。

会話もせず、ただ黙って二人並んで待っていると、菊さんがお盆にお茶を載せてゆっくりと歩いて来た。体が縮んでいる。腰が少し曲がったから、余計そう感じたのかもしれない。

「どうぞ」

菊さんは穏やかな口調でそう言うと、茶托に載せた緑茶を僕達の前に置いた。いつも菊さんに口をすっぱくして言われて、丁寧に茶渋を磨いていた客用の湯飲み茶碗だった。自分自身の心を磨くような気持ちで洗うように。菊さんからいつも言われていた言葉を思い出した。

「すごくおいしい」

最初にお茶を口に含んだリリーが、横でつぶやいた。それから僕も、菊さんの淹《い》れてくれたお茶をゆっくりと飲み込む。菊さんの心に棘《とげ》がないことを、僕はすぐに理解した。

「リリーは、遠い所を、よく来ただね」

菊さんは、まっすぐにリリーの方を向いて言った。ストーブにかけられたヤカンから、白い湯気がため息のようにこぼれていた。僕らは何も言わずに、ただ黙って菊さんの言葉を待った。窓の向こうに、早くも色づき始めたアルプスの山が連なっていた。

「二人が並んでいると」

菊さんは、自分でもお茶を啜りながら言った。

「明星《あきほし》に、よく似ているな」

「アキホシ？」

僕はよくわからなくて聞いた。

「菊さんの、次男だよ。うちのママのお兄さん」

リリーが、僕にだけ聞こえるような囁き声で教えてくれる。

「そうそう、流星のじいさんの弟」

菊さんが懐かしそうに目を細めた。

ぽつりと言った。「死んでしまったけど」

それから菊さんはふと顔をほころばせ、

「オレらの若い頃はさ」

と昔話を始めたのだった。

「毎月十五日に近所の村から若い男と女が集まって、よう踊ったな。それが、楽しみだったの」

その頃を懐かしむような、はにかんだ表情だった。

「地味な男女交際だなぁ」

僕は、思わず口を挟んだ。

「今の時代から較べるとそうだろうけど。昔はそれで十分だったの。それで、男の方は、いいなーって女がいると手紙を出すだよ。好きな相手からの手紙だったら返事を書いて、カップルが成立するの」

菊さんの口からカップルという単語が飛び出たのが新鮮だった。

「女の子の方からアタックすることはなかったの？」

リリーがたずねた。

「女は受身だよ。体の作りが、そうできてるんだから」

「じゃあ、好きじゃない人から手紙が来ても、全部受け入れるの？」

「そういう時は、返事を書かないで放っておけばいいの」

菊さんは楽しそうに教えてくれた。その恥ずかしそうに昔を思い出して僕らに話してくれている様子が、なんだかすごくかわいらしかった。

「なるほどね、じゃあ菊さんは？　菊さんはもらったの？　ラブレター」

リリーが興味津々な様子でたずねると、菊さんは、本当に顔を赤らめて、ふふふと笑った。花のつぼみがもうすぐ咲くみたいな初々しい笑い方だった。

「あれは十七歳の春だったかね。オレも、初めて返事を書いただよ。でも、オレはろくに学校も行ってないから、平仮名でしか書けなくて。悔しかっただ」

「じゃあ、その人が菊さんの初恋の人？」

「そーんなこと！」

菊さんは両手でほっぺたを隠すようにして言った。僕もなんだか、菊さんの恋の話を聞くのが楽しくなってきた。

「だって手紙のやり取りだけだったもの。でも、相手が五つ年上の人だったから、その後すぐに赤紙が来てしまっただよ。悲しくて悲しくてさ。そんなこと、親兄弟にも言えないし。結局、手も繋げなかったから。それからすぐに、親が勝手に決めてきた相手と結婚したの」

「そうなんだ。知らなかった。じゃあ、その結婚相手が、私のおじいちゃんってこと?」

「違うの」

菊さんは、しっかりと首を横に振って否定した。

「あの人は、オレの二番目の旦那さんで、最初の旦那さんだった人の弟よ」

知らなかった。

「オレは二十歳で結婚したけど、それから一年も経たないうちに、旦那さんにも赤紙が来てしまったの。だから旦那さんは明星の顔も見ないまま、遠い所で死んでしまっただよ。その時、死んだ旦那さんの弟がオレより一歳年下だったの。まだ結婚してなくてね、オレには小さい子が二人いるし、未亡人にしておくよりはいいだろうって、また親同士が話し合って、今度はオレ、弟の嫁さんになっただ」

「ってことは、私のおじいちゃんとリュウ君のひいおじいちゃんは、同じ人じゃないの」

「兄弟だよ。あんまり人に話したことはなかったけど」

「そうだったんだ」

僕は久しぶりに声を発した。それから急に喉の渇きを覚えて、湯飲み茶碗に残っていたお茶を一気に飲み干した。緑茶は、すっかり冷たくなっていた。

「だけど、結局明星も死んでしまったから」

そこで菊さんは急に椅子から立ち上がると、厨房から、何かラップをかけたままの皿を持ってきた。

「どうぞ」

それから菊さんは、しっかりとした丈夫そうな指で、器用にラップを剝がした。それは、子供の頃からたまに菊さんが作ってくれる漬け物サンドだった。

「懐かしい」

コッペパンの切れ目に辛子バターを塗って、間に漬け物をサンドする菊さん手製の総菜パンだ。この日は、黄色いタクアンと赤い柴漬けがきれいに交互に並んで入っていた。

「うまいよ」

僕は思わず唸《うな》るように言った。

僕らが漬け物サンドを胃袋に入れるのを見届けてから、菊さんはまた話を始めた。

「明星が死んじゃって、オレは絶望してただよ。でも、不思議なもので、そんな時でも、子供ができるの。戦争が終わって三男のスバルが生まれて、それからまた翠が生まれて」

「菊さん、幸せだった？」

しばらく漬け物サンドを食べるのに時間を費やしてから、リリーはとろんとした表情で菊さんにたずねた。

「どうかしらねぇ。生きるのに必死だったもの。幸せとか、考えたことなかったねぇ。でも、確かに翠が生まれて数年間は、幸せだったよ。だけど今度は、子供達の父親が、病気になってな。気持ちの病気だし。オレが最初に兄の嫁さんだったってことが、どうしても許せなくなったのさ」

すると、

「だって、それは仕方ないじゃない。おじいちゃんだって、それを承知で菊さんと結婚したんでしょ」

リリーは、異議を唱えるみたいに早口で言った。

「それはそうなんだろうけど、頭でいくら理解しようとしても、ここがさ……」

そう言って菊さんは、ことさら大事なものに触れるように、そっと自分の胸に両手を当てた。

「心ってのかい？　それが、どうしても受け入れられなくて、長年悩んでいたんだと思うね。オレや子供達にまで、手を上げるようになって」

そこまで話を聞いて、僕は、もしかして、と思った。幼い頃、蔦子とリリーと三人でやっていたオバケごっこ、あのオバケ屋敷の住人は、リリーのおじいさんだったのかもしれない、と。

「オレに手を上げながらも、涙ぐんでいたのを知ってたさ。根は優しい人だったんだよ。だから少しでも状態がよくなると、病院から旅館の方に連れて来て。結局、病院で亡くなってしまったけどな」

やっぱりそうだったんだ、と僕は思った。オバケの正体は、リリーのおじいさんだったんだ。僕は、海とリリーがいた夏の間にひっそりと行われたお葬式のことを思い出した。

すると、

「恋路旅館ってさ」

リリーが、ふと顔を上げるようにして菊さんにたずねた。

「あそこって、ラブホテルだったの？」

リリーの質問は、いきなりだった。

「ラブホテル？」

菊さんは外国語を発音するように慣れない様子で繰り返した。

「だから、連れ込み宿みたいな所？」

「そうそう。オレはほら、好きな人と、手も握れなかっただろ。だから、他の人にはそういう思いをさせたくないと思ってさ。赤紙が来たっていうと、うちに呼んで、おなかいっぱいご飯食べさせて、二階に布団を用意して、そういうことをさせてあげたのが始まりだよ。おなかがいっぱいで気持ちよくなれば、たとえ一瞬でも、その時は生まれてきてよかった、って思えるだろ」

「やっぱり菊さん、ラブレターくれた人のこと、好きだったんだね」

リリーは嬉しそうに言った。

そして、菊さんは一際居ずまいを正して言ったのだ。その頃にはもう、菊さんが拵えてくれた漬け物サンドも僕とリリーの胃袋にしっかり収まり、皿は空っぽになっていた。

「本当に、自分達の正しいと思う道を選ぶのがいいだよ。誰に遠慮するのでもなく、自分達だけの心で決めなさい。親や周りが決めることではないよ。それが自分達の選んだ道だったら、決して後から文句言ったりしねぇで、受け入れるだよ。何がいいことで、何が悪いことかなんて、長い目でじーっくり観察しねえと、わからねえもの」

菊さんは、更に続けてこうも言った。

「たとえいとこ同士でも、結婚できるだよ。あんた達は、いとこよりも遠いのだし。オレ達の若い頃は、いとこ同士、親戚同士で夫婦になるってことも、珍しくなかったんだから」

僕は、自分達の交際が反対されるか、もしくは別れるように説得されてしまうのだろうとばかり思っていたから、正直、拍子抜けだった。けれど、菊さんの言ったことは、大声で反対されるより、もっと厳しいことのように思えた。そのことが、じわじわと身にしみてくるようだった。

「ありがとう」

僕が言おうとするより先にリリーが言った。

話が終わったのか、菊さんは椅子から立ち上がった。そして、ふと明るい表情に戻って言った。

「せっかく来たんだから、露天風呂に入って行くといいよ。流星が、何年もかけて作った力作だ。二人で入りなさい。親には黙っておいてやるよ。どうせ、そういうことはとっくに済んでいるんだし」

僕は本気でびっくりした。すると、リリーがすかさずそれを上回る提案をし、僕は立て続けに二度、びっくりさせられた。

「菊さんも一緒に、三人で入ろうよ」

そして菊さんは、本当に孫とひ孫と一緒に、ペンション恋路の露天風呂に入ったのだった。僕は女二人に囲まれて、最後まで居心地が悪かった。

服を着て、「ペンション恋路」とロゴの入った手拭いで髪を拭き、僕らは並んで勝手口に立った。

「菊さん、またね」

リリーが明るい声で言った。

「また手伝いに来るよ」

僕も言った。菊さんの顔は、露天風呂に入ったせいか、ほんのりとバラ色に染まっていた。

「二人とも、気を付けて帰りなさい。おなかが空いたら、いつでも戻って来るといい」

菊さんは、よく響く声で言った。

「ありがとう」

僕らは、声を揃えて答えた。それから、並んで山道を歩き始めた。いつもならスバルおじさんに穂高駅までペンション恋路のワゴン車で送ってもらうのだけど、この日は意図的にか偶然か、最後まで僕らの前に姿を現さなかった。

「寒くない？」

僕は横を歩くリリーにたずねた。まだ、リリーの髪の毛が少し湿っているのが気になっていた。

「お風呂から上がったばっかりだから、逆にこのくらい寒い方が気持ちいいかも」

小鳥が心細げな声で鳴き、太陽はいくつもの梢の向こうで西側に傾き始めていた。

「私達が正しいと思う道だって」

リリーが、なんとなくぼんやりとした声で言った。

途中から、僕らは手を繋いで歩いた。ひっそりと静まり返った別荘地に続く山道を、駅に向かって延々と下りた。車だとあっという間に過ぎてしまうけど、自分の足で歩いてみると、歩いても歩いても同じ森の中の景色ばかりが続く。まるで、同じ場所をぐるぐると巡っているだけなんじゃないかと錯覚するほどだった。

夏の間は避暑に訪れる人で少しは賑わっても、夏以外の季節は、この辺りはほぼゴーストタウンになる。中には定住している人もいるらしいのだが、二人で手を繋いで歩いていても、誰にも出くわさない。

「私達が正しいと思う道」

リリーは、またさっきと同じような調子で言った。それから、

「私達って、本当に愛し合っているのかしら？」

と、ひとり言みたいに小声で囁いた。

だんだん、リリーの指が冷たくなってきた。そして、立ち止まってからぎゅっと抱き寄せてキスをした。僕は、彼女の手を自分のジーパンのポケットの中に突っ込んだ。まるで、かたつむりとかたつむりの熱烈な交尾のようなディープキスだった。誰も周りに人がいないと知っていたけれど、もう誰に見られても、たとえそれが自分達の両親であっても構わないとすら思った。切なかった。こうして深くキスをしても、リリーに少しも近付けない。それどころか、ますますリリーが遠のくような気がしてならなかった。

梢の上の方で、僕らのキスをあざ笑うかのように、一羽のカラスが甲高い声で鳴いていた。

その瞬間、なぜだかぐっと涙が込み上げてきた。泣いているのを悟られたくなくて、僕はますます激しくリリーの唇を吸い込み、自分の舌を差し入れた。このまま草の上でリリーに覆い被さってしまいたい、とさえ思った。すると、

「どうしてリュウ君が泣くの？」

僕の涙に気付いて、リリーが言った。けれどそう言うリリーの声も、なぜだかかすか

に震えていた。それから、深いモスグリーンの清《す》んだ目でじーっと僕の瞳を覗き込んだ。それを見ていたら、またぽろぽろと涙がこぼれた。

「いやだよ」

僕は言った。

「帰りたくない。リリーとずーっと一緒にここにいる」

そう言ってしまったら、僕は、立ってすらいられないほどの悲しみに襲われた。そのまま、すとんとその場にしゃがみ込んだ。

「リュウ君がそんな弱気で、どうするの」

リリーはそう言って、僕の背中を後ろから抱擁した。

「がんばろう」

リリーは言った。リリーの息が、僕の背中に丸くて温かい日溜まりのようなものを作った。

「一緒に、私達の最善の道を探そう」

そう僕の背中で言うと、また立ち上がって僕の腕を引っ張った。強く強く引っ張った。僕は、もう一度しぶしぶ立ち上がった。世界が、ぐらりと傾くのを感じた。

きっと、僕とリリーは、今、全く同じことを考えている。それが、手に取るようにはっきりわかった。だから僕は、このまま駅に行くのが本当に嫌で嫌で仕方なかった。絶対に最悪のことが起きるに決まっている。その流れを、僕らは止めることができなかった。僕らの乗った船は、すでに流され始めていた。

「嫌だよ」

僕は、もう一度子供みたいに駄々をこねた。それでも、リリーは歩くのを止めなかった。僕は、途中から目を閉じて歩いた。リリーに、すべてを委ねていた。

「嫌だってば」

僕は目を閉じて、もう一度つぶやいてみた。お母さんに好きなオモチャを買ってもらえず駄々をこねる子供みたいに、僕もその場に手足を投げ出し泣き喚きたい気分だった。悲しい未来へなど、そこから先、一歩たりとも近付きたくなかった。

「リュウ君の意気地なし」

リリーは言った。その口調がすごく懐かしく思えた。

僕は、歯をくいしばってそれ以上涙がこぼれないよう堪えた。でも、ダメだった。涙だけでなく、鼻水まで垂れ流し状態だった。情けないと自分でわかっても、泣かずにはいられなかった。泣くことでしか、その時の気持ちを表現できなかった。

森を抜けると、だんだん市街地に近付いていく。人や車とすれ違うことも多くなった。

信号待ちをしていると、リリーが言った。僕の腕に、しっかりと自分の腕を絡めていた。

「私達が本当に相手を必要としているのかどうか、しばらく会わないで考えてみようか」

「しばらくって?」

「リュウ君が、上京するまでかな」

「長すぎるよ」

「でも、一生のうちの二、三年だよ」

「がんばれるかな?」

「がんばるんだよ」

「リリー、待っててくれるの?」

「リュウ君のこと、ちゃんと待ってるよ」

「リリー、他に彼氏作ったり、しない?」

「恋人はリュウ君一人で十分」

「浮気もしない?」

「しないって」

「だって……」

そう言いかけると、また涙と鼻水が一気に押し寄せた。僕は、もう一度語気を強めて言った。

「リリーの周りには、いい男が、いっぱいいるだろっ」

そんなことを言っている自分が情けなくて、ますます泣けてきた。

リリーは、そんな僕の背中をトントンと優しく叩いて、小さい子を諭すように言った。

「リュウ君は知らないかもしれないけど、私、リュウ君のこと、とっても好きなんだよ。リュウ君のこと考えると、心の中がパーッとお花畑になっちゃうの。リュウ君は私にとって、特別な存在だから」

僕はしばらくぶりに顔を上げた。アルプスの山並みが、うっすらとピンク色に染まっていた。僕は、リリーのいる世界から決してはぐれないように、リリーが腕を絡めている自分の腕にしっかりと力を込めた。墓地の奥まで海を見つけに行った時みたいに。その腕を、一瞬でも解いてはいけないと思った。

「なんだか、急にしたくなってきた」

「大？　小？　サイドカーの時みたいに、おもらしはしないでね」

僕は正直に言った。

「えっ、リリー、覚えてるの？」

「そりゃあ、めちゃめちゃ臭かったもん」

「そうだったんだ。もう忘れてくれてると思ってたのに」

「それより、リュウ君、何がしたかったの？」

「リリーとセックス。でも過去形になっちゃった。リリーが急に変なこと言い出すから、すっかり元気なくなっちゃったよ」

「本当はさっき、私もちょっとだけ、リュウ君としたくなっちゃった。実は今も濡れてるかも」

「マジで」

僕は思わず聞き返した。

「ホントだよ。なんなら触って確かめてみる？」

そう言うとリリーは、本気で僕の手をスカートの中に突っ込ませようとした。僕は怖くなって思わず手を引っ込めた。

「でも、今は我慢しよう。次会った時、ちゃんとお布団の上でしようよ。ね、それまで楽しいことは、とっておこう」

でも、僕らにとってこれから先二年以上も会えないというのは、地獄に突き落とされて牢屋に幽閉されるくらい、希望の欠片が少しもなかった。

「必ず東京に行くよ」

僕は、秋の空に宣言するように言った。そう声に出したら、不思議なことに、すーっと涙が引いていくのがわかった。

「向こうで会えるの楽しみにしてる」

リリーはうんと優しい声で言った。表情が、だいぶ明るくなっていた。

リリーがそのまままっすぐ新宿まで乗り換えなしで行ける「スーパーあずさ」がやって来た。僕は、リリーと一緒に同じ電車に乗ってしまったら、松本で降りられなくなってしまいそうだったので、そしてまた、一度固めた決意が揺らいでしまいそうなので、一本後に来る松本止まりの大糸線で帰ることにした。

「またね」

さらっと流すように言ってリリーに背中を向けたものの、内臓をいきなり素手で乱暴に引き千切られたような痛みがじくじくと広がった。

すぐに、列車がホームに流れ込む。しばらく経って振り向くと、窓際に座ったリリーが、必死に手を振っていた。その顔には、笑みさえ浮かんでいた。僕はぐっと涙を堪えた。アジアのどこかの国みたいに、列車の手すりにでもつかまって、リリーと一緒にスーパーあずさに乗って行きたくなる衝動を、顔をしかめて我慢した。

リリーを乗せた列車が、再びゆっくりと動き出す。電車が小さくなるまで見送ると、また涙がぽたりと落ちた。涙と鼻水は、さっきすべて出し切ったと思っていた。

それから僕は、穂高神社に行って必死に祈った。こんな時にしか挨拶に来ない自分の無精を神様に詫びながら、それでも祈らずにはいられなかった。神様どうかリリーと僕の行く末をお守りください、僕らが幸せに再会できるよう、はからってください。僕は、柏手を打った後固くまぶたを閉ざし、両手を胸の前で合わせたまま、僕らの幸福な結末を、とにかく無我夢中で祈っていた。

僕が一本後の大糸線に乗り込む頃には、穂高は薄暮に包まれていた。大糸線の中から、一瞬だけ恋路旅館のあった場所が見える地点がある。大きなクスノキがそのままになっているので、わかるのだ。いつもその場所を探してしまうのだけど、僕はあえて目を逸《そ》らして通過した。窓の向こうにぽつぽつと散らばる町の明かりがきれいすぎて、僕はまた少し涙ぐんでいた。

そして再び目を開けた時には、漆黒に近い濃紺の闇が、電車の窓ガラスをドンドンと乱暴に拳で叩くみたいに、すぐそこまで迫っていた。窓を開けてしまったら、電車の中にまでドッとそれらが雪崩《なだれ》みたいに押し寄せてきそうだった。車内から、夜空の星は見えなかった。

ほどなく、僕はサッカー部の顧問に退部届を提出した。表向きの理由は、怪我だった。

練習試合でスライディングをした際、左の足首を捻挫したのだ。すぐに医者にも診てもらったし、一月もすればまた練習に参加できると言われた。けれど、僕の中で今まで奮い立っていた何かが、急激にしぼんでいくのを無視することはできなかった。

　親には、受験勉強に集中したいからだと嘘の理由を告げた。けれど、だからと言って今までより早く家に帰ることもありえなかった。僕は、毎日図書館に寄るからと偽って、実際は松本のパルコに足を運んで時間を浪費した。パルコにさえ行けば、そこがそのまま時間も空間も超えて、ドラえもんのどこでもドアみたいにリリーのいる東京と繋がっているように思えた。少なくとも、僕にはそう感じられたのだ。

　そういえば、その頃僕は、松本にとても素敵な場所を発見した。

弘法山《こうぼうやま》だ。小高い山全体が、前方後方墳になっている。三世紀後半に築かれたものらしく、隠れたデートスポットになっていた。

　自転車で走っていて、偶然その場所を見つけたのだ。アルプスの山々を見渡すことができ、春になると一斉《いっせい》に桜が咲いて市民の憩いの場になるらしいのだが、僕が最初に行ったのは冬の寒い時期だった。

　小高い丘のようになっている頂上から、松本市内が一望できた。夜景が、本当にきれいだった。僕にはよくわからないけど、高価な色とりどりの宝石を鷲づかみにしてそこから潔く撒き散らしたみたいな、そんな夜景だった。もしここで愛の言葉を交わしたら、たとえ浮ついた気持ちでここにやって来たカップルも、がらりと心を入れ替えて、生涯を誓い合ってしまいそうな場所だった。

いつかここにリリーを連れて来てあげたい。

僕は、その場所に行くたびにそう思った。夜空に散らばる星達もきれいだったけれど、弘法山から見える夜景は、正直、それよりもっときれいだと思った。まるでそこは、世界の中心に出来たおへそみたいな場所だった。

リリーにも会えず、部活も辞めて、ただじっとやり過ごすような高校二年がようやく終わり、高校三年生への進級を目前に控えた春休みのことだ。その春、蔦子がカナダの留学先から一時帰国で戻っていた。久しぶりの家族四人での生活だった。子供が僕だけだと、この家は防音装置の中にいるみたいに音がしなくなる。けれど蔦子がいることで、台所や居間から、活気のある物音が響いていた。父も母も、そのことにホッとしている様子だった。僕は、両親と一緒に食事をとることさえ、ほとんどなくなっていた。

「電話だよ」

その電話を受けたのは蔦子だった。お互い様だけど、十代後半になった蔦子は、僕に対して妙によそよそしかった。蔦子は、首筋に太陽みたいなタトゥーを入れて戻って来ていた。蔦子は、会うたびにカメレオンみたいに印象が変わっていく。

「誰から?」

「菊さん」

「珍しいなぁ」

そう言いながら何気なく受話器を受け取り、もしもし、と僕が声を発した時だった。

「流星、これからフキノトウを採りに行くだ。今すぐ穂高においで」

菊さんは電話越しに大声で言った。

以来僕は、何回も、自転車で穂高に通うことになった。

菊さんの畑には、桃、杏、林檎の木が数本ずつと、柿の木が一本あり、余った場所を耕し、野菜を育てていた。野菜の種は前の年に収穫したものを使っていたし、農薬も化学肥料も一切使っていないから、全然お金がかからないらしい。ペンションの料理に使う分と自分達が食べる分は、その田畑で十分まかなえた。それでも多く収穫できた時はお土産に持たせてくれたし、それでも多い時は、ペンションの宿泊客に無料であげていた。

「ここには、オレのすべてがあるの」

菊さんは、野良仕事が終わると、いつも惚れ惚れと自分の畑を見渡して言った。そこにはミツバチが飛び交い巣を作り、リスや野ウサギが遊びに来ていた。シジュウカラも巣を作って、子育てに勤《いそ》しんでいた。夜になると、タヌキやイノシシ、キツネやサルも来ているらしい。そういう意味で菊さんは、来る者拒まず去る者追わず、の精神だった。まるでそこが、小さく凝縮された地球そのもののようだった。

「こんなにたくさんいる生物の中で、唯一人間だけが、環境を破壊するだ」

凛とした佇《たたず》まいで、菊さんはよくそうも言った。

当時、僕は菊さんの話してくれた言葉を、すべて理解していたわけではない。菊さんの真意をきちんとこの胸に受け止められていたのかどうか、自信がない。改めて聞く菊さんの言葉は、平凡な考え方しかしてこなかった僕にとって、毎回、目から鱗《うろこ》の連続だった。僕は次第に、これは菊さんが自分の体で手に入れた血の通った哲学なのだと思うようになった。

もうそろそろ初雪の知らせが届きそうな頃だった。僕は体調を崩し数日間寝込んでいた。自信満々で受けた模擬試験の結果が芳しくなく、それ以来吐き気が続いていた。おなかの調子が悪いのか、食欲もなく、食べてもあまり消化されず下痢になって出てきた。

その日も、僕は穂高に行って、菊さんとその年最後の仕事をすることになっていた。山で拾ってきたトチの実から、トチ餅を作る作業の手伝いだった。

トチ餅を、菊さんは毎年欠かさずに作っていた。でも、今日はさすがに行けない、行っても仕事にならないだろうと判断し、朝早い時間に、僕はペンション恋路に電話して、菊さんに断りを入れた。もともと、来たい時に来ればいいと言われていた仕事だった。行けないのだから、仕方ないと思っていた。

その春から、リリーは都内の私立女子大に通っていた。早く東京に行かなくちゃ、と僕は相当あせっていた。正直、菊さんとトチ餅を作っている気分ではなかった。

「ごめん、今日行けなくなっちゃった。風邪引いてさ」

僕は、電話の向こうの菊さんに声のトーンを落として伝えた。

「何度あるだ?」

菊さんが静かな声でたずねた。

「八度近く」

僕は実際より少し高めに答えた。さっきから、三十分おきくらいに、体温計を脇の下に挟んでいた。

「大丈夫だぁ」

菊さんは、いつもの楽観的な声で言った。

「だけど、またおなかも痛くなってきたし」

僕はなるべく情けない声を出した。

「いいから、今すぐおいで」

菊さんは、ぴしっと言った。そして、

「来れば治してやるから」

そう言って一方的にがちゃんと電話を切った。

マジかよ。

僕は独りごちた。けれど、どうやらその日は近隣にある幼稚園のバザーがあるらしく、賑やかというよりは、うるさい音が朝からひっきりなしに響いていた。これでは、寝てもいられないだろう。かと言って、勉強机に向かえるような環境でもない。

僕は、少しふらふらする体を立て直して、自転車にまたがりペダルを漕いだ。わざわざ駅まで行くのも面倒なので、そのまま自転車で穂高に向かう。頭がゆらゆらして、船酔いしているみたいだった。この調子では穂高に辿り着くのは無理かもしれない。僕は、自転車を漕ぎながらそう思った。

すると菊さんが、途中まで迎えに来てくれていた。

「顔色は、よさそうだが」

僕の顔をまじまじと覗き込んで言う。それから、おもむろに作業袋からロープを取り出すと、自分の原付バイクの後ろと僕の自転車のカゴをしっかりと結び付けた。

「レッツゴー」

ヘルメットを被るや否や、あっという間の出発だった。

菊さんがハンドルを握る原付バイクは、後続の僕のまたがる自転車を引っ張るような形で、山道を通って畑を目指した。さすがに自分でペダルを漕がなくていい分楽だったけど、お巡りさんに見つかったらどうしようと思うと気が気じゃなかった。

「菊さん、大丈夫、こんな乗り方して」

僕は一度、菊さんの背中に大声で叫んだ。

「楽しいだろ、一回これ、やってみたかっただ！」

菊さんは、僕の心配などお構いなしに、完全に真後ろを向いて僕に言った。本当に楽しそうで、奥の金歯までキラキラと輝いているのが見えた。

「いいから菊さん、前向いて運転してよ」

僕はハラハラしながら菊さんに告げた。こんな所で交通事故を起こしても、人が少ないからいつ助けを求められるかもわからないのだ。

けれど無事畑に到着し、ホッとして自転車を降りたのも束の間、菊さんはいきなり僕を突き飛ばした。何があったのかよくわからず、へらへらとした薄笑いを浮かべて立ち上がると、菊さんは今度はしっかりと両手を使って、また僕を突き飛ばした。僕はバランスを崩し、地面に両方の手のひらをついた。

「菊さんったら、いきなりびっくりさせないでよ」

そう言いながら立ち上がろうとした時だ。また肩をぐいっと押されて、今度こそ僕は、本当にその場に倒れ込んだ。そこは、深い穴になっていた。

「つべこべ言わず、ゆうことを聞くだ」

菊さんは言った。そして、僕がいる穴の中に、どんどんスコップで土を入れ始めた。

「ちょっと、どうしたの？　菊さん」

僕は不安になり、焦って早口で言った。まさか、まさか菊さんが……。祖母が孫を殺すという事件が先日あったばかりだった。でも、菊さんは僕のひいばあさんだ。ひいばあさんがひ孫を殺すのは、前代未聞だろう。

もしかして、菊さんは少しずつ頭がおかしくなり始めているのだろうか。長く一緒にいたから気付かなかったけど、菊さんだってもう八十歳をこえている。頭や体に不都合が生じても、おかしい年齢ではない。そう思った時、

「流星、お前は何を心配そうな顔してんだ？　ひいばあさんが惚《ぼ》けたとでも、思ってるんだろ？」

菊さんはさもおかしそうに笑いながら言った。全くの図星だったので、僕は何も言い訳することができなかった。すると、菊さんは僕の目をじーっと見て続けた。

「オレも、具合が悪くなると、よくそこで土被ってぼーっとするだよ。そうすると、嘘みたいにスッキリするの」

「砂風呂は聞いたことがあるけど、これってじゃあ、土風呂ってこと？」

「そうとも、言えるなぁ。流星は、賢い」

そう言いながらも、菊さんは僕が埋まっている穴に、土を被せ続けた。

「さあ、できた」

菊さんが満足そうにそう言った時、僕は肩の辺りまで、すっぽりと土に埋まっていた。ぎゅうぎゅうではなかったから、土の中でも自由に手足を動かすことができる。

「どうだ？」

「うーん」

すぐには言葉が出なかった。菊さんも、僕の目の前でごろんと横になった。手足を大の字に広げ、寝そべっている。風のささやき、鳥の声、そこには自然の音しか聞こえなかった。

「こうやっていると、だんだん、動物や植物の気持ちがわかってくるだよ」

目を閉じてじっとしていると、しばらくしてから菊さんがぽつりと言った。僕はまたゆっくりと目を開けた。その場所から世界を見上げると、たった今初めて地球という場所に降りてきたような新鮮な気持ちになった。光がまぶしくて涙が滲んだ。

「流星、土の中はどうだ?」

「だんだん気持ちよくなってきたよ。それに、思っていたよりずっと温かい」

「土の中があったかく感じるのも、こうしてたくさん草が茂っているからだよ。人間はすぐ、雑草だからって抜いたり枯らしたりしてしまうだろ。でも、この世に神様がお造りになったもので、無駄なものなんて一切ないよ。無駄なものは、人間が金儲けのために作ったものだけだよ。地面に近い所にいると、いろんなことがよーく見える」

僕は、本当に穏やかな気持ちになっていた。だから菊さんが、

「あの火事で」

と言った時、僕は一瞬何のことを言われているのかわからなかった。頭の片隅に穴ぼこが開いたみたいに、火事のあったことすら思い出せなかった。僕の記憶では、菊さんが具体的に火事に言及するのは初めてだった。

「本当にたーくさんの物を失っただよ。オレにはもう、この畑と田んぼしか、残ってない。だけど、あの火事があったおかげで、オレはまた、この田畑に戻ることができたんだ」

なんだか神様に報告しようとしているみたいな響きだった。

「火事があってよかった、なんて口が裂けても言えねえし、そんな単純なことではないけど、でもな流星」

菊さんはしっかりとした声で僕を呼んだ。僕の頬は、その時すでに涙で光っていたはずだ。

「生きていれば、必ずいいこともあるよ。神様は、そんなに意地悪なことはしない。よい行いさえしていれば、いつか自分に返ってくる」

僕は、土に埋まったまま、涙が止まらなかった。心にぎゅっと固く固く閉めていた蓋がぱかっと外れて、天井が大きく開いたような気分だった。菊さんも、海を忘れないでいてくれたんだと思った。それが、嬉しかった。

「菊さん」

僕は涙声で菊さんを呼んだ。けれど、その先の言葉は続かなかった。

「流星は、子供の頃から泣いてばっかりだ。お前の父ちゃんとそっくり」

菊さんが優しい笑顔で言いながら、僕のほっぺたを指で触る。

菊さんの手に泥がついていたのか、口の中に土の味が広がってきた。それでも、僕は少しも気持ち悪いとは感じなかった。体から、すーっと悪いものが出ていく気がして気分がよかった。目の前を、頬をふくらませたリスが横切っていく。


結局僕は、一浪の末に東京のとある大学に入学した。名前を挙げれば、みんなが聞いたことだけはあるようなところだ。松本みたいな地方都市で暮らしていると、そういうことが重要だったりする。

第一志望校は、二回受験して二回ともダメだった。人生、そんなに甘くはなかった。東京へ発《た》つ数日前、僕は母とパルコの無印良品に行って家具や電化製品を選んだ。僕にとって、パルコといえば松本にあるパルコだ。炊飯器、掃除機、冷蔵庫。それから、布団とカーテン。大きな物でいうと、だいたいこんな感じだった。脚の低いベッドを置くかどうか最後まで迷ったけれど、部屋がワンルームで小さかったから、布団を敷くことにした。

母はせっかくだからと、新しいシーツやパジャマ、トランクスや靴下まで買い揃えてくれた。もうすぐ二十歳になる息子をつかまえて新しい下着もへったくれもないんだけど、あればあったで助かるから、僕は素直に従った。僕は四月生まれだから、大学入学後すぐ二十歳になる。

東京へは、父が車で荷物と一緒に送ってくれた。大きな荷物は業者がアパートまで持ってきてくれることになっていたので、僕は洋服とか食器とかを父の車のトランクに入れた。松本から東京へ、長い道のりのドライブだった。

その日は偶然にもリリーの誕生日だった。

彼女は、僕より三週間だけ早く、二十代の仲間入りをする。あの日菊さんからペンション恋路に呼ばれて、そして穂高駅で身を切られるような思いで別れて以来、本当に一度も会わなかった。僕らが、二人で導き出した結論だった。

リリーには、僕が上京することをすでに伝えてある。夜、僕のアパートまで来てくれることになっていた。僕が浪人したばっかりに、約三年半も会えなかった。正直な話、このまま終わってしまうのかと思うこともあった。けれど、僕らは二人で最後までゴールに辿り着くことができた。松本と東京という離れた場所で、二人三脚をしている気分だった。でもそれは僕らの第一章のゴールであって、これからまた新たに、第二章が始まるのだ。

それを思うと頬が緩みそうになるので、僕はしっかりと顔の筋肉を引き締めた。

「トイレはいいか?」

いきなり父に聞かれたので、僕は、

「平気」

とだけ素っ気なく答えた。こんな短い会話すら、父との間では緊張が走る。

「喉が渇いたから、コーヒー休憩でもするか」

父は、ひとり言のように言った。

自分が休みたいんだったら、最初からそう言えばいいのに、と僕はまた苛立ちそうになる。でも、こんな悶々とした状態も今日で終わる。

父は、次のサービスエリアで車を止めた。僕がベンチで待っていると、父はトイレに駆け込み、しばらくしてハンカチで手を拭きながらやって来た。そして、

「リュウ、何飲む?」

と聞いた。

「水」

僕がまたぶっきらぼうに答えると、父は売店に入って行き、両手にミネラルウォーターのペットボトルと微糖の缶コーヒーを持って戻って来た。完璧な、と形容したいほどの曇り空だった。晴れる気配もなければ、雨が降る気配もなかった。雲は、断固とし

てこの空に留《とど》まっていたいらしい。

「平日なのに、人がいっぱいいるんだなぁ」

僕は、次々と車から降りてくる人達の群れをぼんやりと見ながら言った。特に父に返事を求めたかったわけではなかったが、

「ほんとだな」

父も、ぽつりと答えた。

僕は、なんとなく十年近く前のあの時のことを思い出していた。父は、火事の後、リリーが暮らす神楽坂のマンションに避難していた僕を、車で迎えに来てくれたのだった。あの時は白のカローラだったのが、今は紺のクラウンになっている。確か、あの日もどこかのサービスエリアでこんなふうに休憩したはずだと思った。

僕は、あの時と同じ場所にいるような気持ちになった。けれど、基本的に高速道路のサービスエリアはどこも風景が似たり寄ったりで、確かめようがなかった。すると、父が言った。

「リュウ」

僕が面倒に思いながらも父の方を振り向くと、父はなんだか居心地が悪そうな表情を浮かべ、紙袋からハンカチに包んだ筒みたいなのを取り出した。あれ？　と思った。父

がそんな紙袋を持っていたこと自体、今までずっと気付かなかった。

「これ」

父は、喉に痰がからんだのか、一度、ゴホンと大きな咳払いをした。それから、何事もなかったかのような表情を見せ、

「お前に渡そうと思ってて、ずっと渡せなかったものなんだ」

と、かすれがすれの声で言った。ハンカチは白いもので、筒は、高さが十五センチくらい、ハンカチの生地の向こうに朱色の缶が透けて見えた。ハンカチは新品らしく、結び目はきっちりと固く留まり、一回結んでから一度も結び目を解いていないのが伝わってきた。

何？　とはたずねなかった。

「リュウにも見せてやるべきか話し合ったんだけど、蔦子が猛反対して、それで次の日の夕方、みんなで改めて火葬してやったんだ。これは」

と父が言いかけた時、

「ありがとう」

僕は父の声を遮って言った。海のことだとわかった。

それから僕は、海の遺骨を両手で抱いて車に戻った。持ってくる時に父が使っていた

紙袋は、トイレの前のゴミ箱に捨てられた。遺骨は、見た目よりもずっと軽かった。お菓子のウェハースか何かが入っているみたいだった。

それから父は、一切、火事のことにも海のことにも触れなかった。僕は、あの時火の中に飛び込もうとする僕の肩をぎゅっと押さえつけていた父の、腕の力の強さを思い出した。そしてふと思った。もしあの火事が今起きたとしたら、それでもやっぱり父は僕を止めるだろうか、と。よく見れば、父はあの頃よりだいぶ体が細くなっていた。

東京でこれから暮らすアパートを探す時、僕は不動産屋のじいさんに何軒も同じような間取りの部屋を見せてもらいながら、気が付くといつも何かを探していた。それは、山だった。

受験で東京の都心に出かけたりすると、僕はどうにも落ち着かなかった。空気が悪いせいとか、人が多いせいとか、ネオンが目にうるさいせい、とかいろいろ原因はあったと思うけど、ある日、僕ははたと気付いたのだ。それは、山が見えないせいだった。

穂高で暮らしていた時も、松本に移ってからも、必ず視界のどこかに山の稜線が見えていた。穂高の場合はそれこそ北アルプスの山々が迫って大きな柵に囲まれているような感覚になったし、松本でも常に山に囲まれていて、それが守られているような安心感に繋がった。でも、東京では絶望的なほどに山がなかった。

僕は気が付くと、部屋の窓から山の見える物件を探していたのだ。リリーの家が神楽坂にあることを考えると、もっと東京の都心寄りに住みたい、という希望はあった。中央線と井の頭線が両方使える便利な吉祥寺が無理でも、その隣駅の西荻窪のちょっと辺《へん》鄙《び》な場所に行けば、そう高くもなくワンルームの部屋が借りられそうだった。でも、やっぱり僕は山の見えない所には住めないだろう、と思った。山が見えないと落ち着かない。それで、吉祥寺からもう少し下った八王子寄りの、西国分寺に住むことに決めたのだ。これなら、少々時間はかかっても、リリーの住んでいる神楽坂に近い飯田橋と、ほぼ一本の電車で結ばれることになる。

不動産屋のじいさんがガラガラとその部屋の窓を開けた時、僕の目にはしっかりと小高い山が見えた。建物は古く、それほど素敵な物件ではなかったが、これなら毎朝窓を開けるのが楽しみになる、と思った。近くに、商店街やコンビニがあるのも便利だったし、家賃も相場より数千円だけ安かった。

父は、その西国分寺のアパートの前にぴたりとクラウンを止めた。アパートは〈レモネードハイツ〉という。男が住むには少々甘すぎる名前だけど、仕方がない。

僕は、缶の底に手を当てて、海の遺骨の入っている容器を持ち上げた。やっぱり、中身は空っぽか、ウェハースなんじゃないかと思えるほど軽かった。

僕が暮らす部屋は、二〇三号室だ。大家さんから預かってきた鍵でドアを開けると、ぷうんとペンキの匂いがした。二度目なのに、もう懐かしく感じた。これから僕らが暮らす部屋だよ、と僕は灰となった海に呼びかけた。

この物件を仲介してくれた不動産屋のじいさんとここの大家さんは、遠縁の親戚筋に当たるらしい。一度この〈レモネードハイツ〉を見に来た時、ここは建物自体はとり立ててよくもないんだけど、大家さんの管理と人柄がいいから、一度住んでしまうとなかなか住人が出たがらないのだという話を聞いていた。

確かに、もっと埃っぽい部屋を想像していたのに、部屋は気持ちよいほどきれいに掃除が行き届いていた。まるで、僕が到着する時間に合わせて、ついさっき、床を雑巾で水拭きしたみたいだった。日当たりのいいワンルームだ。

「今、荷物持ってくるから、こっちで受け取れ」

父は、階段をコンコンコンコンと音を立てて上がってくると、そう言い置いて、また急ぎ足で車に戻った。

僕は靴を脱ぎ、新居に上がった。それから海の遺骨を、本棚の一角に置いた。この部屋には、作り付けの本棚がある。ペンキの匂いはそこから来ているらしく、真っ白いペンキの色が空間に浮き立つようだった。本棚があることも、この部屋を気に入ったもう一つの理由かもしれない。

窓を開けると、ぼやけたような春の匂いがする。遠くにうっすらと山が見えた。あの山を越えたずっとずっと先に、僕の生まれ育ったふるさと、穂高がある。

父の車で運んで持ってきた荷物は、ほんのわずかだった。服は、透明の収納ケースに入れてきたので、そのままクローゼットにしまうだけでよかったし、コートやシャツも、そのままハンガーに吊せば完了だった。食器や洗剤などは収納庫へしまい、靴はそのまま狭い玄関に並べて置いた。松本の社宅から持ってきたマンガは、全部本棚に収まった。引っ越しというのは、もっと大変かと思っていたから、ちょっと拍子抜けだった。

僕はジーパンの尻ポケットからケータイを取り出し、時刻を確かめた。浪人生になる時、僕は念願の携帯電話を手に入れた。予備校に通いながら鯛焼き屋でバイトもしていたので、さすがにないと不便だった。それからは、リリーとたまにケータイで連絡を取り合っていた。何気ない通信の足跡が、今では僕の宝物である。

「あと三十分で、荷物届くみたい」

僕は言った。パルコの無印良品で買った家電を、十二時から十四時の時間指定で送っていた。

「リュウ、昼飯は？」

父がたずねた。

「なんだかおなかいっぱいで。母さん、朝から大量に作ってくれたから」

「ご馳走だったもんな」

父は、薄く微笑んで答えた。

「あとは、もう一人で大丈夫だよ」

僕は言った。半分は本心であり、もう半分は、早く父を松本に追い返したいという魂胆だった。数時間後にはここにリリーが来ることを思うと、僕は見えない尻尾をブンブンと乱暴に振り回したい気分だった。

「そうか」

父は、あっさりと言った。

「本当に、一人でできるから」

僕は、つとめて明るい声で答えた。そして、

「ありがとう」

と、玄関先で背中を向ける父に言った。

「体に気を付けてな。たまには、お母さんに電話してやるんだぞ」

黒い革靴に足をねじ入れ、窮屈そうに靴紐を結びながら言うと、父は一回も僕の方を

振り返らずに、アパートの階段を下りて行った。さっきみたいな、コンコンコンコンという威勢のいい音は響かなかった。

僕はふと思い立って、サンダルを突っかけ、外に飛び出した。アパートの入り口まで行った時、ちょうど父のクラウンが発車するところだった。父の頭頂部に出来た禿《はげ》が円盤のように飛び去っていくのを、僕はただ黙って見送った。少しして、無印良品からの荷物も運ばれてきた。

それから僕は、近くの商店街まで、飲み物などを買い出しに行くことにした。西国分寺の駅前を見た時、僕は、これなら松本の方が都会じゃないかと思って、小さくガッツポーズを決めていた。東京と言ったって、いろんな表情があることもわかった。西国分寺には少し歩くとだだっ広い畑や果樹園があり、僕が見る限り緑もいっぱいで、松本の雰囲気とそんなに変わらなかった。

僕は、大声で叫びながら走り出したい気分だった。両手を飛行機のように左右に広げ、そこら中を駆け回りたいような衝動に駆られた。長かった。本当に本当に長かった。僕は、いよいよ訪れるリリーとの再会を想像するだけで、ひとりでに顔がにやけてしまうのを止められなかった。

ペットボトルのスポーツドリンクやスナック菓子、リリーの好きそうなチョコレートをたっぷり買い込み、最後にふと思い出して牛乳とはちみつも買って、僕は意気揚々とアパートに戻った。〈レモネードハイツ〉と書かれた下を通るのは、やっぱりなんだか気恥ずかしかった。

部屋に入り、母の入れてくれた荷物の中から緑茶のティーバッグを探し出し、僕はおそらく人生で初めて、自分のために自分でお茶を淹れた。ふと、リリーと最後にペンション恋路で会った日、菊さんが僕らに淹れてくれた緑茶を思い出した。茶渋一つない湯飲み茶碗に、それは美しい翡翠色をした液体が光っていた。まるで、手のひらに地球を抱いているようだった。

お茶を飲み終えて、僕には一つ、やっておくべきことが控えていた。それは、海との対面だ。サービスエリアで父に渡された時から、ずっと気になっていた。

僕は深呼吸して気持ちを落ち着けてから、本棚の隅に置いてあったそれを両手で床に移動させた。結び目は、固く固く結ばれていた。中を見られるのを拒絶しているようでもあり、誰にも中を見せまいとする何らかの意志の表れのようでもあった。指先に力を込めてゆっくり結び目を解くと、中から現れたのは、本来はカリントウを入れておくための缶だった。

「海」

気が付くと僕は、声に出してそう呼びかけていた。

待ってろよ。

僕は蓋が閉まったままの缶を脇によけ、丁寧にハンカチを折り畳んだ。それから折り畳んだハンカチの上に缶をのせ、そこで慎重に蓋を上へ持ち上げた。スーッと、蓋が上昇した。ぽわん、という軽いため息のような音が響いた。

僕だよ。

心の中で静かに海に話しかけた。

上から中を覗き込むと、白い砂のようなものと、いくつか、珊瑚みたいな骨の固まりが見える。気のせいかもしれないけれど、缶の奥から、焦げ臭いような匂いがした。

僕は、静かに缶の中へと手を滑り込ませた。そこは、鍾乳洞の中のようにひんやりとした空間だった。固いかたまりに爪の先が触れたのでつまみ上げると、さらさらになった骨に埋もれるように、奥から海の首輪が出てきた。焼けたせいで、もう赤い色はほとんどわからなくなっていた。

海って、こんなに首が細かったんだ。

僕はぼんやりとそんなことを思っていた。

よく見ると、首輪には数本の白い毛が残されていた。一部分が激しく焼けて、焦げて炭のようだった。

「熱かったね。痛かったね。代わってあげられなくて、ごめんね」

海と出会って、それから別れて、気が付くともう十年近く経っている。その間、一度だって海を忘れたことはなかった。小学校までの道のりをただ黙々と歩いている時も、リリーとじゃれ合っていた時も、受験勉強をしていた時も、高校のグラウンドでひたすらサッカーボールを蹴っていた時も、菊さんの畑で野良仕事に汗を流していた時も、浪人時代に鯛焼き屋でアルバイトをしていた時も、海はいつだって僕の心のど真ん中で、笑窪を作って笑っていた。

「ずっとずっと、会いたかったんだよ」

僕の涙が、缶の底に吸い込まれた。

「海、あの時助けてあげられなくて、本当にごめん」

僕は、海の首輪をぎゅっと手のひらに握りしめながら言った。どうしても、その言葉を海に届けたかった。海は、永遠にあの日のままだというのに、僕はもう二十歳を迎えようとしている。申し訳ない気持ちでいっぱいだった。

「ごめんね」

もう一度謝って、僕は床に突っ伏した。顔が、涙と鼻水と涎《よだれ》で、ぐしゃぐしゃになっていた。

神様、この海の遺骨から、もう一度海を甦らせることはできないの？

僕はどんな神様でもいい、僕の望みを叶えてくれるなら、土下座でも何でもしたい気分だった。僕の命と引き替えに、というのなら、僕は喜んでこの命を差し出すだろう。今からでも遅くはない。海は、僕なんかよりずっと、リリーを幸せにできる。そう思えた。

その時、ピンポン、と音がして、

「リュウ君、いるの？　私」

と声がした。

え？　慌ててケータイで時刻を確認すると、まだ午後四時前だった。リリーは、アルバイトがあるから六時過ぎにしか来られないと言っていたのに。けれど、その声の主は、リリー以外にありえなかった。

「リュウ君？」

どうしたらいいものかと焦っていると、またパンパンと手のひらでドアを叩く乾いた音が響く。

「今開けるから、ちょっと待ってて」

なんだか、ドタバタ劇みたいな再会のシーンになりそうだった。

僕は、涙と鼻水と涎を急いでティッシュで拭き取った。それから、海の遺骨を収めている缶の蓋を元に戻し、ハンカチには包まずに、そのまま本棚へと戻した。そしてキッチンスペースに投げ出されていた布巾を使い、猛スピードで顔をゴシゴシ洗った。これ以上待たせたらリリーに怪しまれる。

「ごめん、今開けるから」

僕は明るい声で言い、チェーンを外して鍵を開けた。その瞬間、ふわりと女の子独特の甘い香りがして、僕は頭がくらくらしそうになった。三年半もの間、会いたくて会いたくて仕方なかったリリーが、上品なトレンチコートを着て、本当に僕の目の前に立っている。

「リリー」

僕は、ぽかんと口を開けてしまっていた。リリーが、ますます魅力的になっていた。この喜びを、どう表現していいのかわからなかった。バタバタバタバタと、僕は嵐の日のワイパーみたいに、見えない尻尾を激しく振り動かした。

「どうぞどうぞ」

僕は、なんとか冷静にそう言って、リリーを中に案内した。それから慌てて段ボールの中身をごそごそと漁って、新品のスリッパを取り出した。リリー専用のスリッパだ。リリーは、お姫様が履くような、エナメルの真っ赤なパンプスを履いていた。確かにもう、僕とお揃いのスニーカーでは、物足りないというか、似合わない雰囲気になっていた。

「すっかりきれいになっちゃって」

僕はまるで親戚のおじさんみたいな気持ちになって、しみじみと上から下までリリーを見ながら言った。

「リュウ君こそ、すっかり大人の男の人みたい」

リリーは、とても上品に笑いながら答えた。そして、

「あんまり私が恋しいから、リュウ君、今、泣いてたんでしょう」

と続けた。

うわぁ、と思いながら、僕は感心した。その口調は、なんだかすごく幼い頃のリリーを思い出させた。誰かの顔にゴミがついていれば、ゴミがついていますとはっきり伝え、誰かが傷の上から絆創膏《ばんそうこう》を付けていれば、その絆創膏をベリッと剝がして生傷を確かめるような、そんなリリーが目の前にいるような懐かしい気持ちになった。

「まあね」

とりあえず僕は、さらりと流した。

「狭いねー。でも、なんとなくクローゼットでかくれんぼしてるみたいで落ち着く部屋だね」

リリーは、着ていたトレンチコートのボタンを外しながら言った。確かにリリーが住んでいるあの豪華なマンションに較べたら、僕の部屋はクローゼット並みに小さく思えるだろう。

それからリリーは窓のそばに行って、そこからの景色を眺めた。リリーの目にも、緑色の小高い山が見えているはずだ。

「こっち来たら、急に花粉症になったみたいでさ」

僕は、まだ鼻の奥に残っていた鼻水をビーッと豪快にかみながら、言い訳するように言った。

「大丈夫なの?」

リリーがきょとんとした顔で覗き込みながら心配そうにたずねた。

本当は、再会の演出を、頭の中でいろいろと考えていた。

玄関先で、まずはぎゅっとリリーを抱き寄せよう、とか。やっと会えたね、なんてキザな台詞をはいちゃおう、とか。場合によっては、会ってすぐにリリーをその場で押し倒して、布団に連れ込んじゃおう、とか。でも、実際にはどれも実行できなかった。

「その辺に座ってて」

僕は、ちょっと残念、と思いながら言った。

リリーは、座布団を動かし、ちょうど僕が数分前まで突っ伏して涙を流していた場所に腰を下ろした。黒いタイツを穿いた足が、妙になまめかしかった。

「リリー、お茶にする？　それとも、はちみつを入れた牛乳ってのもあるけど」

僕は、キョロキョロと周囲を見渡しているリリーにたずねた。

「温かいお茶をくださいな」

その口調はまるで、かつて自分がはちみつ入りのミルクを好んで飲んでいたことなど、すっかり忘れているみたいだった。僕はヤカンにたっぷりと水を満たした。

コンロでお湯を沸かしている間、リリーがちょっと寒そうにしているので、僕は自分のダウンジャケットを膝掛け代わりに手渡した。リリーが僕の部屋にいるというのに、以前みたいに抱きしめたりキスしたりするタイミングが、上手に見つからなかった。

リリーには、カモミールのお茶を淹れた。マグカップが一つしかないので、さっき僕が使っていたやつを軽くすすぐ。熱々のカモミールティーをリリーの元に届けに行くと、リリーはその場でぴょこんと正座をして、そのマグカップを両手で受け取った。

「ふわぁ」

そよ風に吹き飛ばされるみたいな動作をして、リリーは言った。僕のいる所まで、かすかにカモミールの香りが届いた。カモミールは、菊さんが畑の片隅で育てていたものだ。栽培というよりは、自然に生えているのに近い状態だった。菊さんは、「カモミール」と言わず、カミツレと言っていたけど。

乾かすとお茶になるとのことだったので、僕は少しずつ花を摘んでは、天気のよい日に乾燥させておいたのだ。眠れない時は、これでミルクティーを作るとよく眠れると言っていた。菊さんも、たまに飲んでいるらしかった。

それにしても。カモミールティーを飲むリリーを見ているだけで、幸せだった。そしてふと、僕は自分が海なんじゃないかと錯覚した。海もよく、リリーの前でお行儀よく前足を揃えて、穏やかな表情でリリーのことを見つめていたから。

僕は海の生まれ変わりなのかもしれない。

そんな気持ちになった。

あの日命を落とした海の魂が僕の体に乗り移って、あれ以来僕は、「立花流星」ではなく、本当は犬の「海」として生きているのではないだろうか、と。

僕自身が海なのだと思うと、僕は底知れない安心感に包まれた。そうか、そうだったのか。妙に納得した気分だった。

その時、ぐーっと、リリーのおなかが鳴った。

「腹減った」

リリーが、菊さんの口調を真似して言った。

「何か食べる？　うちのかーちゃんが作ったおにぎりでよかったら、いっぱいあるけど」

僕は言った。

「おにぎりじゃなくて、なんか甘い物とか、ある？」

リリーのお菓子好きがさっぱり変わっていなくて、嬉しくなる。

「さっき、チョコ買ってきたよ」

「チョコレートかぁ。どんなのか、見せてくれる？」

リリーが言ったので、僕は冷蔵庫にしまっておいたチョコレートを取りに行った。わりとオシャレな感じのする輸入食料品を扱う店を見つけて、そこで買ってきたものだった。

「うーん、どうしよっかなぁ」

リリーは、少し困った様子でつぶやいた。

「あっ」

その時、僕はふとひらめいて言った。

「もしこれでよかったら、食べちゃっていいけど」

それは、さっき上の階に住む人に挨拶に行って、けれど結局転居後で渡せなかった開運堂のお菓子だった。

「はい」

僕はリリーに箱ごと手渡した。

「開運堂って松本にある老舗のお菓子屋さんじゃなかった？」

リリーが僕を見上げて言う。目の際に、整然と睫毛《まつげ》が生え揃っていた。真上からリリーを見下ろすと、なんだかリリーが床から生える不思議なチューリップのようだった。

「じゃあ、これいただく」

「どうぞ」

僕は答えてから、リリーの方に手を伸ばし、そばにあったマグカップを持ち上げて、飲みかけのハーブティーを口に含んだ。甘くて、春みたいな味がした。

「これって確かさ」

リリーは、表面に水彩画のタッチで白鳥の絵の描かれた箱を見つめながら言った。

「『白鳥の湖』だよ。あの辺では、わりと有名なお菓子」

蓋を開けると、丸い形をした「白鳥の湖」が、一つずつ薄紙に包まれて並んでいた。薄紙から取り出すと、お菓子の表面には白鳥のマークが浮き彫りになっている。

「いっただきまーす」

リリーはそう小声で言うと、その丸いお菓子を口にぽんっと放り込んだ。

「なんか、ぼそぼそして喉に詰まりそうな感じがしない？」

僕は心配になって言った。子供の頃から、僕はこれを食べると毎回、湿気ったお線香を無理やり口に含んでいるような気持ちになるのだ。菊さんがよく仏様にお供えをしていたから、線香の臭いが染みついていたのかもしれない。

「リュウ君、もしかしてこれが苦手なの？」

リリーが、前と同じ調子で、僕をリュウ君と呼んでくれたことにホッとする。

「なんていうか、もそもそするし。リリー、全部食べちゃっていいよ」

さすがに、リリーが喜んで食べている物を、湿気たお線香みたいだとは表現できなかった。

「これさ、夏休みにリリーを松本の駅まで迎えに行く時、たまに菊さんが買ってくれたんだよ。菊さんも、このお菓子が好きだから」

僕は、ふと思い出してリリーに伝えた。

「そっか、だからなんだか懐かしい気がしたんだ。でも、あの時食べてたのより、今の方が千倍おいしく感じるね」

リリーは、次々に「白鳥の湖」の包みを剝がしながら言った。僕の所にまで、何とも言えないお香みたいな匂いが漂ってきた。

「よかった、喜んでもらえて」

少しずつ、リリーといる時間の感覚を思い出した。そして、うっかり忘れそうになっていたけれど、今日がリリーの誕生日だということを思い出した。

僕は、夕方にでも、リリーが来る前にバースデーケーキを買ってこようと思っていた。けれど、リリーが早く来てしまったので、それができなくなった。どうしよう、と思っていたら、リリーが言った。

「リュウ君、なんか眠い」

もしかしたら、カモミールティーが効いてしまったのかもしれない。リリーは、今にも床に崩れ落ちそうな、とろんとした表情を浮かべている。それから、本当にゆっくりと床に倒れ込んだ。

「リリー、そんな所で寝ちゃ、ダメだよ。風邪引いちゃうって」

僕は慌てて言った。リリーの足下でマグカップが倒れそうになっていたので、とりあえずそれを流しに片付けた。ケータイで時間を確認したところ、まだ夕方の五時前だった。

「リュウ君、寒い。お布団に入る」

リリーが、半分眠りの中にいるような甘い声で言う。

ったくもう、と思いながら、僕はささっと布団を広げた。我ながらまるで、ワンタッチ式の何かを使ったような素早さだった。ベッドメイキングは、ペンション恋路でスバルおじさんを手伝っていたから慣れている。

「はい、こっち移って」

けれど、リリーはもう動かなかった。仕方なく、僕はリリーの両手を持って引きずり、ようやく布団のそばまで移動させた。

「ほら、リリー、ちょっとだけ起きて、布団の方に移動してよ」

僕は、リリーの耳元で言った。けれど、おしりを叩いても鼻の先をくすぐっても、リリーは頑として動こうとしない。

僕はふと、中学時代に、スバルおじさんから教わった女の子の扱い方を思い出した。スバルおじさんは、レコードのA面とB面を丁寧にひっくり返しながら、リュウ、女を扱う時は、こういうふうに大切にするんだぞ、と教えてくれたのだ。でも今は、そんなふうに丁寧にリリーを扱っていられるような場合ではなかった。

何度かトライしてやっとリリーを布団の上に移せた時、僕の背中や首筋はうっすらと汗ばんでいた。

やれやれ、しょうがないなぁと思いながら、僕はリリーに掛け布団をかけてやった。まだ無印良品のタグがついたままだったけど、まぁいいや、と思って、見過ごすことにする。立ち上がると、ふうっと思わず大きなため息がこぼれた。

僕は、リリーが寝ている間にバースデーケーキを買いに行こうと思い立ち、なるべく物音を立てないように気を付けながら、出かける準備を整えた。そして、最後に鍵を持ち上げた時、

「リュウ君、これ、脱がせて」

リリーが布団の中でもぞもぞと動きながら言った。すっかり寝ていると思っていたから、不意打ちをくらってびっくりした。

僕は、布団の方へ戻って、リリーの着ているベージュ色のカーディガンを苦心して脱がせた。ミニスカートを穿いているせいで、リリーの太ももが、すっかり丸見えになっている。リリーは、カーディガンの中にも、お揃いの半袖のニットを身につけていた。首質のよいのがしみじみと伝わってくる、まるで野ウサギの毛のような肌触りだった。首

には、真珠のネックレスが光っていた。

脱がせたカーディガンを持って立ち上がろうとした時、

「もっと脱ぐ」

リリーがぼやけたような声で言った。

「全部脱いだら風邪引いちゃうって」

暖かくなってきたとは言っても、まだ三月だ。こういう時に油断すると、すぐに体調を崩してしまう。聞き流すことにして再度立ち上がろうとすると、今度はリリーにぎゅっと足首を握られた。

僕は、仕方なくリリーの要求に従った。仕方なく、という表現は、ちょっと語弊があるかもしれないけど。とりあえず、邪魔そうなのでデニム素材のスカートを脱がせた。それから、壊れるといけないと思って、真珠のネックレスも取ることにした。手間取りながらネックレスを外し、これでいいよ、と思った時、

「だから全部脱ぐの」

ふにゃふにゃの声でリリーが言った。それで僕は、本当にリリーを素っ裸にした。

服を着ている時は、なんだか大人っぽくてちょっとリリーが遠い存在に思えたけれど、こうして裸にすると、リリーは僕の知っているリリーと百パーセント同じだった。ウェ

ストがきゅっと締まった分、ちょっと下っ腹がぽっこりしていて、それもまたかわいらしかった。

僕は、すっかり一仕事を終えた気分になった。これでようやくバースデーケーキを買いに行ける、と思った。そして、そっと音を立てずに立ち上がった時、またリリーに足首をがしっとつかまれた。危うく、転びそうになる。

「リュウ君も」

「えっ?」

「だから、リュウ君も服脱いで、こっちにおいでって言ってるのに」

なんだ、そういうことだったのか。それならそうと、はっきり言ってくれたらよかったのに。

突如、やるべきことの優先順位が明確になった。僕は慌てて服を脱ぎ、布団の中に潜り込んだ。もう、バースデーケーキはいいや、と思った。リリーと布団の中で抱き合うことの方が、よっぽど重要だ。布団はリリーの体温で、ほんのりと温かくなっていた。

僕の腕の中で、リリーは生まれたばっかりの赤ちゃんみたいな表情を浮かべていた。

僕の背中に、ぐるっと腕を巻き付けてくる。リリーとこうしていると、本当に気持ちよかった。リリーの肌はすべすべして、お餅みたいだ。おっぱいも、ふわふわしてて気持ちよかった。

「やっと会えたね」

リリーが、むにゃむにゃと寝言のような感じで言った。

僕は、一回だけリリーの唇にほんのちょこっと口づけをした。気のせいかもしれないけれど、リリーの唇から、「白鳥の湖」の味がした。

でも、そこから先に進もうとは思わなかった。リリーの腕に抱かれながら、リリーはこれがしたかったんだな、となんとなくわかった。不思議と、大好きなリリーと裸で一つの布団に入って抱き合っているにもかかわらず、よこしまな気持ちにはならなかった。性欲ではない、もっと深い深い所で、自分がたっぷりと満たされているのを感じていた。胸と胸をくっつけると、かすかにリリーの心臓の鼓動を感じる。生き物みたいに、それは必死に動いていた。リリーの口元がうっすらと開き、耳を澄ますとスースーと寝息のリズムが聞こえていた。

アイラブユー。アイラブリリー。

僕の体に宿る一個一個の細胞がそう叫んでいた。リリーを腕に抱きながら、僕も少しだけ眠ることにした。

次に目を開けた時、僕は一瞬、自分がどこにいるのかわからなかった。思い出して隣を見ると、リリーが僕の分の布団もぶんどって体に巻き付け、膝を折り曲げて横向きのまま眠っていた。今何時なんだろう、と思って目をやると、窓の向こうには黒い闇が広がっていた。さすがにもう山は見えない。すると、

「リュウ君、これからお花見に行こう」

寝ていると思っていたリリーが言った。

「このまま、こうしていたい気もするけど」

「でも、裸だっこは、またいつでもできるよ」

「それもそうか」

リリーの付けた裸だっこという表現が、いかにも言い得て妙だと思った。

「リュウ君、行きたい。やっぱりちょっとおなか空いたし。コンビニでなんか買って食べよう」

「そうだね、せっかくリリーの誕生日なのに、残念ながらここにはまだ食料品がほとんどないから」

僕らは、第一回の裸だっこを終える前に、もう一度キスをした。今度はさっきみたいにかわいいのではなく、ちゃんと目を閉じた真面目なキスだった。

東京のコンビニは、松本のコンビニよりも明るいような気がする。商品棚の間をリリーと並んでぐるぐる回りながら、なんとなく、自分達が新婚さんみたいな気分になって気恥ずかしかった。きっと、好きな人と一緒に住んで同じ家から出て同じ家に帰るってのは、こういう気持ちなんだろうなぁ、とぼんやり思った。

「そういえば、リリー、今日、帰らなくて平気なの？」

僕は、ふと気になってたずねた。

「友達の所で、お誕生日パーティーをしてくれるって言って出てきちゃった。もう二十歳だし。それにうちの親は、リュウ君と付き合うことに反対してないから、たとえバレても平気だよ」

リリーは、少し胸を張るようにして言った。面倒臭いからと、リリーはブラジャーをしてきていない。コートを着ているからわからないけど、実情を知っている僕としては、気が気じゃなかった。そして僕は、リリーに嘘をつかせてしまっていたことを、ちょっと申し訳なく思った。

見慣れた商品も初めて見る商品もいろいろあって、見ているだけでワクワクした。時刻は、午前二時を少し過ぎた頃だった。そんな時間でも、コンビニには人がわんさかいた。いつの間にか、リリーの誕生日は過ぎてしまっていた。

穂高では、コンビニというとわざわざ車で出かける所だった。今でこそ数軒出来たけど、昔はコンビニ自体が存在しなかった。松本には、さすがに何軒かあった。でも、東京ほどたくさんはなかった気がする。東京に来て、僕はまずコンビニの多さに驚いていた。

「リュウ君、決まった？」

そんなことを考えていたら、リリーに話しかけられた。リリーは、僕の腕にしっかりと自分の腕を絡めていた。よく磨かれたガラスに映る僕らは、本当に平凡なカップルにしか見えなかった。背も、もう僕の方がリリーよりずっと大きい。

「これにしようかな」

僕は、カップヌードルを陳列棚から取り出しながら言った。

「無難な線を行くねぇ」

リリーがちょっとからかうような口調で言うので、

「でも、やっぱこれでしょう」

そう言いながら、僕は一番オーソドックスな赤いラベルの醤油味を手に取り、カゴに入れた。

「リリーは？」

「そうだなぁ。ネギしお豚カルビも捨てがたいし」

「何それ？　松本のコンビニには売ってなかったよ」

「カルビ味で、レモン風味なの。もちろん、本当のレモンじゃないけどさ」

リリーが教えてくれる。

「ポークなんてのも、あるんだ。全然知らなかった」

僕は、物珍しくていろいろと詳しく見ながら言った。

「それは、豚の生姜焼きの味がするの」

リリーがそういうのを知っているってことが、意外だった。

「リリー、カップヌードル詳しいんだね」

僕は言った。

「だって、うちのパパ、もともとカップヌードルが好きで日本に住みたくなって、日本に奥さん二人も作ったんだよ。カップヌードルは、世界に誇れる偉大な食文化なんだって」

「そうなんだ」

火事の直後に初めて神楽坂のマンションで顔を合わせたリリーの父親がカップヌード

ル通だなんて、初耳だった。というか、それってなんだかすごい話だ。カップヌードルが、一人の人間の人生を大きく変えてしまったんだから。

「私はじゃあ、カレーにしよっと。シーフードも捨てがたいんだけど」

リリーも、十分無難な線だった。それからリリーは、蝶々みたいにふわふわとした歩き方でレジに向かった。

お金を払い、ポットのお湯を入れてから外に出た。しっかり三分間計らなきゃ、とリリーが言うので、僕はケータイを取り出し、時間を確かめた。

リリーは一度だけ美大生の友達が住んでいたこの近くの寮を訪ねたことがあるらしく、こっち、こっち、と言って〈レモネードハイツ〉とは反対の方向へ歩き出した。どこからか、柔らかい花の香りがした。リリーが、楽しそうに鼻歌を歌い始めた。

リリーに付いて歩くうち、どんどんひっそりとした路地に入り込んでいた。深夜の住宅街なので、さすがに道を歩いている人は誰もいない。だんだん、手元に持ったカップヌードルの蓋のすき間から、何とも言えず食欲をそそるいい匂いがもれてきた。

「醤油味のは、日本人の舌に合うように、すごく研究されたんだって。味はほとんど昔と変わらないらしいよ。あと醤油味が発売されたその翌年にね、天そばってのも、出されたみたい。それ、いまだにうちのキッチンにしまってあるの。パパって、世界中のカップヌードルを集めるのが趣味なのよ」

「すごい趣味だなぁ」

そう答えた時、ちょうど時間が三分経過した。そして、それとほぼ同時に、

「着いたー」

とリリーが言った。

目の前に、大きな枝垂《しだ》れ桜の木が聳えていた。黒々とした立派な幹から幾重にも伸びる枝先に、ふわふわと泡みたいに桜の花が咲き誇っている。見事なまでの、満開だった。空が、そこだけ夕方のようにほの明るかった。

僕らは、桜の幹に寄り添うようにして、木の真下に立った。

「いただきます」

そう言ってから、上下の前歯を利用して割り箸を割る。蓋をめくると、湯気が桜の花を目指して上昇していくようだった。底の方にざっくりと割り箸を突っ込んで、一度大きく全体をかき混ぜてから麺をすくい上げた。

ふーっと大きく息を吹きかけてから、一気に吸い上げる。ズズズズズ。隣に立つリリーの方からも、同じようにズズズズズが聞こえてきた。二人とも、夢中になって次々と麺を啜り上げた。

「うめー」

僕は思わず唸った。隣から、リリーのカレーの匂いも流れてくる。ズルッと一口啜る毎に、元気が漲ってくる。

「おいしいね」

リリーもふぅふぅと息を吹きかけながら、必死にカレー味のカップヌードルを啜っていた。僕も、負けじと食べた。二人で、早食い競争をしているみたいだった。

くるんと背中を丸めた真っ赤なエビは、奥歯で噛むとぎゅっと潮の香りのエキスが飛び出した。黄色い卵はふわふわで、サイコロ型の肉も、旨みが凝縮されていた。ネギは、空から舞い落ちた緑の色紙で作った紙吹雪のようだった。おなかの底から、ほかほかと体が温まっていくのを感じた。

「こっちも食べてみる?」

リリーが言うので、僕らは互いのカップを交換した。

カレー味もまたうまかった。大きめにカットされたジャガイモが、ほくほくとして柔らかく、スープはとろりとして、麵によく絡みついた。

「やっぱしカレーもうまいなぁ」

サッカー部の練習の後、友達と一緒に食べたのを思い出しながら僕は言った。辺り一面に、スープの香りが漂い、見上げると桜の花が静かに僕らを見守っていた。そこだけ、大きなナイロン製の傘を広げたようだった。

今まで、穂高でも松本でも、取り立てて桜の花を美しいと思ったことはない。けれど、東京で見る桜は、格別だった。触れたら消えてしまいそうな美しさだった。

「あー、満足」

「うまかったー」

リリーの唇の端っこにうっすらとカレースープの黄色が滲んでいたので、僕はキスするふりをして、それを舌の先で舐め取った。

「ふたりで、お花見しながらカップヌードル食べるとは、思わなかったよ。記念すべき再会の日に」

「全くだね」

幸せってこういうことを言うのかもな、と思った。何も遠い海外まで旅行に行ったり豪華客船に乗ったりしなくても、僕らは百数十円のカップヌードルで、こんなにも心と体が満たされるのだ。カップヌードル、最高！　と思った。そして、世界中のカップヌードルを集めるのが趣味だというリリーの父親の気持ちがわかる気がした。

僕はもう一度、真下から満開の桜の木を見上げた。林檎の花と似ているけれど、桜の花はくたっと俯き加減に花びらを開く。林檎の花は青空が似合うけれど、桜は夜が似合うと思った。人知れずひっそりと咲く姿は、なんだか木そのものが物思いに耽っているようだった。

「帰ろう」

僕は、リリーの手を取ってポケットに入れた。

よく目をこらせば、東京の夜空にも、数個の星を見つけることができた。まるで、発光ダイオードみたいに青白い。

「東京でもさ、星って見えるんだね」

かすかな光でも、穂高で見ていたのと同じ星が東京でも光っていると思うと、なぜかすごくホッとする。

大学に入学してよかったことは、ゴボウと出会えたことだ。

ゴボウは沖縄の小さな離島の出身で、同じ法学部に入学した学生だった。最初にあいうえお順で座らされた時、たまたま席が隣になったのだ。自分からゴボウと呼んでくれと名乗り出たので、僕も気にせず、初めからゴボウと呼び捨てにしていた。ゴボウは小学生の時から、すでにゴボウという愛称で呼ばれていたという。

あだ名の由来を聞かなくても、ゴボウを見ただけで、なんでそう呼ばれていたのか一目瞭然だった。ゴボウは色黒で、ひょろっとしていて、何を考えているのかよくわからない飄々《ひょうひょう》としたところがあった。

ゴボウは現役で入ってきたので、年は一つ下だった。しかも僕は入学してすぐに誕生日が来て二十歳になったので、実際には二つも年下だった。だけどそういうことは、ゴボウといると少しも気にならなかった。

ゴボウとは初《しょ》っ端《ぱな》から妙に気が合い、同じ授業を受ける時は、たいてい隣同士で席を確保した。ゴボウはアルコールが一切ダメで、それも僕とゴボウが気の合った理由の一つかもしれない。

大学での講義が終わると、僕らはよく、学校の近くにあるフルーツパーラーに行って長話をした。ゴボウは丸っきり海で育ち、僕は丸っきり山で育った。ゴボウが「海」と声にするたび、僕の心の一部がぴくんと反応した。

そういえば、まだ本格的な海に行ったことがないなぁ、と僕が言ったら、ゴボウも海を山に置き換えて、同じことを言った。僕からすると、目の前に海がだだーんと無限に広がっている光景は、想像するのさえ難しかった。

「今度、俺の実家に遊びにおいでよ」

ある時、ゴボウは言った。僕らは例のフルーツパーラーで苺のロールケーキを半分に分けて食べていた。

「きっと、リュウも気に入ると思う」

「ありがとう、僕んちにも、遊びに来て。穂高は、やっぱ夏がいいと思うけど。基本、涼しいから。真夏でも、クーラーなんかほとんどいらないし」

「それ最高じゃん。じゃあ、とりあえず夏休みはリュウの実家に遊びに行って、冬休みか春休みに、今度は俺んちに一緒に帰って、お互い泊まりっこしようよ」

ゴボウの言った泊まりっこという表現が、リリーが言った裸だっこと同じくらい、こそばゆかった。ただ、僕んちと言いつつ、僕の脳裏に浮かんでいたのは、菊さんやスバルおじさんのいるペンション恋路の方だった。

取りあえず、ゴールデンウィークは二人でディズニーランドに行くことにした。リリーにも声をかけたのだが、リリーはその日、姉である羅々さんの結婚式に出席するため、大阪に行くことになっていた。

ゴボウと並び、「空飛ぶダンボ」に乗りながら見た夕焼けは、一生忘れない。上空が濃紺で、地上に近い方がピンク色に染まっていた。なんだか、空全体が、恋人達を両思いにさせてしまう魔法のカクテルみたいだった。一番星が、ピカーッと光り輝いていた。

ゴボウが、手元のボタンを動かして操縦すると、ダンボはふわりふわりと、上空と地上付近を移動した。子供向けのアトラクションなので、そんなに高くは上がらなかったはずなのに、僕には空まで手が届きそうに思えた。だんだん、ダンボの背中にまたがって本当に空を飛んでいるような、すごく愉快な気分になった。

僕はあまりに感動して、ちょっとだけ涙ぐんだ。このダンボに、リリーや海もいてくれたら、もっともっと楽しかっただろうと思ったのだ。そして空というのは、その下でどんな行いがされていようとも、どんな人にも等しくこんなに美しい光景を見せてくれるなんて、なんて太っ腹なんだろうと思った。

「今日、リュウと来れて、ホントよかった」

わずか一分半の空中遊泳を終え、地上に降り立ったゴボウはしみじみと言った。

「僕も、ゴボウと一緒にディズニーランド来れて、マジでよかった」

僕らはまるで、付き合い始めの恋人同士みたいな会話を真面目に交わした。

フィナーレの花火が打ち上がる前、僕はゴボウに付き合ってお土産売り場に行った。本当にものすごい種類のお土産が整然と並んでいて、ゴボウも他の人同様、買い物競争みたいにあれもこれもと買い込んでいた。僕はあんまりお金がなかったし、リリーにだけお土産を選んだ。

花火がきれいだったことは言うまでもない。完璧に作り上げられた虚構の世界だとわかっていても、なんだかジーンと胸に染み入るものがあった。ふと気になって後ろを振り向くと、たくさんの人達が一様に夜空を見上げていた。おじいさんとおばあさんの夫婦もいた。車いすに座っている人もいた。まだ立って歩くこともできない乳母車の中の赤ん坊もいた。僕とリリーみたいな若いカップルもいた。そこにいる全員の瞳に、同じように小さな花火の像が映り込んでいた。みんなが、子供の頃に感じた純粋な何かを、思い出しかけているような表情だった。幸せそうだった。そこに、僕とゴボウもいることが、素晴らしかった。

僕は、あまりに感動して、またちょっと泣きそうになった。

ありがとう、ゴボウ。

二人で最後の花火を見上げながら、僕は一緒に来てくれたゴボウに、もう一度心の中で丁寧にお礼を述べていた。

「ネズミーランドのデート、楽しかった?」

ゴボウとディズニーランドに行った次の次の日、昼近くまで寝ていたら、リリーからケータイに電話が入った。松本にいる時はそうでもなかったのに、僕が上京してからは、僕らの関係にもケータイが必需品になっていた。リリーのその言い方にちょっとムッとしながらも、僕は言った。

「すごく楽しかったよ、リリーにお土産買ってきた」

「耳でしょう?」

「え?」

「だから、リュウ君のことだから、私に似合うと思って、ミッキーの耳の形をしたカチューシャでも買ってきてくれたのかと思って」

「もっとリリーが好きそうなものだよ」

僕は答えた。本当にリリーが好きかどうかはかなり自信がなかったけど。

「なら、取りに行く」

「これから?」

「今飯田橋にいるから、一時間後くらいには行けると思う」

そう言うとリリーは、一方的に電話を切った。

リリーは本当に一時間ちょっとで〈レモネードハイツ〉にやって来た。途中で買い物をしてきたらしく、両肩から下げたエコバッグには食料品がたくさん入っている。リリーは手際よく昼ご飯を作ってくれた。

僕は、リリー特製のモヤシ焼きそばを飢えた野獣のように平らげてから、その場でごろんと寝っ転がった。なんだか、リリーと本当に結婚しているような気分だった。

するとと、リリーがようやく気付いて言った。

「ソファがある」

「そう、この間買ったんだ。よかったら座ってみてよ」

僕は寝転がったまま言った。リリーの作った焼きそばなら、まだ食べられそうだった。でも、このままこんな幸せな生活を続けていたら、瞬時に幸せ太りしてしまいそうだと思った。

外から、近所の親子がキャッチボールをしている音がした。開け放った窓から、ピシッ、ピシッ、とボールがグローブに吸収される時の音が、定期的に響いてくる。「平和」を絵に描いたような穏やかな休日だった。

「大阪は、どうだったの？」

そういえば、と思い出して、僕は寝そべって腕組みをしたまま天井を見上げ、リリーにたずねた。

「楽しかったよ。串カツもお好み焼きもタコ焼きもそば飯も、全部同じ味がしてたけど、おいしかったたし。結婚式の写真、見る？」

「見たい」

僕は、ゆっくりと起き上がりながら言った。

リリーがソファに座ったので、やったー、と思って早速僕もソファに移動する。本当に、カップルが並んで座るとちょうどよいサイズだ。普通に並んで座っても、体と体のどこかが必ず触れ合う感じになる。

「これが、住吉大社に行く時に渡る橋」

「アーチ型になってんだ。前から見るとすごい急な坂だね」

「そうなの、そしてこれが、神社の境内」

「趣があるなぁ」

「そしてこれが、羅々ねーちゃんと旦那さん」

その画面を見せられた瞬間、すげーと思った。

その黒人の男性は、羽織袴姿で岩のように立っていた。その横に、随分大人になった羅々さんがいた。

「そっか、イギリス人って言っても、もとはジャマイカの人なんだもんね」

「そうなのよ。一見怖そうなんだけど、でもめちゃくちゃ優しくて礼儀正しいし、とってもいい人なの」

「二人の顔が似ているみたいだけど」

僕が言うと、

「やっぱリュウ君もそう思う?」

リリーは言った。羅々さんは純日本風のきらびやかな花嫁衣装を着てしとやかにしているものの、どことなく隣に立つ彼と感じが似ている。恋人同士って、こうやって少しずつ相手に影響されていくのかもしれない。

それからリリーは、家族で撮った集合写真や、その後の会食の様子など、いちいち説明しながら見せてくれた。僕まですっかり幸せな気持ちになり、いつか、僕とリリーもこんなふうになることを妄想した。その時は、穂高神社で式を挙げたいな、と僕はちょっとだけ具体的なイメージを抱いた。そうすれば、菊さんだって来やすいだろう。

デジカメの画面が住吉大社の橋の写真に戻ってから、リリーは言った。

「それでね」

持ってきたバッグの中をごそごそと探し始めた。そして僕の手に、小さな紙袋を置いた。

「お土産。開けてみて」

リリーは、語尾にハートマークをくっつけたような、かわいらしい調子で言った。

「ありがとう」

僕はお礼を言って、その白い紙袋の中身を取り出し、ガサガサと音を立てながら包み紙を広げた。

「あ」

僕が素っ頓狂な声を出すのと、

「睦犬だって」

とリリーが言うのは、ほとんど同時だった。

「むつみいぬ？」

僕は繰り返した。

「似てると思わない？」

リリーが静かな声で言ったので、

「確かに」

と僕も優しく返事をした。じわっと、涙が込み上げそうになる。

二匹の犬が前後に重なって、交尾をしている最中の置物だった。メスと思われる下の犬は茶色のブチで、上から覆い被さっているオスの犬には、背中に黒いブチが入っていた。二匹とも目を閉じていて、その表情がいかにも穏やかで、気持ちよさそうだった。

それにしても、表情が海にそっくりだ。そして、海にもこんな気分を味わわせてやりたかったなぁ、と思ったら、更にぐっと涙が込み上げてきた。

「大事にするよ」

僕は、涙を誤魔化すように言った。

それから、手のひらにすっぽり収まってしまうほど小さな睦犬の置物を、海の遺骨の隣に置いた。また、いつも笑っているみたいだった優しい海のことを思い出し、胸の奥が縛られるみたいに苦しくなる。でも、同時に嬉しかった。僕は、大人になってパートナーを見つけた海と、再会したような気分になっていた。

リリーがくれた睦犬に較べると、僕がディズニーランドで買ってきたチョコレートクランチなど、取るに足らないお土産だった。

「こんなのしか探せなくて、ごめん」

僕が謝ると、

「いいのいいの。中身食べちゃえば、この缶、使えるし」

リリーはあっけらかんとして言った。

それから、なんとなくソファの上でダラダラした。ダラダラしているうちにだんだんイチャイチャになり、僕も、すっかり睦犬の気分になった。僕らは、狭いソファの上で子犬のようにじゃれ合った。

夕方になって少し涼しくなってから、リリーと散歩した。僕らは、外を歩く時は当たり前のように手を繋ぐようになっていた。

住宅街を歩いていると、向こうからおばあさんの押す乳母車に乗せられて、一匹の犬がやって来た。白くて小柄な、優しそうな犬だった。飼い主であるおばあさん同様、乳母車に乗せられた犬も、かなり年老いているのがすぐにわかった。

僕は、その犬を見た瞬間、あっ、海だ、と思った。

そうか、海はあの火事の時、自力で逃げ出したんだ。それで、新しい飼い主さんに出会って、今は幸せに暮らしているんだ、と。

その発想は、ほんの一瞬だけど、僕をものすごく安らかな気分にしてくれた。でも、実際はもちろん違う。数秒後、僕は上京する時に父から手渡された例のものの存在を思い出した。

「今日はいろんな所に海がいるね」

静かな声でリリーが言った。

リリーが外で「海」の名を口にするのは、多分火事以来初めてだった。僕に時間が必要であるように、リリーにもまた、海の不在を受け入れるのに、長い時間を要したのかもしれない。

「僕、あん時、ほんとはうにって言ったんだよ。ほら、最初の最初に墓地で名前を決めた時」

僕は、ふと思い出してリリーに言った。もう時効だろうと思った。

「知ってたよ」

リリーはニヤニヤと笑いながら答えた。

「でも蔦ちゃんが、私とリュウ君が二人とも海って言ったと勘違いしたんだよね」

「結果的には海に決まってよかったけど」

「結果よければ、すべてよしだ」

リリーは、見えないものを見ているような穏やかな表情を浮かべて言った。

ぼんやりと、何かを思い出している様子だった。香ばしい風が、どこからかふわりと吹いてきて、僕とリリーを優しく抱擁した。もう、民家の庭先に植えてある紫陽花《あじさい》が色づきそうになっている。

すると、

「リュウ君は、将来どうしたいの?」

リリーがいきなりたずねた。あんまり唐突だったので、真面目にも冗談ぽくも答えられなくて、僕はありのままを告白した。

「まだあんまり考えてないかも」

二十歳にもなってまだそんなことを言っている自分が情けなかったけど、本当のことだから仕方なかった。

「リリーは？」

僕は逆にリリーに問い返した。

「私はね、エステティシャンになろうと思ってるの」

これまた、本当に予想もしていなかった答えが返ってきた。

文学部で、スペイン語と英語を勉強していたから、てっきり翻訳とか、そういう仕事に就きたいのかと思っていた。

「エステティシャン？」

僕は、少し間を置いてから、もう一度思い出したようにゆっくりと言った。

「どうしてまた？」

「いろいろ理由はあるんだけど」

リリーは眉間《みけん》に少しだけ皺《しわ》を寄せ、難しそうな表情を浮かべて言った。僕に伝えるための言葉を考えあぐねているらしかった。

「才能があるから、かな」

「実際にやったことがあるの？」

「プロとしてお金をもらったことはまだないけど、今、そういうことを教えてくれる学校にも通っているの」

「全然知らなかった」

リリーの口から教えられていなかったことがいくつも飛び出し、ちょっと不服だった。

「言ってなかったっけ？」

リリーはとぼけたような口調で言い、それから、

「きっと海が、導いてくれたんだと思う」

と、今度ははっきりと確信に満ちた声でつぶやいた。

「あの日、ほら、海を墓地から連れて帰って来た時のこと、リュウ君、覚えてる？」

リリーはあの夜のことを思い出したのか、歌うみたいに楽しそうに言った。

「もちろんだよ」

あんなにワクワクしたのは、人生で初めてと言ってもいいくらいだったんだから、忘れるはずがない。たとえずっと将来自分がいろんなことを忘れてしまうようになったとしても、それだけは覚えていられるんじゃないかと思う。

「あの時、私、海の体に両手を当てながら、お祈りしてたの。お願いだから海、鳴かないで、騒がないでねって、とにかく必死だった。そしたらね、ぽわーんって、両手が温かくなってきて、海の魂と交信している、っていうのがわかったの。何の確証もないんだけど、とにかく絶対にそうだって思ったのよ。一瞬の体験だったけど」

「それで、エステティシャンになろう、って思ったの？」

僕はたずねた。

「もちろんそれだけではないんだけど、でもやっぱり、あの時感じたことが大きいかな。人間って、こんなふうに自分以外の人と関われるんだ、って思ったら、すごい感動しちゃって。癒しとかってよく言うけど、実は、癒されている人が気持ちいい時は、癒している方も気持ちがいいものなのよ。最高のセッションができた時って、受けた方はもちろん幸せのオーラに満たされるんだけど、やった方も、すごく幸せな気持ちになって、少しも疲れたりしないものなの。つまり、お互いに癒し合ってるってわけ」

「へぇ」

リリーの言っていることは、なんとなくわかりそうで、でもやっぱり僕にはわからなかった。リリーは、尚も僕にその世界の魅力みたいなものを伝えたそうだった。でも、結局言葉にはしなかった。

気が付くと僕らは、まだ一度も足を踏み入れたことのない、かなり細い路地を歩いていた。さらさらと、水の流れる音が響いていた。

「お鷹《たか》の道って言うんだね。夏が近付くと、ホタルが飛ぶって。うわぁ、本当に水がきれい。安曇野みたい」

リリーが、案内の立て看板を見ながら言った。

「せっかくだから、湧き水の所まで行ってみようか」

僕は言った。

その時僕は、頭の片隅で全く別のことを思っていた。

海を、本物の海に帰してやろう、と。

この頃から、リリーは将来の話を時々口にするようになった。

夏休みに、僕らは三人で穂高に帰ることにした。

三人というのは、ゴボウとリリーと僕の三人だ。言い出したのは、リリーだった。そして、リリーがほとんどすべての計画を一人で立てた。

リリーと穂高に行くことに全く躊躇《ちゅうちょ》がなかったかというと、そんなことはない。ただ、僕はもう小さな世界のあれこれに惑わされることにうんざりだった。悪いことをしているわけではないのだから、もっと堂々としていたかった。

そんなこんなで、僕らは四年ぶりくらいに、揃って穂高に降り立った。しかも今回はゴボウもいてくれたから、本当にただの旅行気分を満喫することができた。二泊三日でゴボウに穂高を案内し、その後僕は松本の実家に帰省する予定だった。両親には、最初に穂高に寄ることは内緒にしておいた。

三人で穂高駅前の貸し自転車屋に行き、自転車を借りた。店主は電動自転車を勧めたのだが少し高かったので、リリーだけ電動にして僕とゴボウは普通の自転車を選んだ。

初日は、三人で大王わさび農場へ。

途中、穂高神社に三人揃ってお参りし、その境内に出来ていたパン屋でパンを買い、大王わさび農場で食べることにした。きゃー、とか、やっほー、とか皆口々に叫びながら、わさび農場まで続く一直線の坂道を猛スピードで駆け下りた。僕も、スバルおじさんが乗せてくれたハーレーダビッドソンのサイドカーを思い出しながら、ハンドルを強く握った。体が風に溶けてしまいそうだった。頭上には、水色のシーツを広げたみたいに、夏色の空がたっぷりとどこまでも広がっている。

ちょうどお昼時だったので、わさび農場の脇を流れる蓼《たで》川と万水《よろずい》川の合流地点で、水車小屋を眺めながらまずはパンを食べることにした。リリーが、せっかくだからとわさびジュースを三人分買ってきてくれた。川底から緑色の藻がたくさん生えて、見ているだけで涼しくなる。

「ゴボウ君、あれね、黒澤明監督の『夢』に出てくる水車小屋なの」

リリーは、買ってきた天然酵母のパンを幸せそうに囓りながら言った。

「リリーさん、安曇野って、いいとこっすね」

ゴボウも、あんパンを頬張りながら気持ちよさそうに目を細めて答えた。

「わさびジュースも、うまいっす」

実のところ、僕はわさびが苦手なのだ。わさびが名物の穂高で生まれ育ったというのに。手元にまだたっぷりと残っているわさびジュースを、どうしようかと考えあぐねていると、

「私も、安曇野ってとっても素敵な所だと思う」

リリーが、川底に漂う藻みたいにさらさらと髪の毛を靡《なび》かせながら言った。横顔が、きらきらと輝いて見えた。わさびジュースを気に入ったらしいゴボウが、もう一本買いに行くと言い出したので、僕は慌てて引き留めて、一口飲んじゃったけど、と付け足してから、ゴボウに僕のわさびジュースを手渡した。ゴボウは、何も疑わず、ありがとう、とニッコリ笑って受け取った。

昼食を食べ終えた僕らは、ゆっくりとわさび農場の中を散策した。わさび田の小径を歩いて親水広場へ行くと、見渡す限りわさび畑が広がっていた。

「わさびって、こんなふうに作られるって、知らなかった」

ゴボウは感心したように言った。それから、ケータイで同じような写真を何枚も何枚も写していた。湧き水に手を浸すと、夏なのにしびれるような冷たさだった。その後、農場の一角にある大王神社に寄って三人並んで手を合わせた。

「ゴボウ君、ここにはね」

リリーが、ゴボウの方を見ながら言った。

「魏石鬼《ぎしき》八面《はちめん》大王っていう神様が祀られてるの。ここの守り神」

「ギシキハチメンダイオウ、っすか?」

「そうなの。坂上田村麻呂《さかのうえのたむらまろ》が東北の方を征服する時に、途中で信州の人達に食料なんかを出すように強要して、いじめたらしいの。それを見かねた八面大王が立ち上がって、坂上田村麻呂と戦って、成敗したらしいのよ」

「へぇ」

ゴボウは、リリーがいきなり歴史の話を始めたのでキョトンとした表情を浮かべていた。僕らは道なりに進んで、幸いのかけ橋を渡っていた。

「だけどね、もう一つ説があって、人々に迷惑をかけて鬼って呼ばれていた八面大王を、坂上田村麻呂が征伐してくれた、っていう」

「真逆っすね」

ゴボウは楽しそうに言った。

「それでちょうどこの農園の辺りに、八面大王の胴体が埋められている、って言われている塚があったのよ。だから、大王わさび農場っていう名前になったんだって」

リリーは、八面大王伝説をかなり端折《はしよ》って説明した。

僕らはいわな茶屋の前を通り、今度は涼風小径をぶらぶらと散歩した。穂高の夏は、湿度が低くてカラッとしている。本当に、畑の方から涼風が吹いてきた。畑の合間からは、白馬方面の山々がずらりと見える。僕は、思い切り深呼吸をした。

ぐるっと農場内を一周したら、一時間以上経っていた。僕らは、売店の脇にある水飲み場で、渇いた喉を潤した。名水百選にも選ばれたという天然水は、本当に角がなく、丸くてほんのり甘かった。

「どう、山の景色は?」

水を飲んでいるゴボウにたずねた。

「なんか、すげぇよ。最初は、閉所恐怖症になりそうで、怖かったけど」

ゴボウは笑いながら答えた。それからゴボウは、ディズニーランドの時と同様、大王わさび農場でも大量のお土産を買い込んだ。ゴボウを待つ間、暇つぶしにレストランのメニューを見に行くと、相変わらず何から何までわさび尽くしだ。

「ごめん、お待たせ」

ここで食事をしなくて正解だったと僕がホッと胸をなで下ろしていると、ゴボウが嬉しそうに大きなお土産の袋を持って駆け足で出て来た。

わさび農場からの帰り道、僕らは無我夢中でペダルを漕いだ。

基本的には、本当にずっと山道を自転車で登っていく感じだった。中学や高校の頃には何でもなかったのに、すっかり息も上がり、背中が汗でびしょ濡れになる。ゴボウも、僕とほとんど同じ状態だった。

僕は心の中で自分を励ましながら、ペダルを踏む足に力を入れて前に進んだ。リリーが予約してくれた山の中腹にあるプチホテルまで漕ぐことを考えると気が滅入りそうになるので、とにかく、あと一メートル先に進むことだけを繰り返し繰り返し目標にしながら前に進む。途中から頭の中が白くなって、何も考えられなくなった。高校時代、サッカー部の朝練でひたすらグラウンドを走っていた頃が甦ったかのようだった。

もうほとんど気絶してしまいそうになった時、ようやく先を走っているリリーから声がかかった。電動自転車を選んだリリーは、自分だけ先に着いて涼しい顔で僕らを待っていた。

「あと少しだよー。看板が見えるでしょう！」

けれど、あと少しが、今までよりもっと急な坂道だった。僕はついに自転車を降りて、とぼとぼとハンドルを押して行くことにした。

「がんばれー、軟弱男子！」

リリーが、今日と明日三人で泊まる予定のプチホテルの前で立ち止まって、上から見下ろすようにして僕らにはっぱをかける。でも数分後、そこに僕の大きな勘違いがあったことがわかった。なんとリリーは、一部屋しか予約を取っていなかったのだ。しかも、僕とゴボウがプチホテルで、自分はペンション恋路に泊まるのだと言う。

「リュウ、僕は床に寝るから」

ようやく事態を察したゴボウは言ったが、それでも僕の気持ちは収まらなかった。二対一に分かれるなら、ゴボウがペンション恋路に泊まれば済む。この三人なら、そうする方がよっぽど自然なのに。リリーは自分がペンション恋路の方に泊まると言って譲らなかった。しかも予約していた部屋は、プチホテル側の勘違いも手伝って、ダブルベッドだった。僕とゴボウは、それほど広くはないスイートルームで二人きりになった。

こんなシチュエーションになると妙に意識してしまい、僕はゴボウが僕に近付いたり急に動いたりするたびに、いちいちビクッと体を強ばらせた。けれど数時間後、そんな自分をなんてバカなんだろう、と心底嘆くことになるのだが。

ゴボウは、人妻と熱愛中だったのだ。

二人でキャンドルの灯された狭いテーブル席に向き合ってフレンチのコース料理を食べた後、ゴボウはごろんとダブルベッドの真ん中に寝転がってあっさりと告白した。

「ゴボウ、それって不倫ってこと⁈⁉」

僕は本当に驚いて、大声で言った。まさか自分より年下の十代の奴が、不倫をするとは想像もしていなかった。

「しーっ」

ゴボウは唇の前に右手の人差し指を立てて僕を制した。誰に聞かれたってわかる話でもなかったけど、それ以降は、僕も声を潜めてしゃべった。だから、二人で内緒話をしているような格好になった。

「どこで知り合ったんだよ」

僕も、ゴボウの横のスペースにうつ伏せに寝転がって言った。そうとなったら、ゴボウと二人でダブルベッドに寝ることにも、抵抗がなくなった。

「ネットの出会い系だよ」

ゴボウは、涼しげな表情で答えた。

「いつから」

「高校ん時」

「何それ」

僕は呆れて言葉も出なかった。

「と言っても、東京来るまではメールだけのお付き合いだけど」

「それって、付き合ってる、っていうのかよ」

「だって、運命の出会いだもん」

ゴボウは飄々と言ってのけた。

「トミコさんに会いたかったから、俺、東京来たんだもん。それで、トミコさんちの近くの大学受けたら、見事受かっちゃってさ」

「トミコさんって、いくつなんだよ」

「もうすぐ四十三になるのかな？」

「えっ？」

僕は本気で、眼窩《がんか》から目玉が飛び出しそうになった。

「ねぇ、ゴボウ、聞いていい？」

僕は、自分で自分の気持ちを整理しながら言った。

「それってさぁ、お前んちの母ちゃんと」

「そうそう、ほぼ同い年」

「いいのかよ。ゴボウ、お前もしかして、オバマってこと？」

僕は思わずたずねていた。

「失礼だなぁ、俺はオバサンマニアじゃないよ。ただ、トミコさんが好きなだけ。なんだかトミちゃんといると安心するんだもの」

「げっ。オバマじゃなくて、マザコン？」

「何それ、せっかくリュウにだけ話してるのに。それに、トミコさんにも俺くらいの子供がいてね」

「マジでぇ？」

僕の声はすっかり裏返った。ゴボウもゴボウだけど、トミコもトミコだ。

「いろいろわかってて、話も合うんだ。リュウ、俺思うけどさ、ほんとに運命とか赤い糸ってあるんだな」

ゴボウはうっとりとした眼差しで言った。そしてゴボウは、僕が頼みもしないのに、トミコやトミコと二人で写した写真を、ケータイで見せてくれた。確かに、四十三という年齢のわりには、トミコは小ぎれいな身なりだった。ゴボウが惚れてしまうのも、少しは理解できそうだった。

「ここどこ？」

普通の家っぽい所にいる二人が出てきたので、僕は何気なく質問した。

「トミちゃんの自宅」

ゴボウはさらりと言った。

「えっ、お前、旦那さんとトミコさんが寝てるベッドで、やってんの？」

「そうそう」

ゴボウはあっさりと認めた。

「最初はラブホ使ってたんだけど、ホテル代バカにならないし。それは二人の将来のために貯金しよう、ってことになったの。それで、家の人達が出かけてる日中に、時間ができるとトミちゃんが俺を呼んでくれるようになったんだ」

「今、二人の将来って言った？」

「そう、今は無理だけどさ、息子さんが成人したら、結婚したいね、って話してる」

「息子さんってさ。ゴボウ、そん時いくつだよ？」

「えーっと、彼がまだ高校一年生だからね、五年後として、二十三かな？」

ゴボウは、のんびりと語尾を上げて答えた。

「じゃあその、相手のトミコさんは？」

「四十八歳」

「ゴボウ、本当にいいのかよ？　四捨五入すると、五十……」

「リュウは見方が狭いなぁ。俺らは、この同じ時代に出会えたってだけで、奇跡なんだから。五十だろうが六十だろうが、俺らは死ぬまで一緒のベッドで寝ようねって約束してる。リュウだって、リリーさんがいくら年取ったからってさ、嫌いになるなんて、考えられないだろ」

「それはそうだけど」

「だったら一緒だよ。それに、人は必ず平等に年を取るものだよ」

そう言うとゴボウは、眠くなってきた、と言って大きな欠伸をした。

僕は、眠たそうにしているゴボウを見ながら、あ、そうかと納得した。ディズニーランドで買った抱き枕みたいなミニーマウスのぬいぐるみも、今日大王わさび農場で買っていた生わさびやわさび漬けも、すべてトミコへのお土産だったのだ。

「おやすみ」

僕は、半分とろけたように眠っているゴボウに声をかけた。それから、穂高の夜は寒くなるので、肩まで羽毛布団をかけてやった。僕も、少し間を空けてダブルベッドとシーツの間に滑り込む。けれど、頭が冴えて少しも眠れなかった。

二日目もリリーの案内で、今度は山の上の方をサイクリングすることになった。安曇野アートヒルズミュージアムも、北アルプス牧場も、僕は存在自体知らなかった。観光名所に関しては、地元人間の僕よりよそ者のリリーの方が詳しくなっていた。

ここ数年の間に増えたのか、山の中に、ポツポツとリリーの好きそうな器のギャラリーやガラス工房、草木染めのTシャツや袋を売る店などが出来ていた。その人達は皆、穂高出身者ではなく、穂高の自然に惹かれて外からやって来たIターンの人達らしかった。どうやら山の上の方には、特徴のある人達が集まってきているらしい。

お昼は麦とろ膳を食べに行き、午後はリリーが安曇野ちひろ美術館に行きたいと言うので、みんなで行くことにする。行きは下り坂だったので楽だったけど、帰りにこの道を上って戻るのかと思うと気が滅入りそうになった。僕は、情けないことに昨日のサイクリングでかなり筋肉痛になっていたし、寝不足もあって頭がぼーっとしたままだった。

リリーが熱心に生前のいわさきちひろの描いた水彩画や絵本の原画などを見ている間、

僕は外にあったカウチチェアーを独占して、うとうと惰眠をむさぼっていた。昨日眠れなかった分のしわ寄せだった。まるで涼しい風に優しく愛撫されているような気持ちよさで、気が付くと自分が鼾《いびき》をかいているのがわかった。いつの間にか、ゴボウも隣のカウチチェアーに寝そべっていた。

「あの話、リリーさんには内緒にしておいてくれないかな」

僕が寝返りを打つのがわかったのか、ゴボウが小声でぽつりと言った。

「もちろんだよ」

僕は静かに答えた。できるなら、その話自体、僕は聞かなかったことにしてしまいたいくらいだ。

少しすると、リリーが嬉しそうに戻って来た。麦わら帽子が、やけに似合っている。自転車に乗っている時に風に飛ばされないよう、自分で紐を縫い付けたらしい。ゴボウとトミコの関係を思うと、僕とリリーの交際は健全そのもののように思えた。

「暗くなる前に帰ろうか」

何時間ここにいたのか、もうすっかり夕方になっていた。

「夜は、おいしいフレンチのレストランを予約してあるからね」

リリーが明るい声で言う。またフレンチ？　と思った時、すかさずゴボウが口を挟んだ。

「リリーさん、ごめんなさい。せっかく予約してもらったんですけど、俺、予定を入れてしまったんです」

聞いてないと思いながら、でも同時に、ラッキーと思った。これでようやく、リリーと二人きりになれる。

ゴボウは、高校の同級生が、今、安曇追分《おいわけ》に住んでいるのだと言い出した。

「地図見てたら、近いことがわかって」

ゴボウはしゃあしゃあと言った。沖縄の人がなんで安曇追分なんかに住んでいるのか、僕にはその因果関係がちっともわからなかった。だけど、ゴボウがそう言うならそうなのだろうとも思った。

「宿に戻るより、ここからまっすぐ行っちゃった方が近いみたいなので、そうします。さっき電話をしたら、家にいると言っていたので」

ゴボウは、僕に話す時よりよほど丁寧な言葉遣いで言った。二歳年上だというので緊張するのか、それとも僕の恋人だということでそうしてくれているのか、ゴボウはリリーに対して一目置いているようだった。リリーもリリーで、僕に話す時と態度を変え、言葉遣いも妙に優しかった。

「気を付けて帰って来てね」

心配そうに、リリーは言った。

「道がわからなくなったら、すぐに私かリュウ君のケータイに連絡して。あと、こっちの車、すごく飛ばすから、くれぐれも夜道を走る時は注意してよ。自転車のライトは、そろそろつけた方がいいと思う」

立て続けに、リリーはいろんなことをゴボウに伝えた。本当に、お姉さんみたいな気のかけようだった。

「ありがとうございます」

ゴボウはそう言って、僕らとは反対方向に自転車を走らせた。

リリーが予約してくれていた店は、本当にフランスに来ているような気分になる洒落た店だった。テーブルは全部で三つしかなく、最大でも十人くらいでいっぱいになりそうだった。僕は、奥の席にリリーを座らせた。そして、二人だけのディナーがスタートした。

フロマージュ・ド・テット。そば粉と海草の入ったパン、塩とオリーブオイル。レモンの入ったカボチャのスープと、夏野菜のポワレ。タスマニア産の子羊肉。西瓜とバジルのソルベ。ラズベリーとショコラのムース、ロザリオビアンコのコンポート、ギネスビールを混ぜたアイスクリーム。

日本語以外で説明されたメニューは、何がどうなっているのかさっぱりわからなかったけど、とにかくすべてが完璧なまでにおいしいことだけは確かだった。

「ゴボウ君も来られたらよかったのにね」

リリーは、最後のエスプレッソをおいしそうに飲み干しながら、ふと窓の向こうを見て言った。僕はその時、ハーブティーを飲みながら、ゴボウが来られなくてよかったなぁ、としみじみ思っていたところだった。

「あいつはあいつで、いろいろあるんだよ」

僕は言った。僕はゴボウと同じくアルコールを一切受け付けない体なので普通に水を飲んでいたけど、白ワインを飲んでいたリリーと食事をしていたせいか、なぜかほろ酔い気分だった。すぐそばにベッドがあったら、そのままごろんと横になりたい気分だった。すると、

「スバルおじさんも、これくらい極められたらよかったのに」

リリーが居ずまいを正し、大きくため息をつきながら言った。

「ペンション、うまくいってないの？」

僕は、ずっと気がかりだったことをリリーにたずねた。

「今、一泊三千五百円で泊まれるキャンペーンっていうのをやってるよ」

「食事付きでしょ。それって、いくら考えても安すぎるんじゃ」

「でしょう？　それでも、満室にはなっていないし、逆にあんまり安すぎて警戒されるのか、直前でキャンセルされることも多いんだって」

「菊さんは？」

僕は心配になってたずねた。

「うん、菊さんは一生懸命ペンションの手伝いしたり、畑耕したり、なんとかおじさんを立てながらがんばってるの」

「あんなに一生懸命やってるのに、うまくいかないなんて……」

僕は言った。

「結局、オリンピックとか言って騒いでたけど、道路よくなったら、お客さん来るどころか、みんな日帰りで白馬とかに行くようになったんだよね」

リリーは言った。そして、

「このままじゃ、ペンション、危ないかも。私も詳しくは聞かされてないけど、銀行に借りたお金も返せていないみたいだし。どうやらスバルおじさん、消費者金融からも借金してるらしくて」

「それって、すげーやばいんじゃないの」

思わず声が大きくなった。それに、バブル時代に投機目的で温泉付きの別荘地を買っていた人達が、この不況でどんどん撤退しているという噂だった。大学の先生の別荘が多かったという学者村も、今はひっそりとしている。

「景気自体が、悪いからね」

リリーはぽつりと言った。

こういう素敵な空間でする話ではないと思ったのか、リリーはマダムを呼んでお勘定をしてくれるよう頼んだ。僕が財布を出そうとすると、

「今日は私のおごり。バイト代も入ったしね」

と言う。リリーは先月から、エステティックサロンの受付のアルバイトを始めたのだ。大学の講義と、エステの勉強と、三つも掛け持ちしていて忙しかった。

「それでは、お言葉に甘えて」

そう言いながらも、リリーのヒモとまではいかなくても、自分がリリーに庇護されているような、ちょっといじけた気持ちになっていた。

店に入る時はまだ夕暮れで明るかったのに、外に出ると真っ暗だった。この辺りは街灯が全くといっていいほど存在しないので、本当に車に撥《は》ねられそうで怖くなる。

「危ないから、ペンションまで送って行くよ」

僕は言った。

「寄ってくの?」

リリーに真顔でたずねられたので、

「また改めて挨拶に行く」

僕は言った。なんとなく、二人でペンションに行くのは、やっぱり気がすすまなかった。僕の自転車は、途中の道路脇に置いて行くことにする。

山道に入ると、急に静かになった。車が通らないので、やっとリリーと並んで歩くことができる。杉の木立のシルエットの向こうには、ギラギラと星が輝いていた。東京で見る、発光ダイオードのような青白いかすかな光とはわけが違う。

「やっぱ、東京より、星見えるね」

僕は、うんと顔を上に向けながら言った。

リリーが何かを小さくハミングするのが聞こえた。何の曲かと耳をそばだてていると、「アクロス・ザ・ユニバース」だった。僕も、一緒に歌いながらペンション恋路を目指した。どこまでも、どこまでもこのまま歩いて行けそうな夜だった。

「おやすみ」

そう言って、僕はペンション恋路の近くでリリーと別れた。別れ際、リリーを抱き寄せて軽くキスした。リリーの唇が、氷みたいに冷たくなっていた。

「一人で帰れる？」

リリーが心配そうにたずねるので、

「何言ってんの。僕は穂高で育ったんだよ。目をつぶったって、帰れるよ」

「熊に食べられないように気をつけてね。あと、最近この辺に、髪の長ーい女の幽霊が出て、歩いてる人の足を地面から引っ張るって話だから。その幽霊、ちょっと優しい顔したナヨナヨ系の若い男の子が大好物なんだって」

おどろおどろしい声でリリーがささやく。

「やめてよ」

僕は言った。どうせリリーの悪い冗談だと思いながらも、ちょっとだけ背筋が寒くなった。

「ホテルに着いたら、念のため、電話するから」

「心配だから、ゴボウ君が帰った時も、連絡くれる？」

「うん、わかった」

それから、お互いにおやすみを言い合って別れた。

帰り道、僕は大声で「アクロス・ザ・ユニバース」を熱唱した。夜道を歩くのは慣れている。でも、東京に出てから、少し闇が怖くなった。僕は、置いておいた自転車をピックアップしてから、プチホテルに着く最後の五百メートルくらいを全力で走り抜けた。

最終日、僕らはサイクリングがてらぐるっと遠回りをして穂高駅を目指した。ゴボウが乗る自転車のカゴには、またもやお土産がいっぱい詰まっていた。そのほとんどが不倫相手の人妻、トミコへの品だと思うと、先が思いやられて仕方なかった。どう考えても、幸福な結末などありえない。

午後二時台の大糸線に乗って、僕とゴボウは穂高を後にすることになっていた。リリーはそのまま穂高に残って、ペンション恋路で菊さんの手伝いをする。駅まで見送りに来てくれたリリーに、ゴボウは言った。

「リリーさん、また遊びに来てもいいっすか?」

「もちろん、何ならリュウ君が一緒じゃなくたって、遊びに来てくれていいんだからね。ゴボウ君一人なら、泊まれる所もいっぱいあるし」

満面に営業スマイルを浮かべてリリーは言った。

「ありがとうございます」

「安曇野だけでも、まだまだ案内しきれていないんだけど、来年の夏は、みんなで大正池の方まで行ってみましょうよ」

「大正池って、何っすか？」

「大正四年の焼岳《やけだけ》噴火の時にできた池だよ」

僕はやっと、二人の会話に割り込むことができた。

「上高地には私もまだ行ったことがないから、行ってみたくて。だから来年は、みんなでハイキングに行きましょう」

「その時、俺、一緒に連れて来たい人がいるんですけど」

自分で言うなと口止めしておきながら、ゴボウは自らトミコの存在を匂わせた。

「ひょっとして、ゴボウ君の彼女？」

サービス精神いっぱいに、リリーはゴボウを冷やかすような感じで言う。

「まぁ、そんな感じっすね」

ゴボウは、照れながらも答えていた。

「なら、軽井沢か小布施《おぶせ》にダブルデートするのもいいかも。すごくいい所なんだって。あと」

そうリリーが言いかけた時、上りの大糸線がもうすぐ到着するというアナウンスが流れた。

「じゃあ、二人とも気を付けてね」

お姉さん気取りで、リリーが言った。僕は不意に、十六歳の夏の終わり、ここでリリーと身を切られるような別れをしたことを思い出した。リリーに会えなかったあの地獄の三年半を思い出すと、もう絶対にリリーを手放してはいけないと思った。また一緒に穂高に遊びに来れたなんて、奇跡のようだ。

「東京戻ったら、今度は四人でご飯でも食べましょう」

リリーは、太陽が燦々《さんさん》と降り注ぐみたいな活気に満ちた声で言った。

僕は、反対側のホームに移動してからリリーに手を振った。本当は、ハグしたりキスしたりしたかったけど、ゴボウがいる手前、仕方なかった。じっと目を見て、気持ちだけを送信した。

けれど、僕らが翌年、また一緒に穂高駅に降り立つことはなかった。

夏休みが終わって大学に戻ると、事態は急変した。

最初はゴボウとトミコの問題だと思っていたのに、いつの間にか僕とリリーまでがおかしな状態になっていた。一度発生してしまった流れは、容易に止められるものではない。

最初にゴボウから相談を受けた時、僕はまるで自分のことのようにヒヤリとした。

「トミーが妊娠した」

ゴボウは、落ち着いた声でいきなり告げた。

トミー？　僕は一瞬、誰のことを言っているのかわからなかった。

「だから、トミコさんだよ」

ゴボウは焦《じ》れったそうに付け足した。

その時も、僕らは大学の近くにある例のフルーツパーラーの窓際のテーブル席に陣取っていた。

「どうするんだよ」

僕は、季節限定のメロンジュースを飲みながら早口でたずねた。まるでリリーが妊娠したみたいに、心臓がキリキリした。

「どうするもこうするも……」

ゴボウは、季節限定のスイカジュースを飲みながら言った。僕は肝心なその先が知りたかった。

「予定日は、来年の六月だって」

「えっ」

僕は思わず絶句した。

「トミコさん、産むの？」

「当然だよ」

「だって、ゴボウ、生活費とか、どうすんのさ？」

「働くよ」

ゴボウはきっぱりと答えた。

「学校は？」

「取りあえず休学届出すことにする」

全く迷いのない様子だった。

「俺、人の親になるんだぜ。稼がなくてどうすんだよ」

「でも、じゃあ、ゴボウ、トミコさんと、その」

「結婚するよ」

「えっ、じゃあ、彼女は旦那さんと？」

「別れるって言ってる」

「だって、高校生の息子がいるんでしょう？　彼が成人するまでは……」

「トミコさんが、息子も大事だけど、新しく授かった命も大事だから、って言ってくれたんだよ。もう、仕事も見つかったし」

　話すことがすべて、性急だった。

「で、何するの？」

「ホスト」

「ホストっ？」

　思わず声が裏返った。

「ゴボウ、お前、自分で何言ってるかわかってるの？」

　呆れるのを通り越していた。

「それにお前、お酒飲めないだろ」

「それは面接の時最初に相談したんだけど、店長が、それでもいいって言ってくれたんだ。ホストって、注《つ》がれたのを全部飲んでるわけではないんだって。みんな、適当に裏で処理してるんだよ。そうしないと、仕事にならないから」

「でも、トミコさんはそれでいいのかよ？」

「ホストするよって言ったら、最初はちょっと複雑そうだったけど、毎日ちゃんと家に帰るならいいって言ってくれた。僕を指名しに、店にも来てくれるって」

「それって、ゴボウが稼いだ金で来るってことだろ。あんまり、意味ないんじゃ……」

僕は言った。でも、ゴボウには通じなかった。

「とにかく、そういうことになったんだ」

ゴボウはきっぱりと言って、伝票をつかんだ。

「今日は俺がおごるよ。リュウ、俺が大学にいなくなっても、ちゃんと卒業してね」

ゴボウは僕の目をしっかりと見据えて言った。

「わかった」

僕はよくわからないまま、取りあえず生返事をした。

それから一月も経たないうちに、僕らはまた、同じフルーツパーラーの同じ窓際のテーブル席で顔と顔を突き合わせることになった。ゴボウが温かい林檎ジュースを頼んだので、僕も同じく温かいグレープフルーツジュースをオーダーする。東京も、少しずつ肌寒くなっていた。

「大変なことになった」

ゴボウは、開口一番そう言って話し始めた。

「旦那が、店に殴り込んできた」

妻を妊娠させられたんだから、そりゃそうだろう、と僕は思った。けれど、ゴボウの顔が青い理由はそれだけではなかった。

「子供が、だめになった」

ゴボウは、深刻な表情を浮かべて苦しそうに言った。

「トミコさん、流産しちゃったの？」

「てゆうか、流産させられた」

「病院に行って堕ろしたってこと」

「うん、それで、旦那ともう一回やり直すって」

どうせそんなことになるんだろう、とは思っていた。

結局、トミコはゴボウを捨てたのだ。ゴボウとの関係は、所詮主婦の、昼間だけのアバンチュールだったというわけだ。

「学校、戻って来るんだろう？」

トミコと終わったのなら、当然復学すると思った。

「いや、働く」

僕は、思わず温かいグレープフルーツジュースを吹き出しそうになった。

「トミーとまたよりが戻せるかもしれないし。いつ結婚資金が必要になるかわからないから。だって、運命の赤い糸だから」

ゴボウは言った。

「それに、なんだかホストが楽しくなってきて」

「マジで？」

「ホストクラブって、イケメンより、俺みたいにちょっとブサイクな男の方がモテんだよ」

「そうなの？」

僕は曖昧に答えた。いくらなんでも、親友に面と向かってブサイクだとは肯定できない。

「仕事ってさ、何でもサービスなんだって気付いたら、面白くなっちゃって。サービスって、人を喜ばせることだから。僕は、目の前のお客さんが喜んでくれたら、それで幸せなんだよ。体力的には辛かったり、やりたくないな、って思うこともあるんだけど」

ゴボウはそれでも楽しそうに言った。

「そっか、じゃあ、ゴボウはゴボウで、その世界でがんばってよ。せっかくなら、歌舞伎町のナンバーワンホストになって、トミコさんを見返してやりな」

僕は、やけくそになってエールを送った。

「あぁ、そうするよ」

ゴボウは短く答えてから、格好よく林檎ジュースを飲み干した。


一方リリーは、エステの仕事にのめり込んでいた。たまの週末になんとか時間を合わせて僕の部屋で会っても、仕事の話ばかりする。それらはすべて、人間の体はいかに奥深いか、心と体がいかに密接に繋がっているか、といった生命の神秘に関する内容だった。正直、僕は面白くなかった。そして、ある時パンドラの箱を自分で開けてしまったのだ。大家さん夫婦の暮らす家の前に、立派な柿が実り始めていた頃だった。

「それって、男にもしてやるってこと?」

半分冷めた紅茶を啜りながら、僕の口調はそれでもまだ穏やかだったように思う。

「もちろん、希望されればね」

「それって、相手が感じちゃったり、しないわけ? 裸でオイルとか塗るんでしょう?」

「裸って言っても、ちゃんと紙のパンツ、穿いてもらってるし」

「個室でやるのって、危なくないの?」

「日本にまだエステが上陸して間もない頃は、勘違いしちゃう男性もいたみたいだけど、今はエステなんて当たり前になってるし、そういうのを期待する人は、そういうお店に行くんじゃないの？　それに、基本的にエステしに来る人は、みんな疲れてて、どうにかして癒されたいって思ってる人達だから。感じる感じないの話で言ったら、女の人だって感じる人はいるんじゃないかしら？」

「ほら、やっぱ、感じるんじゃん。リリー、襲われたら、どうすんだよ」

「あのねぇ、リュウ君」

リリーは呆れたように言った。

「エステティシャンって、すっごいすっごい大事な職業なんだよ。特にこういう都会では、絶対に必要なの。そして私は、エステティシャンが天職だと思っているのね」

「でも聞いてるとさ、要するにセックスするようなもんじゃんか」

僕はなにげなく言ったつもりだった。でも、その一言が、リリーのどこかを完璧に刺激してしまったらしい。パンドラの箱の蓋が開いた瞬間だった。

それでも、リリーは感情をぐっと押し殺したような低い声で言った。

「そんなに心配なら、一回、お店に来ればいいじゃない。お金もちゃんと払ってもらうけど、私がセッションをしてあげるから」

「結構」

「じゃあ、私がゴボウ君にやってあげるのを、横で見てたら」

「なんで今ゴボウなんだよ！　俺とリリーの話をしてるのに」

「だって、リュウ君がわけのわからないことを言い出すから」

リリーもじょじょにボルテージが上がってきている様子だった。そして、赤ん坊を宥《なだ》めるような哀れんだ表情で言った。

「リュウ君も、将来したいこととか、見つければいいじゃない」

「うるさいよっ」

僕は怒鳴った。そんなふうにリリーに声を荒らげるのは初めてだった。

「将来の夢とか、自分がちょっと見つかったからって、僕にまで押しつけないでくれる？」

「押しつけてなんかいないって」

リリーは反論した。

「でも、今のリュウ君見てると、なんだか無性にもどかしくなるんだよ。せっかくの時間が、もったいないと思わない？」

「なんでそうやって、いっつも上から目線なわけ？」

僕は本当に泣きそうになり強い口調で言った。そして、

「前からリリーに聞きたかったんだけど、俺ってさぁ、リリーにとって何なの？」

とたずねた。リリーから揺るがぬ言葉を聞いて、安心したかったのかもしれない。けれど、リリーは答えた。リリーの方も、僕と同じように感情の糸がぷちっと切れたのがわかった。

「いとこ叔母だよ。私はあなたの親戚のおばさんです」

僕は本気でリリーが憎たらしくなった。

「バカにするなら、帰ってよ。母親みたいに、ガミガミガミガミ言わないで」

けれど、まさか本当にリリーがそのまま僕のアパートを出て行くとは思わなかったのだ。

「今までどうもありがとう」

玄関先でパンプスに爪先《つまさき》を滑り込ませながら、リリーは言った。待ってよ、という言葉が舌の上まで出かかっていたけど、あえて声にはしなかった。

これが、僕らの一度目の別れだ。

以来僕らは、こういう喧嘩を何回も何回も繰り返した。

別れる、と言ってはまた会って、仲直りの印にお座なりなセックスをした。仲直りをするためにせっかく時間を工面して会っているのに、最後はまた喧嘩になって溝が深まった。どんどん、泥沼にはまっていくみたいだった。相手にしがみつくと、更に二人でずぶずぶと絶望の底へと沈み込んだ。

クリスマスの夜もそうだった。

僕は、今夜こそリリーと喧嘩をせずに一晩楽しく過ごそうと固く心に誓っていた。リリーに、アルバイト代を貯めてクリスマスプレゼントも用意した。リリーが、うっかり電車の網棚にマフラーを忘れてきてしまったと嘆いていたので、デパートに行って良質なカシミアの赤いマフラーを買ってきたのだった。

僕は、もうすっかり電車での遠出にも慣れていた。マフラーは、銀座のプランタンに行って選んだ。店員さんが、マフラーと同じ赤いリボンを結んでくれた。

その夜僕は、バイトしている温泉施設のロビーで売られている、特注のクリスマスケーキを準備して待っていた。その日はリリーのエステの学校がある日で、リリーが〈レモネードハイツ〉に着くのは夜の十時を過ぎるとのことだった。僕は、本当に子供みたいにわくわくしながら、リリーと過ごせるクリスマスの夜を楽しみにしていた。

けれど、冷たい小雨の降る中リリーが白い息をはきながら〈レモネードハイツ〉にやって来て、二人でメリークリスマスと言って乾杯をし、リリーが買ってきてくれた鳥のもも肉を囓りながら、やっぱりいつの間にか僕らは将来の話をしていて、気が付くと軽く口論になっていた。

僕は、ゴボウが大学に来なくなってから、だんだん授業をさぼるようになっていた。そのことを、リリーに注意されたのだった。

「またかよ」

僕はため息をつきながら言った。

「リリーママの出現」

「でも、せっかく両親に学費を出してもらって、上京したんでしょう」

リリーの言うことは、いちいちごもっともだ。けれど、僕はやけくそになって言い返した。

「リリーは、恵まれているからわからないんだよ。金持ちだし、僕達みたいな人間の気持ちなんか、どうせ理解できないんだって」

僕は、わかっていてわざとリリーを傷つける言葉を吐いた。リリーは言った。

「確かにパパはお金を持ってるかもしれないけど、それなりにいっぱい苦労とか悩みがあるよ。リュウ君だって知ってるでしょ?」

「どうだか」

僕はもう一度吐き捨てるようにつぶやいた。

「リュウ君……」

リリーは手に持っていた鳥もも肉の骨を皿に置き、姿勢を正して言った。

「今、本当に就職難だよ」

「わかってるって。僕の大学の先輩でも、卒業してすぐ、ホームレスになった人、いるし」

「だったら、もう少し本気で……」

「いちいち、うるさいなぁ」

「だって、リュウ君がふわふわしてたら、私、リュウ君の赤ちゃん、産めないじゃない」

リリーは今にも泣き出しそうだった。でも、そこで折れるわけにはいかなかった。

「どうせエステの仕事してたら、子供なんて産めない」

僕がそう言うと、リリーは本当に悲しそうに俯いた。史上最悪のクリスマスだった。

「リュウ君、夢とか、ほんとにないの？」

リリーは更に言葉を繋げた。今までに見たこともないような、苦しそうな表情だった。

それを見ていたら、僕の方が泣きたくなった。そして、

「僕はさ、ただ火事のない世界を作りたいだけだよっ！」

そう叫んでいた。自分でも、そんなことを言ったことに驚いていた。それを聞いて、
リリーがますます辛そうな顔をした。

「リュウ君が海いなくなってから、ずーっと苦しんでいるの、私知ってるよ。何もしてあげられなくて、本当に自分が情けないよ。リュウ君は、海のこと、すごくすごく愛してたから。だけど、リュウ君がそんなに海のこと引きずって生きてたら、海、いつまで経っても、成仏できないって。ずっと忘れないでいることも大事だけど、忘れてあげることだって、優しさだよ」

リリーは、必死で言葉を絞り出している様子だった。リリーの放った最後の言葉が、僕の胸の奥でいつまでもリフレインした。

僕らは、それからも同じような流れで何度となく口喧嘩を繰り返した。別れ話と復縁を交互に繰り返しながら、二人とも怖くて、決定的な何かを選べずにいた。リリーのことが大好きだったけど、嫌いだった。嫌いなのに、愛していた。今まで生きてきた中で、一番の修羅場だった。そして身近な人一人とうまくいかないと、なんだか建物の骨組みのバランスが崩れるみたいに、他の人との関係もぎくしゃくし出した。

僕は、リリーとはもうダメだろうと思った。あまりにも、二人のいる世界がかけ離れてしまっていた。リリーは、いくら僕が近付こうと追いかけても遠くに逃げてしまう陽《かげ》炎《ろう》みたいだった。たった三週間違いで生まれてきたはずなのに、気が付いたら僕はリリーの後を周回遅れで走っていた。追いつかなきゃと思うと、自分の中に焦りが生じて、そのことが僕を無性に苛立たせた。僕は、何をやってもうまくいかないスパイラルに、頭から突っ込んでいた。

ゴボウから数ヶ月ぶりに電話があったのは、リリーとの関係が自然消滅する寸前だった。ゴボウはいきなり、来月ちょっとだけ実家に帰るんだけど、よかったらリュウも一緒に沖縄に行かないかと言った。

「正月も、仕事が忙しくて、結局帰れなかったからさ」

声を聞く限り、ゴボウは元気そうだった。

僕は春休みだし、リリーと会う時間も減って、暇を持て余していた。それに、リリーとデートをしなくなった分、バイトで稼いだお金も貯まっていた。

「行っちゃおうかな」

僕は軽い気持ちで言った。海のない長野県で生まれ育った僕にとって、沖縄は別世界だ。ここ数ヶ月間ずっと、じっとりと湿った毛布を頭からすっぽり被って生きているみたいな気分でいたから、沖縄と聞いて、少しは心に晴れ間が覗いた。それに、僕には一つ、成し遂げたいことがあった。

「リリーさんも誘ったら?」

ゴボウが軽い調子で言ったので、

「詳しいことは会って話すけど、彼女は多分来られないと思う」

とだけ答えた。

ゴボウが僕より一日先に行くと言ったので、僕はゴボウと石垣空港で待ち合わせることにした。ゴボウの実家は、石垣島から更に船に乗って行く、本当に小さな離島にあった。

「海しかないけど、びっくりしないでね」

ゴボウは笑いながら言った。

「田舎なら慣れてるよ」

僕も笑いながら答えて、電話を切った。

結局リリーには、ゴボウが誘ってくれたこと自体話さずに、僕は一人だけで出発した。那覇空港から更に小さい飛行機に乗り換え、眼下に真っ青な海と珊瑚礁が一望できた時、僕はリリーを誘ってやらなかったことを強く後悔した。たとえ僕らがダメになるとしても、最後のお別れ旅行だと思って、リリーも連れて来てやればよかった。

石垣空港に降り立ち、そのまま歩いて出口に向かうと、ビーチサンダルに短パンで、色褪せたTシャツを着たゴボウが片手を挙げた。はじめ、ゴボウだとはわからなかった。

髪の毛も茶髪になっていたし、耳にはピアスが光っていた。

「ゴボウ、様変わりしちゃって」

僕は、上から下まで舐めるようにゴボウを見ながら言った。

「ホストだからさ」

ゴボウは、少し照れ臭そうに言った。でも僕は、ホストっぽく変身したからではなく、この南国の濃密な空気が、ゴボウをすごく生き生きとゴボウらしくさせているんじゃないかと思った。東京ではすっかり水分が抜けて萎《しな》びていたゴボウが、沖縄の湿気を含んで、瑞々《みずみず》しいしゃっきりとしたゴボウに生まれ変わっていた。

それにしても、穂高の森の中の空気も濃密な感じがするけれど、海のそばで嗅ぐ空気もまた、違った意味で濃密だった。しかもまだ三月のはずなのに、空が真夏のような澄んだブルーに染まっていた。

僕らは、バスで離島桟橋を目指した。椰子の木が生い茂り、バスの運転手が聞いていたラジオからも、のんびりとした島唄が流れてきた。東京みたいにあくせく車を走らせている人は、どこにも見あたらない。

離島桟橋からは、船に乗った。まるっきり海外旅行の気分だ。僕達が乗った船は普通に地元の人達も利用する船だったので、言葉遣いも琉球っぽく、外国語を聞いているようだった。

ゴボウが生まれ育った島は、道の真ん中をのんびりと大きな牛が歩いているような、真っ白い珊瑚のかけらを敷きつめた道がどこまでも続く小さな島だった。

「ここだよ」

そう言ってゴボウが入って行ったのは、土産物屋の店舗だった。

「あれ、ゴボウんちって、クリーニング屋さんじゃなかったの？」

「クリーニング屋は止めちゃったんだって、去年の秋に。それで今は、土産物屋になったの。どうぞ上がって。遠慮はご無用」

薄暗い部屋の奥に、大きな仏壇があるのが見える。茶の間に案内され、ゴボウが冷蔵庫の中に冷やしてあったさんぴん茶を出してくれた。さんぴん茶というのは、沖縄の人達がよく飲むというジャスミンティーのことだ。砂糖が入れてあるのか、少しだけ甘い味がする。ゴボウが甘党だというのを思い出した。

庭には、こぼれそうなほど、濃いピンクのブーゲンビリアが咲き誇っていた。それを見たらまた、やっぱりリリーも誘えばよかったと思って切なくなった。

「少し休んだら、とりあえずぐるっと島を案内しようか」

ゴボウが、僕用に自分のビーチサンダルを一組貸してくれた。靴下を脱いでそれを履くと、急に南の島にいる気分が盛り上がった。

「観光客の人達は自転車に乗ってるんだけど、珊瑚の道は乗りづらいし、よく転んでて危ないから、俺らは歩いて行こう。時間はまだまだたっぷりある」

ゴボウは言った。

道を歩いていると、方々から三線《さんしん》の音色が響いてきた。誰も、焦って曲を奏でている人はいなかった。僕は、頭の中にきゅっと絞められていたネジがどんどん緩んでいくのを感じた。このタイミングでこの島に来れたことは、僕にとってすごくラッキーだった。

「外から来てる人も、多いの？」

穂高の山の方に出来ている店にも似たオシャレな雰囲気の店が多いので、ゴボウに聞いてみた。

「そうだなぁ、そういう人達もいるらしいけど、長続きはしないらしくて。こう見えてさ、ここに昔から住んでる人達は、すごく閉鎖的だから」

「海だから、開放的なのかと思ってた」

「いやいや、すげー保守的だよ」

「じゃあ、穂高と一緒かも。もちろん、受け入れてはいるけど、もともとの地元の人達とIターンで後から来た人達では、世界がはっきり分かれてるっていうか。Iターン組はIターン組ですごく結束力があって、コミュニティができてるらしいんだけどね」

リリーの受け売りだったけど、僕はさも自分が知っていたことのように話した。

「どこも、一緒なんだね」

ゴボウは言った。そして、

「ちょっと休まない？」

と付け足した。

「あそこに、知り合いがやっているカフェがあるんだ」

ゴボウは、サクサクと足元の珊瑚を踏み鳴らしながら歩いた。足下で、ハミングしているような穏やかな響きだった。

旅館の二階に作られたカフェは、壁が白くて、いかにも自分達で手作りしたような流木アートなどが飾られていた。オーダーを取りに来たので、僕らはマンゴージュース二つとサーターアンダギーを注文した。サーターアンダギーは、毎日手作りしていると書いてある。

このカフェは若い夫婦が二人でやっているらしく、夫婦はどちらもゴボウと同じ中学の先輩と後輩で、二人は彼女が中学を卒業するとすぐに結婚したとのことだった。

「すげぇ」

僕は、コップの中の氷をくるくると指で回しながら言った。

「でもこっちじゃ、そんなに珍しいことじゃないよ。娯楽もないし、やることないのか、みんな初体験とかも早いし、十代でどんどん子供作るんだ。ちなみにあそこでドーナツ揚げてる子も、もう二児の母親だよ」

「えっ」

僕はびっくりしすぎて素っ頓狂な甲高い声を上げた。スヌーピーのエプロンをして菜箸を持っている女の子は、下手するとまだ中学生のようなあどけなさが残っていた。

「じゃあ、ゴボウも初体験とか、早かったの？」

そういえば、まだこのことは聞いてなかったな、と思いながらたずねた。

「小学校を卒業する時だったかな。近所に住む中学生のお姉さんと。でも、結構普通だったけど」

「小六で、普通なんだ」

僕はまた、魂消ていた。

「リュウは？　もちろん相手は、リリーさんだったんでしょ？」

「まぁ」

僕は曖昧に返事をした。その時僕の脳裏に浮かんだのは、リリーとの初体験の記憶で

はなく、火事の直後に寒いベランダで交わしたファーストキスだった。すると、

「リュウのとこも、早く子供作っちゃえばいいじゃん」

といきなりゴボウが言った。

「何言ってんだよ」

僕は、飲みかけていたマンゴージュースが喉につかえてゴホゴホとむせた。

「そんなに驚くことかな？　リリーさんだって、それを望んでいるんでしょ？」

どこまで知っているんだろう、と思いながら、僕はまた、まぁね、と曖昧に答えた。

「でもさ、こんな世の中だし」

たまにテレビのニュースをつけても、憂鬱になる事件ばっかりだ。こんな世界に産み落とされても、幸せになれる保証はどこにもない。

「世の中なんて、関係ないよ。子供は、勝手に大きくなるもの。それに俺、一瞬だったけど、トミコさんのおなかに二人の赤ちゃんができた、って聞かされた時、めっちゃくちゃ嬉しかったの。なんだか、ばんざーいって感じだった。だって子供ができるって、すごいことだよ。自分と自分の愛する人のDNAが、半分ずつ受け継がれるんだから。まさに合作だよ。芸術作品だよ」

ゴボウは熱っぽく語った。

「そうかなぁ、お金かかるし、大変じゃん」

ゴボウの言いたいことが、わからないわけではなかった。でも、わかりたくなかった。どうせ自分には無理だとあきらめていた。

するとゴボウは、僕の方を小さな湖みたいなうるうるとした瞳で見つめて、僕にたずねた。

「リリーさんと、喧嘩でもしちゃった？」

「喧嘩っていうか、喧嘩より、もっと深刻かも」

僕は、半分投げやりになって答えた。そして、リリーとのぎくしゃくを、掻い摘んで報告した。ゴボウは黙って一通り僕の話に耳を傾けると、

「リュウは、優しすぎるんだよ。いろんなことに対して」

と言った。

「それ、こないだリリーにも言われた。優しさと弱さを勘違いするなって。今の僕は、ただの弱虫だって」

「リリーさん、すごいなぁ。俺はそこまでリュウにははっきりとは言えないよ。やっぱり、リュウとリリーさんはお似合いのカップルだと思うけど」

「でも、リリーといると、なんか疲れちゃって」

僕はゴボウに本音をもらした。

「そりゃあ、リリーさんはすごく大人だから、リュウのことが心配になるっていうか、それも一つの愛情表現なんじゃないの?」

「そんなの愛情って言われてもさぁ。わかんないもんはわかんないし、できないことはできないよ。リリーみたいに、強くは生きられない」

「リュウは優しくて、リリーさんは強いんだね」

だけど僕は、自分が優しい人間かどうか、わからなかった。リリーが強いというのは確かだ。でも僕の場合、確かにリリーの指摘する通り、ただ弱いだけなのかもしれない。弱いことと優しいことを勘違いしているだけの。

「うまくいくかなぁ」

僕は、遠くにふっくらと盛り上がっている薄い水色の海を見ながらつぶやいた。

「なんくるないよ」

ゴボウも同じように海を見ながら言った。やっぱり穂高の森に吹く風と、沖縄の海から吹く風とでは、味が全く違っていた。

夜は、ゴボウの両親が精一杯のご馳走でもてなしてくれた。決して豪華な食卓ではなかったけれど、海で採れた海草や貝類などが、食卓一杯に並べられていた。

ゴボウの父親とゴボウは全くの瓜二つだった。父親は、やっと酒盛りをする相手ができたと勘違いして、棚の奥から上等の泡盛を出してきた。けれど、僕もゴボウと同様、父親の酒の相手をすることはできなかった。

両親とゴボウは、よく話をした。僕の家の食卓では、絶対に見られない光景だった。酔った父親が三線を持ち出して歌い出し、母親がそれに合わせて踊り始めた。僕も、座ったままだったけど、両手を上にあげて、三線のリズムに乗った。

そうしながら僕は、リリーとこういう家庭を築きたいのかもしれない、とふと思った。贅沢しなくても、子供がいて、明るい食卓があって。けれど、そうするための方法が見つけられなくて、もがいていた。

僕は、ゴボウの母親が作ってくれたスーチキそばを啜りながら、まだ自分がリリーをとても好きなのだということに気付いた。無理に嫌いになろうとしていたのだ、とも。

そう思ったら、今すぐリリーに会いたくなった。東京に帰ったら、もう一度やり直そう、そう心に誓っていた。

昼間は浜辺の木陰で、ひがな一日ぼんやりと過ごした。隣にゴボウがいて話をすることもあったし、僕一人きりのこともあった。足下を、よく小さなカニが歩いていた。

そして夜は、毎晩宴会だった。前の日の残りのおかずも普通に出てきたけど、むしろそれが僕には家族扱いされているようで嬉しかった。僕は、ゴボウの両親が営む土産物店で、地元の素材だけを使って作ったという手作りの首飾りをリリーに買った。中央に、大きなソテツの実がぶら下がっているものだ。

最後の日の早朝、僕は歩き慣れた道を一人でビーチに向かっていた。リュックには、海の遺骨が入っている。砂の上でビーチサンダルを脱ぎ、裸足になって水に入った。さすがにまだ冷たかった。透明なので、足下を泳ぐ魚のシルエットまではっきり見えた。

僕は、朱色のかりんとうの缶の中に手を突っ込んで、海の遺骨を手のひらにつかんだ。きゅっと、音がしたみたいだった。それから、さらさらと波間に放った。

いつかまた生まれ変わったら、その時はぜひ僕らの所に遊びに来ておくれ。

僕は、そんなことを心の中でぶつぶつとつぶやいていた。

でも、海がしていた革の首輪だけは、手元に残すことにした。僕はそれを、ジーパンのポケットの奥深くにねじ込んだ。僕の目には、きらめく波の一つ一つが、海の笑顔に思えてならなかった。

さよなら、海。

これで、リリーが言ったように、海は成仏できるだろうか。

羽田空港に着いてケータイの電源を入れると、リリーからの着信履歴が残っていた。ここ数週間、お互いに連絡するのを避けていたのに。久しぶりに嬉しくなって、すぐに動く歩道に乗りながら折り返した。地面が動いているのにまだ、その上を人は急ぎ足で歩いていた。沖縄では、信じられない光景だった。電話はすぐに繋がった。

「俺だけど」

あんなに嬉しくて尻尾をパタパタ振っていたのに、いざリリーの声を聞くと、心が硬直するのを感じた。

「リュウ君、今平気?」

「平気だから、電話してんじゃん」

受話器の向こうから、リリーのため息が聞こえた気がした。

「あのね、急で悪いんだけど、来週って、時間あるかな?」

「なんで?」

僕は突っ慳貪な言い方で言った。

「菊さんが、上京するのよ」

「えっ、菊さんが?　どうしてまた?」

予想もしない展開だったので、思わず本音の声が出た。

「桜を見に来たいんだって。しかも、靖国神社の」

「靖国神社？　わざわざ、それだけのために？」

「そう、わざわざ、それだけのために。それで、もしリュウ君も行けるなら、一緒にどうかと思って」

僕は、あまり気がすすまなかった。けれど、菊さんにも随分会っていないし、リリーにも会えるなら、二人に付き合おうと思った。

電話を切ってから、沖縄に行ってきたと報告するのを、すっかり忘れたことを思い出した。リリーにお土産を渡すなら、菊さんにも何かあった方がいいだろうな、と思った。いくつかの候補の中から、僕は黒糖を渡すことにした。ゴボウの生まれ育った島で作られた、味わい深い黒糖だった。地元の人達は、それを飴代わりに舐めるという。


数日後、菊さんは本当に上京した。

東京はどこもかしこも花盛りで、景色がほんのりとしたピンク色に染まり、空気の中にまでうっすらと桜の香りが混ざっているようだった。桜の花のピンクを見るたび、僕の脳裏に、水を飲む海の映像が甦った。桜色をした海の舌を忘れることなんて、僕にはどうしてもできそうになかった。

東京に来た菊さんは、背中が曲がり、また一回り小さくなっていた。リリーは、高速バスが到着する新宿のターミナルまで、菊さんを迎えに行ったらしい。僕とは、九段下にある靖国神社の大鳥居の下で待ち合わせた。

菊さんは、背中にナイロン製のリュックを背負って、裏側が花柄になっているチューリップハットのような形の帽子をかぶり、首元にはスカーフを巻き付けていた。ブラウスは光るような素材のもので、菊さんなりに精一杯オシャレをしてきたのだとわかった。

千代田区主催の「さくらまつり」をやっていることもあり、大鳥居の下をどんどん人が通り過ぎる。立ち並ぶ露店からはソースの匂いが流れてきて、桜の木の下は、昼間からすでに宴会を始めている人達でごった返していた。露店の中には、信州出身の人なのか、おやきを売る店もある。

僕の記憶する限りでは、菊さんが今までもっとも遠出したのは、僕のひいじいさんかリリーのおじいさんか定かではないが、とにかく新婚旅行で訪れた甲府だったはずだ。それより先には、一歩も出たことがないと話していた。だから、東京に一人で来るなんて、どういう風の吹き回しだろうと思った。それは、菊さんにとって、天と地がひっくり返るようなものすごい大冒険なんじゃないだろうか。

「久しぶりだね」

僕は、菊さんの頭を真下に見下ろしながら言った。

「流星、元気にしておっただが？　少しも顔見せんから、心配してただ」

どこの田舎のお婆さんが歩いているのかと、みんなが振り返って好奇の眼差しを送ってよこす。僕は急に恥ずかしくなり、菊さんと少し距離を置いて歩いた。

「菊さんね、今朝、朝の三時に起きたんだって」

「畑に様子を見に行って、それからバスに乗っただ」

「スバルおじさんが、松本まで車で送ってくれたんだよね」

リリーは、菊さんにはっきり言葉が届くよう、意識してゆっくりと大きな声で話しているようだ。人の流れが、ゆっくり歩く僕らをどんどん追い越して行く。

「菊さん、まだあのバイクに乗ってんの？」

僕は、ふと思い出してたずねた。

「もちろんだよ」

その時、桜が目に入ったのか、菊さんは曲がった腰をぎゅーっと反対側に反らせるようにして顔を上げた。僕らの頭上に、本当に満開の桜が咲き誇っていた。その一角に、毎年気象庁から東京の桜の開花宣言が出される標本木もあるらしかった。

「きれいいね」

リリーが、さりげなく菊さんの腰に手を当てながら優しく言った。

「菊さん、僕、その荷物持ってあげるよ」

僕は、ようやくさっきから気になっていたことを菊さんに伝えた。

「重たいだが」

そう言われて肩に担いだ菊さんのリュックは、何が入っているのか、本当にずっしりと重たかった。

「平気、平気」

けれど僕はそう言って、また二人から離れた位置で歩き始めた。

拝殿にお参りしてから、僕らは途中、靖国神社の門のところで、記念撮影をすることにした。最初、僕のケータイで撮ろうとしたのだが、きちんと三人並んで撮りたいと菊さんが言うので、そこにいたカメラマンの人に、ポラロイド写真を撮ってもらうことにしたのだ。一枚千円という代金は、菊さんが払った。

僕らは、門に付いているご紋をバックに、菊さんを真ん中にして、三人並んで写真を撮った。出来上がったポラロイド写真には、背後にうっすら桜の花が写っていた。菊さんは出来立てのまだほんのり温かいポラロイド写真を受け取ると、大事に肩から提げていたポシェットの中にしまい込んだ。ポシェットは、見覚えがあると思ったら、小学生のリリーが穂高に来る時よく持ってきていたものだった。

靖国神社を出てから、僕らはゆっくり歩いて坂を下りた。花見日和《びより》なので、地下鉄の出口から、続々と人が出て来た。道路の反対側には、武道館が見えた。僕は、生で武道館を見るのは初めてだった。四十年前、ここに本当にビートルズがやって来たのだ。そしてその公演を見に、スバルおじさんと明男さんがはるばる穂高から上京したのだった。

僕らは信号を渡って、九段下にあるスターバックスに入った。菊さんが、僕らが東京で普段行くような場所に行ってみたいと言ったからだ。運よく二階のソファ席が空いたので、僕と菊さんはそこに座って場所を確保した。目の前を首都高が走っていた。リリーは季節限定の桜シフォンケーキとスターバックスラテのショートを、僕は冷たいココアのグランデを、菊さんはリリーが選んだストロベリークリームフラペチーノにチョコレートソースをトッピングして、それぞれ飲んだり食べたりした。大正時代に生まれた菊さんが、僕らと一緒にスタバにいるということが、なんだか新鮮であり不思議だった。

それからリリーと菊さんは、タクシーに乗って神楽坂へ向かった。僕は市ヶ谷まで歩いて、総武線で四ッ谷に行き、そこから中央線に乗り換えて帰宅した。電車も地下鉄も、ほとんど間違わずに乗りこなせるようになった。もう、一人で電車に乗っても、上京したばかりの頃のように心細くなったりはしない。

それでも、〈レモネードハイツ〉に戻ったら、僕は急にぐったりと疲れてソファに倒れ込んだ。せっかく沖縄で英気を充電したはずなのに、それがパーになったどころか、マイナスになった気分だった。靖国神社で、何か悪いものを持ち帰ってしまったかも、と思った時、菊さんの荷物をずっと持っていたからだと気付いた。僕は、東京に出てから、随分とひ弱な人間に成り下がった。

数日後には、あんなに満開だった桜も散り始めた。僕は内心、前の年の再来を期待した。リリーと、もう一度あの桜の木の下からやり直したかった。けれど、結局リリーの誕生日は、一人で過ごした。リリーは今年、いよいよ大学四年生で、本格的な就職活動を控えていた。大学が始まる前にやらなくてはいけないことが、山ほどあるらしかった。

一緒に過ごせなくてごめんね、というリリーのメールを、僕は白々しい気持ちで受け取った。宙ぶらりんな生活を送る僕への、当てつけのように思えてならなかった。南の島で感じたことは、すべてうたかただったのだろうか。沖縄に行ったこと自体、なんだか夢の中で行ってきたような気持ちだった。

大学二年生になると、僕はますます学校に行かなくなった。授業の内容もつまらなかったし、教授の言うオヤジギャグも笑えなかった。へらへらと楽しそうにしている学生達にもむかついた。暇な時間、僕はアパートの部屋にこもって実家から持ってきたマンガを読み耽った。一人でケラケラと笑って、腹が減ると近所のコンビニに弁当を買いに走った。

春になって、また菊さんが畑で採れた野菜を送ってくれるようになっていた。でも僕には、それを自分で料理して食べるだけの元気がなかった。野菜に、負けそうだった。そんな時、僕は箱ごと大家さんに届けに行った。大家さんは、いつも大袈裟に喜んでくれるから助かった。

驚いたのは、ゴールデンウィークに実家に帰った時、父がカツラを被っていたことだ。被っているというか、髪の毛に似せて作ったベレー帽を頭にのっけているみたいだった。思わずぷっと吹き出しそうになったけど、父が僕にはばれていないと思っているのか、そしらぬふりを通したので、結局、カツラのことには一切触れられなかった。

もう一つ驚いたのは、僕宛に、蔦子からエアメールが届いていたことだ。僕の部屋は、僕が家を出た時のまんまに保存されている。本当はそんなことしてほしくないのだが、整理するのも面倒なので、とりあえずそのままにしてあった。その勉強机の上に、手紙が載せてあったのだ。最後に蔦子と会ったのがいつだったかも、正確に思い出せなかった。家族は、こうやって少しずつバラバラになっていくんだな、と思った。

手紙には、冒頭に、ごめんなさい、と書かれていた。

読み進めるうちに、僕は、そういうことだったのか、と納得した。それは、高校時代に、僕とリリーが付き合っていることが周囲にばれた時のことだった。犯人は私です、と書かれていた。書きながら泣いたのか、薄い便せんには、ぽたぽたと、何カ所かに涙の落ちた跡があり、そこだけインクが滲んでいた。

蔦子は、僕とリリーに嫉妬したのだという。三人でずっと一緒にいたのに、急に仲間外れにされたみたいで、ショックだったと書かれていた。けれど今、自分にもすごく大切な人が出来て、その人と過ごすうちに、自分のしたことの酷《ひど》さがわかった、と書いてあった。

僕はその便せんを丸めて、思いっきり床に投げつけた。そして、しわしわになった便せんを、もう一度広げて読み直した。何度も何度も、繰り返して読んだ。

僕らがどれだけ辛い思いをしたと思ってんだ、と蔦子の胸ぐらをつかんでどやしつけたい気持ちがなくはない。でも、あんなことでも、今の僕にとってはいい思い出だった。あのことがあって、僕らはますます絆を固くすることができたんだから。むしろ問題は、せっかく強く結ばれていた僕とリリーの心の距離が、どうしようもなく離れてしまったことだった。

春が終わり、梅雨が来て、夏が始まり、秋になった。

その間、僕には何一つ明るい展望もなければ、何の変化もなかった。リリーとはもう会うことはなくなっていたし、心の状態としては最悪だった。まるでナメクジになった気分だった。

誰か上から塩を振ってよ、と僕はいつも思っていた。楽に死ねるというのなら、僕は喜んでこの世からオサラバしたかった。もう、何に対しても未練などなかった。

テレビをつければ、連日のように火事のニュースが報道された。視聴者が写したらしい現場の映像を目にするたび、僕は身の毛がよだつ思いだった。また、この世に僕みたいな後悔や哀しみを背負って生きなくてはいけない人が増えるのかと思うとうんざりした。ニュースは常に、犠牲者の数だけに重きを置く。そのことが、僕を苛立たせた。僕は、自分の心が閉じていくのを感じていた。

とにかく、目に触れる何もかもに苛立って、そして、それは僕が生きているから悪いんだ、という結論になった。僕がいなくなっても、誰も困らない。僕は、世の中にとって無用なんだ、そう思うと本当に生きているのが空しく思えた。殺してくれ、と僕は半ば本気で思っていた。

僕は、ただただ淋しかった。人との交流を避けていながら、一方で人の温もりに飢えていた。

そんなある日、僕は手っ取り早くバイト先の同僚と関係を持った。相手は僕より年上の二十代後半の女で、すでにバツイチだった。たまたま帰る時間と方向が一緒になって、並んで歩いているうちになんとなく気持ちが盛り上がり、気が付いたらタクシーでホテルに向かっていた。ホテルに着くまでの間、タクシーの中でキスをした。リリー以外の女とキスするのすら初めてだった。もう、墜ちるところまで墜ちてしまえ。僕は自分自身をそう罵っていた。

けれど、ホテルを出て一人になったら、ますます空しい気分に襲われた。雨が降ってきて、僕は自分が泣いているのか、雨が顔を濡らしているのかわからなかった。もう、深夜を過ぎていて、終電もなくなっていた。僕は、傘も差さずにとぼとぼと幹線道路をひたすら歩いた。

気が付くと、僕はリリーのケータイに繋がる短縮ボタンを押していた。ただ、留守電のメッセージを案内するリリーの声を聞きたいと思ったのだ。リリーは寝ている時は必ず電源を切るから、この時間ならそれが聞ける。けれど、予想に反して本物のリリーの声が届いた。

ガード下で雨宿りしながら、ずっ、ずっ、と洟を啜ったまま黙っていると、

「リュウ君、どうかしたの？」

リリーがたずねた。

「リ、リリー」

僕は震える声で言った。

「ご、ご、ご、め、ん」

泣いているせいで、言葉が途切れ途切れにしか、出てこなかった。

「リ、リ、リー、い、が、い、の人と、セッ、クス、し、ちゃったよ」

本当に、細切れだった。まるで、古いファックスから感熱紙が少しずつ出てくるみたいな口調だった。

僕は、電話口でリリーが怒り狂うんじゃないかと身構えた。内心、それを期待していたのかもしれない。でも、違った。リリーは、それを聞いても、しばらく何も言わなかった。そして、長く沈黙の時間が流れてから、

「リュウ君が、私以外の人と、セックスしたのか」

と、解説するような冷静な口調で言った。

「た、た、た、すけ、て」

その頃になると、自分がとんでもない過ちを犯したことに気付いていた。情けなかったけど、リリー以外に話せる人がいなかったのだ。自分の体が性器の先から腐っていくんじゃないかと感じた。できることなら、この汚れた僕の性器を、宦官《かんがん》みたいにすっぱりと切り落としてしまいたかった。

「今、外にいるの？　とりあえずリュウ君は、レモネードハイツに戻ってて」

リリーが感情を押し殺した平坦な声で言うので、僕もぐっと涙を堪えて、

「だいぶ近くまで歩いて来たから、もうタクシーに乗れると思う」

と答えた。

僕はアパートの階段を這うようにして上がり、なんとか自分の部屋まで辿り着いた。それからとりあえず、びしょ濡れの服を着替えた。寒さで、体が冷え切っていた。

「リュウ君」

リリーの声で、目を覚ました。雨はますます激しくなっていて、外はまだ暗かった。

僕は、急いでドアを開けた。まさか、リリーが来るとは思わなかった。菊さんと三人で、靖国神社に桜を見に行って以来だ。

「どうやって来たの？」

「始発に乗って」

電気をつける気になれなかったので、暗闇の中でリリーと向かい合った。

僕は、どうしてもリリーの目を正面から見ることができなかった。リリーはそんな僕の心を察したのか、淡々とした様子で部屋の中に入って来た。僕は、薄暗い中やかんに水を満たした。

「今、お茶……」

僕が言いかけると、

「リュウ君、そんなことよりこっちに座って」

リリーは言った。

「ごめん」

僕は謝った。そんなたった三文字の言葉では全然足りなかったけれど、それ以外の言葉は見つからなかった。

「謝られても困るよ、リュウ君が自分で選んだことなんだから。気持ちよかったんでしょ?」

リリーは言った。

「ごめん」

僕がまた同じように謝った瞬間、

「謝らないでって言ってるの！」

リリーの振り上げた拳で、太ももをゴツンと叩かれた。

「いいから今すぐ着てるもの全部脱いで、ここに横になって」

僕は、リリーから言われた通りにした。もう、何をされてもいいと思った。

僕が布団の上で俯せになると、リリーは僕の背中に両手を置いてつぶやいた。

「私、こんなことでもしてないと、リュウ君のこと殺してしまうかもしれない」

そして、その場で小瓶らしきものの蓋を開け、液体のようなものを手に取ると、それを僕の上半身に塗り広げた。その瞬間爽やかな香りが広がったので、これが以前リリーが熱心に話していたエッセンシャルオイルなのだとわかった。リリーの手のひらはポカポカと温かく、手を置かれていると、そこの部分の皮膚が熱で溶けて、リリーの指がそのまま僕の骨や肉に優しく触れているような気分になった。

滑《なめ》らかに手のひらを滑らせながら、リリーは言った。

「リュウ君、その人のことが、好きになったの？」

ぞっとするほど落ち着いた声だった。

「違う」

僕は即答した。

「じゃあ、どうして好きでもない人と……」

「淋しくて、どうしようもなかったんだ」

僕は正直に答えた。もう、嘘の鎧《よろい》で自分を防御するのにはうんざりだった。

「私だって、淋しかったよ」

驚いたことに、リリーは泣いていた。我慢強くて、子供の頃転んで骨折した時ですらグッと涙を堪えていたリリーが、僕が浮気をしたことで泣いていた。リリーの涙が、ぽたり、ぽたり、と、僕の背中に落ちてきた。それでも、リリーは続けて言った。

「リュウ君は、セックスって何だと思ってるの？　ただの、排泄？」

「いや」

と言いかけたけど、リリーを納得させられるだけの説明はできそうになかった。

「私はね、自分では決して手が届かない部分を、大好きな人にだけ触らせてあげる行為だと思うの」

それから、リリーの深い呼吸の音だけが響いてきた。その間もリリーは、両手を丹念に動かし続けた。リリーはそうすることで、昂《たか》ぶってしまった感情を、必死に鎮めようとしているらしかった。

「気持ちいいよ」

僕は、思わずため息を漏らすようにつぶやいた。リリーの手に触れられているうち、だんだん、自分がただの丸いゼリー状の塊になって、とろんと横たわっているような気分になってきた。

「もっと早く、リュウ君にしてあげればよかった」

リリーは、ぐずぐずと鼻水を啜り上げながら言った。

「どうもありがとう」

僕は曖昧に返事をした。その時、リリーの両手は僕の太ももの辺りをさすっていた。意識が朦朧となるほどの気持ちよさの波に、僕は体を丸ごと預け、ぷかぷかと漂っていた。

しばらくして、

「どう?」

とリリーがたずねた。

「何が?」

僕が寝言のようにむにゃむにゃとした声で聞き返すと、

「いやらしい気持ちになったり、する?」

リリーが言った。

「前、リュウ君私に言ったじゃない。エステは、セックスと同じだって」

そこまで言い終えると、リリーはまた、涙で声を詰まらせた。リリーはそのことを、僕が思っていた以上に気にしていたのだ。僕は、やっとそれに気が付いた。

「あんなこと言っちゃって、本当にごめんなさい」

僕が心から謝ると、僕の太ももに、またリリーの涙がぽたりぽたりと落ちてきた。その涙は、僕の体にじわりじわりと染みてくるようだった。

僕は、いつの間にか眠っていた。気が付くと朝で、部屋にリリーの姿はなかった。一瞬、夢の中でリリーに会ったのかと思った。でも、体から花や植物を濃縮させたような良い香りがして、リリーが来てくれたことは夢じゃなかったんだな、と思った。

枕元に、置き手紙がしてあった。

「今日はいっぱいお水を飲んでください。たまっていた毒が、オシッコとして出るはずです」

リリー、僕は心の中で呼びかけた。

どうか、これまでに僕と過ごした時間の記憶を、忘れないでいてくれ。僕はもう、外野席からリリーの活躍を見ているだけで、満足だから、と。

僕は、思いっきりカーテンを開けた。遠くに、うっすらとだが山の稜線が見えた。朝日が眩しすぎて、僕はくらくらと目まいがした。

それから数週間後の朝のことだ。

公衆電話からの着信があった。取りあえずすぐには出ずに後からメッセージを聞くと、スバルおじさんからだった。

「リュウ、ちょっとでいいんだ。金、貸してくれないかな」

切羽詰まった声で、いきなりそう入っていた。

経営が行き詰まっていることは、リリーからも聞いていた。でも、大学生の僕にまで借金の申し入れをするほど深刻だとは思っていなかった。一瞬、リリーに電話しようかと思った。でも、僕からはやっぱりかけにくかった。それでふとひらめいて、ゴボウのケータイに電話をかけてみた。留守電だったので、もし時間があったら電話をしてくれるよう、メッセージを残した。ゴボウからは、小一時間後に電話がかかってきた。

「わりぃわりぃ」

寝ていたところを起こしてしまったかと思って、僕はゴボウに謝った。よく考えるとまだ午前中で、ホストなら当然寝ている時間だった。

「いや、ちょうどよかったよ」

ゴボウは言った。

「今、朝の清掃が終わったところだから」

「清掃？　ゴボウ、店の掃除までやらされてるの？」

「違う違う。歌舞伎町をね、毎週日曜日の朝、掃除してるの。だって、すごく汚いからさ」

「なんでまた？」

僕は素朴な疑問を投げかけた。

「うーん、話せば長くなるんだけど、リュウ、聞きたい？」

僕が頷くと、ゴボウは、

「俺が働かせてもらってるホストクラブの店長が始めたことなんだけどさ」

と前置きし、その話をしてくれたのだった。

ゴボウが勤めているというその店では、どこかで自然災害などが起こると、みんなでお金を出し合ってそれを届けに行くのが慣わしになっているという。それで先々月九州で大きな地震があった時、ゴボウも初めてお金を届けに行った。

「もともとは店のPRだったんだって。でも次第に、ホストでも社会に貢献できることが嬉しくなったらしいんだ。俺も最初はどうしたらいいかしどろもどろだったんだけど、届けに行って帰って来る時、妙に清々しくてさ。売名行為だとか言われても、しないよりはいいんじゃないかって思ったんだ。目の前に困ってる人達がいて、現にお金がその人達の役に立つんだから。

それでその時に俺、感じたんだ。何か人のためにすることって、単純に気持ちいいことだなぁ、って。ホストなんて、いかに客から金をふんだくるかって話で、騙し騙されの虚構の世界でもあるんだけど、そういう仕事しながらも、どっかでちゃんと地に足をつけて生きたいなって。俺、もっとホストって仕事に誇りを持ちたくて。やっぱ、サービスのプロでもあるからね、俺達。それでまずは身近なことからもっとやろう、ってことになって、掃除だよ。言い出したの、俺なんだ」

「すげぇじゃん」

僕は言った。

「今度、リュウもおいでよ。掃除するって、マジで爽快だから」

ゴボウは言った。

「それより、何か用事だったの？　深刻な声でメッセージが入ってたけど。リリーさんと、また喧嘩でもしちゃった？」

「いや、うちの親戚のことで」

僕は頭の中で用件を思い出しながら答えた。ゴボウの話を聞いていたら、すっかり本題の方を忘れそうになっていた。

「おじさんっていうか、正確には僕からすると大おじさんなんだけど、その人から、お金を工面してくれないか、って言われちゃって」

僕は短く内容をまとめてゴボウに伝えた。

「それ辛いねぇ」

ゴボウは言った。

「でも、お金は貸すと思ったらダメだよ。もうあげるんだ、って思って渡すんじゃなきゃ」

「そんなもんかなぁ」

僕はぼんやりとした声でつぶやいた。

「そうだよ、お金が原因で関係がこじれたりすることって、特に俺が今いる世界ではいっぱいあるから。俺は、お金だけは絶対に貸さないようにしてるんだ」

きっぱりとゴボウは言った。僕は、ゴボウの雰囲気によっては、ゴボウに借金してそれをスバルおじさんに貸そうかと思っていた。だけどゴボウのその言葉で、自分の当てが外れたのがわかった。

「その人、どれくらい借金があるの？」

それでもゴボウはたずねた。

「僕も詳しくはわからないんだけど、何百万か、下手したら一千万超えるかも」

一千万と発音して、自分でも背筋がぞくっとした。

「そんな大金、リュウにどうにかできる金額じゃないよ。たとえリュウが自分の財布にあるいくらかのお金を渡したとしたって、焼け石に水だと思うけど」

「そうだよね」

僕は言った。

「ゴボウ、ありがとう。相談できてよかったよ」

「いやいや、何も助けになれなくて、こっちこそごめんね。それより、本気で清掃キャラバンに参加するの、考えてみてよ。毎週じゃなくてもいいから。また学生時代みたいにリュウと時々会えると思うと、楽しいし。気が向いたら、いつでも参加できるようにしておくから」

それから数日後、また公衆電話からの着信があった。

僕は何度かコールを聞きながら、迷って、結局電話に出ることにした。やっぱり、スバルおじさんからだった。

「リュウ、元気でやってるか？」

スバルおじさんは、疲れた声で言った。

「うん、なんとかね。スバルおじさんは？」

「そうだなぁ、元気だって言いたいところだけど。それより、こないだ留守電にメッセージを入れておいたんだけど」

スバルおじさんは、単刀直入に本題を切り出した。

「ちょっとでいいんだよ。なんとか貸してもらえないかな。すぐに返すから」

僕に、すがりつくような声だった。

「ごめん」

僕は、気持ちが揺らぐ前にきっぱりと意思を示した。

「僕も、貸せるようなお金はなくって」

「一万でも、二万でもいいんだ」

「ごめん」

「そっか……」

スバルおじさんの湿ったため息が、受話器の穴からこっちにまで吹いてきそうだった。

そして、

「もうすぐ授業始まるから、電話切るね」

と、僕は嘘をついて電話を切った。その時僕はまだパジャマ姿で、大学に行く気などさらさらなかったのだ。

電話を切ってから、自分がすごく卑怯な人間に思えてならなかった。子供の頃、スバルおじさんが僕らをいろんな所に連れて行ってくれたことを思い出すと、涙があふれた。ハーレーダビッドソンの、サイドカーの乗り心地を思い出していた。

数日後、また公衆電話から着信があったので、今度はもう電話に出なかった。僕はケータイの電源自体をずっと切ったままにしておいた。もう、誰とも関わりたくなかった。

電報が届いたのは、それから数日経った夕方だった。

くまのプーさんのお祝い電報だったから、最初、何かの間違いじゃないかと思った。けれど、差出人はリリーになっていた。

不審に思いながらも中の文面を読んだ時、心臓が止まりそうになった。そこには、「スバルおじさんが、失踪したそうです」と書かれていた。僕がお金を貸してやらなかったからだと思った。

僕は慌ててケータイの電源を入れ、メッセージをチェックした。公衆電話からの着信が、八回も残されていた。八件目のメッセージに、はじめてスバルおじさんの声が吹き込まれていた。

「リュウ、今までありがとな。菊さんとペンションを、よろしく頼むよ」

どこか、雑踏の中からかけているらしかった。電話の背後で、激しく車のクラクションが鳴らされていた。

スバルおじさん、どこ行ったんだよ！

今、何してんだよ！

死んだらすべて終わっちゃうよ！

死ぬ気になったら、なんだってやれるだろ！

僕は悔しくて、リリーの送ってよこしたくまのプーさんのぬいぐるみを、ドンドンと床に叩きつけた。それでも気持ちが収まらなくて、今度は思いっきりテレビに投げつけた。振動で、飾ってあった睦犬がコトンと床に倒れ落ちた。それでも二匹は離れずに、床の上で横になったまま、気持ちよさそうな表情で睦み合っている。

それからのことは、すべてリリーに電話で聞いた。

菊さんは、自分の名義になっていたペンション恋路の土地と建物を人の手に売り渡した。それでも、この不況で、額は買った当時の数分の一だったという。とにかくそれを、返済に充てた。そして自分は、ご先祖様から譲り受けた畑の一角にある作業小屋みたいな物置に移り住み、そこで田畑を耕しながら細々と生計を立てることにしたらしい。

春に、靖国神社に桜を見に来たのも、もちろん桜を見る目的もあったけれど、菊さんはなんとかお金の工面をしてもらえないだろうかと、娘であるリリーの母親、翠さんに頭を下げに来たらしいのだ。それで翠さんが実際にお金を貸したのかどうかはわからなかった。

「菊さんね、言ってたの」

電話の向こうで、リリーは言った。

「私が、母親に借金残してとんずらしちゃうなんて、ひどい息子だねって言ったら、どんな子でも、息子は息子だって。自分が産んだ子供だから、かわいい、って。私のママのことも、同じように言ってたよ。母親って、すごいよね」


このことがあってから、僕らはまた少しずつ二人だけで会うようになった。けれど、もう以前のような恋人同士という雰囲気にはならなかった。僕らの周辺には、蜜月の終わりとも言うべき、気怠い空気だけが静かに静かに流れていた。それは、大きな意味での、夏の終わりだったのかもしれない。僕らは、恋人という存在を通り越して、人生の酸いも甘いも共に経験した同志のような存在になっていた。もっと深い所で結ばれたような実感があった。だからもしリリーに好きな人ができたなら、僕は喜んで僕の居場所をそいつに明け渡す覚悟があった。リリーが幸せになれるならそれでよかった。ただ、僕らはあまりに長い時間を共有しすぎていて、離れがたくなっていたのだ。僕には、ただただ透明で美しくて甘いだけの、百パーセント純粋な、あえて言葉にするなら情のような気持ちが芽生えつつあった。

翌年の五月に、菊さんは静かに息を引き取った。八十六歳だった。

僕は、靖国神社で桜を見て以来、菊さんと会っていなかった。見つけたのは、リリーだった。リリーは最晩年の菊さんと、よく一緒に時間を過ごしていた。

最初に母から菊さんが亡くなったと連絡を受けた時、正直あまりピンとこなかった。けれど、「あずさ」が八王子を過ぎ、峠を越えてどんどん甲府に近付くにつれて、僕の胸には言い様のない気持ちが込み上げてきた。せっかく菊さんが上京したのに、僕はなんとなく菊さんを避けていたのだ。醜く歪んだ自分の心を、僕は拳で叩き潰してしまいたかった。

リリーはいろいろな手配を済ませた後、松本まで喪服を買いに出て来ていた。僕は、駅のホームでリリーと合流した。ここに二人で立っていれば、菊さんが「どうしただ」と言いながら、迎えに来るんじゃないかと思われた。リリーは、その前に会った時よりもずっとやつれていた。目も落ち窪み、頬もそげていた。

大糸線に乗り込み、窓際のボックス席に向かい合って腰掛けた。こんな気持ちで大糸線に乗るのは、初めてだった。この辺りではこどもの日を過ぎてもまだ鯉のぼりを出しておくので、たっぷりと風を孕《はら》んだ鯉のぼりが悠然と青空を泳いでいた。

「菊さん、大往生だったのよ」

列車が発車するのを待っていたかのように、リリーがぽつりぽつりと最晩年の菊さんの様子を教えてくれる。

「まさに、ピンピンコロリ、っていうの？　自分の使ったお茶碗もきちんと洗ってあって、すべてがすごくきれいにしてあったの。ねぇリュウ君、去年の春、三人で靖国神社に行ったでしょう？　その後、スタバに行ったの、覚えてる？」

「もちろん」

僕は、今にも泣きそうな声で答えた。景色が、すーすーと回り灯籠《どうろう》みたいに流れていく。

「あの時さ、菊さんが、ストロベリークリームフラペチーノ食べたじゃない？」

「うん」

「メニューがよくわからないって言うから私が勝手に注文して持って行ったんだけど、菊さん、ものすごく怖そうにストローに口つけて、それから子供みたいな顔で、にっこり笑ったんだよね。おいしいって」

確かに、あの時の菊さんは僕らと同世代みたいに若々しくてかわいかった。

「それで、みんなが飲み終わってから、リュウ君が使い捨て容器を集めて捨てようとしたんだよ。そしたら、こんなにきれいなのにもったいないからって、菊さん、ストロベリークリームフラペチーノの容器、家に持って帰ったじゃない？　その時、ちょっとリュウ君が機嫌悪くなってさ」

「覚えてるよ」

僕は言った。

「あの容器にね、菊さん、戻ってからいっつも花を活けてたの。ほんとに何気ない野の花なんだけど、菊さんが活けると、すごくきれいに見えて。あんなふうにみんなが使い捨てにしているカップが、特別に美しい器のようだったの。それでその日の朝もね、私が、菊さん、おはよう、って入って行ったら、そのストロベリークリームフラペチーノの容器が、テーブルっていっても段ボールに布を被せただけのシンプルなやつなんだけど、そこにちょこんと置いてあって、ヘビイチゴの花が飾ってあったの。菊さん、本当に誰にも迷惑かけずに、逝っちゃったよ」

僕はもう、リリーの言葉に返事をすることができなかった。最初は、窓がびしょ濡れになっているのかと思った。けれど、視界を濡らしているのは僕の方だった。

ただただ涙があふれて、どうしようもなかった。同じ車両に乗っていた高校生達が、僕をちらちらと見ているのがわかったけれど、誤魔化せるような段階ではなかった。リリーは僕の向かい側の席から隣の席に移動すると、僕の背中に手を当てて、優しく撫でてくれた。リリーの手が当たっている所だけ、低温のアイロンを当てられているみたいにじわじわと温かかった。

「私、よく菊さんにオイルつけてマッサージしてあげてたんだ。最初は菊さんも大正時代の生まれだから、直に触られるのにちょっと抵抗があったみたいなんだけど、だんだん、気持ちいいよって喜んでくれるようになって。マッサージしながら、いろんなこと話したの。たとえば菊さんの初体験の話とかさ。今まで聞いてないことばっかりでびっくりだったんだけど」

リリーはそこまで話すと、ふうっと大きく息を吐きながら、窓の外を見やった。線路沿いに咲く菜の花が、目に痛いほどまぶしかった。僕は、横にいるリリーの腕に、すっぽりと抱かれる格好になった。

「ある時菊さんが、林檎の木の話をしてくれたの。菊さんの畑に、立派な林檎の木があるの、知ってる?」

僕は俯いたまま、首を縦に動かした。洟が、ズボンの太もものところまで細長く糸を引くようにして垂れていた。リリーが、バッグに入っていたティッシュを渡してくれる。

「それでね、菊さんが、あの木の下には、自分の大事な物が埋まっている、って言うの。何?って聞いたら、亡くなった息子二人だって。えっ、て思って驚いて真相を聞いたんだけど。菊さんね、あそこに二人の息子の魂を埋めたって言ってた。大事なのは、魂だからって」

そこまで言うと、リリーはポケットからおもむろにハンカチを取り出して目の下に当てた。まるで、透明な涙を拭き取っているような姿だった。

「リュウ君知ってた?」

リリーはいきなり僕にたずねた。わけもわからず僕が首を横に動かすと、

「菊さんね、戦争が終わって、日本がイケイケムードになって、なんだかものすごく気持ちが塞いでた時期があったんだって。畑を耕したり稲を育てたりする気力もなくて、田畑は荒れ放題だったみたい。

でも、幼い子供達を抱えていたでしょ。ほら、私のおじいちゃんも病気療養中だったし。それで、ある時夜中にふと思い立って、林檎の木を見に行ったんだって。なんだか、林檎の木が自分を呼んでるような気がしたんだってさ。その時に、ふと気になって夜空を見上げたら、スーッと、すごく大きな流れ星が通ったんだって。菊さん、久しぶりに明るい気持ちになったたって言ってた。それでずっと後にリュウ君が生まれた時、迷わず『この子の名前は流星だ』ってひらめいたらしいの。流れ星を見て、嫌な気になる人はいない、って。流れ星は、人の心に希望を与えるから、リュウ君に、そうなってほしいって、思ったらしいのよ」

「完全に名前負けだよな」

僕は、ぼろぼろと泣きながら言った。

「そんなことないって」

リリーが優しく囁きながら、僕の背中をトントンする。

「菊さんね、ずーっとリュウ君のこと気にかけてたんだよ」

リリーは言った。

「火事の原因は、最後までほんとにわからなくて、もしかしたら放火の可能性もあるって言われてたんだけど、それでも菊さん、自分が火を出したかもしれない、ってずっと思ってたらしいの。それに、もし海を放し飼いにしてたら、海は自力で逃げられたのにって。自分のせいで海が鎖に繋がれてたから犠牲になって、流星に申し訳ないことをしたって、そのこと話す時、いっつも菊さん、涙ぐんでた」

僕はもう、涙が止まらなかった。涙が、洪水のように流れ出ていた。

「あとね……」

リリーは思い出したように明るい声で言った。

リリーは昨日のうちに十分泣き尽くしたらしく、水が涸れた砂漠のように、もうどんなに菊さんの思い出話を語っても、涙が出なくなっているらしかった。

「オレはもうほんとに一文無しになった。残してやれるものは、何もない、って。だけど、家族がオレの財産だ、ってそう言ったの。家族って、私達のことだよ。リュウ君が沖縄から買ってきてあげた黒糖あったじゃない？　あれをいっつも神様みたいに拝んでた。あと、靖国神社の門の所で三人で撮ったポラロイド写真。あれはね、いっつも肌身離さず持ってたよ。

そして、子供はね、愛情がなかったら、生まれてこないって。子供は、親を選んでやって来るんだ、って。そしてね、人類はこれまでにもいっぱい危機に直面してきたのに、ずっと七百万年もの間、命の営みが一回も途切れなかったから、今、ここに私達がいるんだって、教えてくれたの。その言葉を聞いたら、私、ママのこと、本当に子供に暴力をふるうなんてひどい親だってずっと思ってたんだけど、それでも、ある面では愛情を持って育ててくれたのも確かだし、ママはママなりに、愛人の身で精一杯がんばってたんだなぁ、って思って。パパとママが出会ったから、私が生まれてきたわけでしょう。そういうのが、ずーっとずーっと遥か昔から続いてきたわけでしょう。それって、すごいことなんだよ。そしたらさ、生きてると辛いこともあるけど、楽しいこととか嬉しいこともたまにはあるわけじゃない？　そのすべてが、両親からのっていうか、ご先祖様達みんなからのプレゼントなんだ、って思えたの。そしてね」

リリーはそこまで言うと、突然口ごもった。

「それで？」

僕は話の続きを促した。

「やっぱりまだ教えない」

リリーは言った。顔を上げると、リリーはパグみたいに顔をくしゃくしゃにして、必死に泣くのを堪えていた。

「とにかく」

リリーは言った。

「私もリュウ君も、菊さんの子孫で、よかったなと思って」
列車はやがて、穂高駅に到着した。

菊さんは、本当に今にもすぐに起き出して鍬《くわ》を持って畑を耕しそうな顔で眠っていた。すごく安らかで、僕は、初めてきちんと遺体を目にしたのに少しも怖いと思わなかった。そして、菊さんの終《つい》の棲家となった作業小屋は、本当に整然と片付けられていた。まるで、映画のセットのようだった。小屋の中に一カ所、祭壇のような場所が設けられていて、そこにはリリーの言う通り、僕がゴボウの実家に遊びに行った時買ってきた黒糖の袋が、手をつけられないまま飾られていた。

リリーが、菊さんに草花で冠を作って最後にプレゼントしたい、と言うので、僕も一緒に外に出た。なんだか、菊さんがこの季節を選んで死んでいったように思えてならなかった。畑の足下には、一面、可憐な野の花が咲き乱れていた。

リリーは花を摘みながら、少しずつ茎の部分を絡めて、丸い形にまとめていった。僕は作り方がわからないので、花を摘むのに専念した。あまり太い茎だとやりづらいらしく、僕はタンポポやシロツメクサを中心に集めた。いつかの夏、こんなふうに幼いリリーと時間を過ごしたことを、僕はぼんやり思い出していた。

頭に花で作った冠をのせられた菊さんは、白っぽいワンピースを着ていたせいか、どことなく天使のようだった。同じように野の花で拵えたブーケも、菊さんの胸元に飾った。よく見るとブーケには小さな虫がついていたけれど、虫がついている方が、逆に菊さんらしいと思った。

午後になるにつれて、どんどん人が集まって来て、僕らだけで菊さんと向き合える時間が少なくなった。新品の喪服に着替えたリリーは、手際よく、葬儀の準備を整えていた。

作業小屋に人が入りきれなかったので、葬儀は菊さんの残した畑で執り行われることになった。林檎の木に咲く白い花が満開だった。

僕の両親も、リリーの母親も駆けつけていた。カナダから呼び戻された蔦子も、途中から葬儀に参加した。知らなかったけど、蔦子は身ごもっているらしかった。明男さんもいた。もう名前は思い出せないけれど、かつて、恋路旅館の厨房を手伝ってくれていた人達の姿もあった。最初は髪の毛がすっかり白くなっていて誰だかわからなかったけど、毎年アルプスの写真を撮るために恋路旅館に滞在していたアマチュアカメラマンの横田さんも来てくれた。火事の時、まだ小学生だった僕を連れて一緒に逃げてくれた命の恩人だ。近所の人達も大勢かけつけて、皆で盛大に菊さんの死を悼んだ。青空の下、野原みたいな畑の中で行われた葬式は、いかにも菊さんらしくて素敵だった。

僕は、親族を代表して挨拶をすることになった。年少者がするとのことで、最初はリリーの幼い弟、レオの名前が挙がっていた。でも彼は、菊さんとはまだ一回しか会ったことがなく、僕の方が相応しいということになった。僕は、葬儀社の人からマイクを手渡された。けれど、菊さん、と言ったきり、喉が詰まって言葉にならなかった。

「菊さん……」

もう一度、勇気を振り絞って声を出した。その瞬間、マイクがハウリングした。

僕の脳裏に、菊さんと過ごした日々が、走馬灯のように甦った。毎年夏になると、松本までリリーを迎えに行ったこと。毎日のように、リリーと僕と蔦子の三人に、弁当を作ってくれたこと。手作りのコロッケや、カレーライス。蔦子が初潮を迎えた時のお赤飯。中学時代は、ほとんど寝食を共にした。一緒にテレビで、長野オリンピックの開会式を見た。リリーとの交際がばれた時は、三人で一緒に露天風呂に入った。具合が悪い僕を、土の中に埋めた。たくさんの自然の神秘を教えてくれた。上京してからは、野菜や米を食べきれないほど送ってくれた。そして、一緒に靖国神社に行って、桜を見上げた。

「ごめんなさい」

しばらく蹲《うずくま》って泣いた後、僕は声を振り絞って言った。またマイクがハウリングしたけど、もう僕は気にしなかった。

これが、二十歳過ぎの男の挨拶だと思うと、本当に情けなかった。でも、最後に僕は思いっきり叫んだ。それだけは、どうしても伝えたかった。

「菊さん、どうもありがとう」

マイクを通さず、地声だった。会場から、パラパラとまばらな拍手が起こった。

僕は、もしかしたらスバルおじさんが来るんじゃないかと思って、葬儀が終わるまでずっと待っていた。リリーが、何度もケータイに連絡して、メッセージを残していたらしかった。けれど、結局最後まで現れなかった。葬儀が終わると、また三三五五人が帰って行った。

明日になれば、菊さんの体は灰になってしまう。だから僕らは、最後に菊さんと一緒に寝ることにした。蔦子も、身重なのに一緒にここで寝ると言い出した。それで僕らは、狭い作業小屋にきゅうきゅうに身を寄せて、三人で菊さんとの最後の夜を過ごした。僕は、ドリームで過ごした夏休みを思い出した。菊さんはただ、穏やかな表情を浮かべて眠っていた。

松本にある火葬場で菊さんの遺体を焼き、骨壺に収まった菊さんを、僕とリリーはまた穂高の山中にある菊さんの畑に連れて帰った。もう、親達は僕とリリーが二人で一緒にいても、何も口を挟まなかった。

「こんなになっちゃって」

リリーは、軽く笑いながら言った。その声には、たくさんの温もりが籠められていた。もう、夕方だった。白馬連峰の頂上付近にはまだ白い雪が残っていて、そこだけうっすらピンク色に染まって見えた。穂高の、一番美しい光景だった。僕らは、二人だけで菊さんの遺言を実行することにした。

生前、菊さんはリリーのアロママッサージを受けながら、自分が死んだら、半分の骨はご先祖様と同じお墓の中に、もう半分は息子達の魂が眠る林檎の木の下に一緒に埋めてほしい、と言ったらしい。

そして、一年に一度でいいから、秋になって林檎が実ったら、私達に、ここに来てほしいと言ったという。それで、林檎を収穫して、生でもいいし、アップルパイにしてもジャムにしてもいいから食べてほしい、と。もし月日が経って木が朽ち果てたら、幹を燃やして暖を取るのに役立ててほしいとも言ったそうだ。死んでからも誰かの役に立てるだけで、自分は幸せだから、と。そうリリーに言い残していた。

僕らは、林檎の木の根元に穴を掘った。そこにリリーが両手ですくって、骨を入れる。

「これくらいかなぁ？」

リリーが骨壷と穴の底を見較べながら言うので、僕は、

「もうちょっとじゃない？」

と言って、林檎の木の根元に埋める分を多くした。菊さんには、林檎になって生まれ変わってほしかった。骨の上から土を被せ、手でぎゅっぎゅっと押さえつける。手についた土を払いながら木の下に立って空を見上げると、なんだか林檎の木が喜んでいるのが伝わってきた。それを伝えるサインのように、どこからか、柔らかい上等な絹のような風が吹いてくる。

「菊さん、よくこの木に話しかけてたっけなぁ」

僕は、ふと思い出して言った。

「植物だけでなくて、物にも、いっつも、ありがとう、とか、ごくろうさん、とか話しかけてたよ」

「物にも？」

「そう、お玉とか、プラスチックの醬油差しとか、お茶碗とかにも。あと、笑っちゃうんだけど、私のケータイにもね、よく、お前は働き者で偉いなぁ、って褒めてあげてた」

「菊さんらしいね」

「物をすごく大事にする人だったから。林檎の木も虫も草も、人と同じくらい賢くてかわいい、ってよく言ってたよ」

「僕もよく言われた。自分の方が草や虫より偉い、なんて思うなよ、って」

それから僕らは、畑の中をぶらぶらと歩き回った。陽はほとんど沈みかけ、辺りは薄暗くなっていた。

「私ね」

リリーは並んで一緒に歩きながら言った。足下で、春菊みたいな野菜がぼうぼうと葉っぱを茂らせていた。植物の茎と茎の茂みから、また、ひょっこり菊さんが出てきそうに思えた。

「いつになるかわからないけど、安曇野で、菊さんが教えてくれた世界を実現できたらいいな、と思っているの」

え？　という顔でリリーを見返すと、リリーは続けた。

「自分で野菜を育てて、体にも地球にも優しい暮らし方を提案するの。それで私は来てくれた人にアロマセラピーをしてあげて、この世から、ちょっとでも、苦しいとか辛いとかいう感情を、減らすことに力を尽くすの」

「うん」

僕はこっくりと頷いた。リリーなら、きっとそれが実現できると思った。

ある考えが、僕の喉元まで出かかっていた。けれど、僕はあえて、それを言葉にしてリリーに伝えることはしなかった。家族という存在をずっと疎ましく思って生きてきたのに、またその家族を作りたいと願うなんて、僕は自分がすごくわがままな人間に思えた。

「リュウ君、そろそろ帰らなくて平気？」

リリーは空を見上げて言った。僕は夜、松本の実家に帰ることになっていた。菊さんの葬式で人一倍大泣きしていた父を目の当たりにして、僕の気持ちは揺らいでいた。幼い頃たて続けに両親を亡くしている一人っ子の父にとっては、結婚するまで菊さんが唯一の家族だったのだ。その横で、母も唇を震わせ泣いていた。僕の知らないところで、父も母も、それぞれ菊さんとの絆を培っていたのだ。父が僕に涙を見せたのは、火事以来だった。それを思ったら、居ても立ってもいられなくなった。せっかく蔦子も帰って来ているのだし、父や母や蔦子と久しぶりに一緒に過ごしたいと思った。

「ここから歩いて帰るの？」

リリーがたずねるので、僕はそうだと答えた。

「リリーこそ、こんな山奥で、一人で大丈夫かよ？」

「心配ないよ。もう慣れているから。それに一人じゃないよ。菊さんがいるもん」

リリーは朗らかに言った。

「それもそうだね」

確かに、菊さんの体は消滅したけど、菊さんがこの世に生きたことや、教えてくれたこと、残した言葉は、決して消えてなくなるわけではない。むしろ、菊さんの体が透明になった分、ますます菊さんの輪郭が際だって、夜空の星みたいに輝くようになった。それに、と僕は思った。菊さんの魂は、僕やリリーの体にしっかりと受け継がれている。

「そういえば、これ、この間のお葬式の時、リュウ君に渡すのうっかりしてて忘れちゃったの」

リリーはそう言いながら、菊さんが作った手作りの棚から、分厚いアルバムみたいな箱を取り出して言った。菊さんの葬儀をしてから、三ヶ月が経っていた。この日は、菊さんの新盆だった。僕らは二人で菊さんの霊を迎えようと、穂高のあの作業小屋に集まっていた。季節は、夏になっていた。

「明男さんが、預かってくれてたのよ」

リリーは言った。

「スバルおじさんが失踪した朝ね、ペンション恋路の食堂のテーブルに、これが置かれてたんだって。メモに、『流星へ』って書かれてあったみたい。そのメモも、一緒に箱の中に入れてある、って明男さんが言ってた」

それは、ジョン・レノンのアルバムだった。僕も、話でしか聞いたことがなく、見るのは初めてだった。真っ白だったはずの箱が、年月を経て周囲がうっすらと飴色に変わっていた。黒い文字で『WEDDING ALBUM』と書かれ、その下に、お揃いの白い服を着たカップルが並んで写っていた。

「ジョンとヨーコだよ」

僕の横で一緒に箱を見ているリリーに言った。

なんでこれを僕にくれたんだろう？

それが、さっきから僕の頭の中でぐるぐると回っている素朴な疑問だった。くれるなら、ビートルズのホワイトアルバムでもよかったのに、と。スバルおじさんとの思い出は、むしろそっちの方に濃密に詰まっていたのだ。

中には、紙に包まれたアルバムが二枚と、二人のポスターみたいなもの、レースの白いハンカチや、「The Press」と書かれた各国で報道されたジョンとヨーコに関する新聞記事を集めた冊子みたいなのが入っていた。他に、連続して写した二人の証明写真みたいなものや、ベッドの中に二人が入って写っている写真もあった。写真に写る二人の背後の窓ガラスには、自分達が手書きで書いたような「HAIR PEACE」「BED PEACE」というポスターが二枚ペタペタと貼られ、それは今で言うサービス判くらいのモノクロ写真だった。ベッドの中の二人はパジャマ姿で、それぞれ手にチューリップの花を持っている。

茶色い紙で包まれたレコードには「Two Virgins.」とささやかな文字で小さく刻まれ、中には二人のヌード写真が入っていた。本当に、一糸纏《まと》わぬ姿で写った、二人の体の証明写真みたいだった。前からと後ろからと両方写っていて、ジョンの性器もヨーコの性器も、少しもぼかされることなく写っていた。

「これって、日本じゃ発売されなかったんじゃなかったかな」

僕は、中学の時に聞いたスバルおじさんの話の記憶を、手探りで手繰り寄せながらリリーに言った。

「確か、スバルおじさんはこれを、米軍キャンプで働いていた知り合いに頼んで手に入れたんだと思う」

本当は今すぐにでも針を落として音を聴いてみたかった。けれど、明男さんがスバルおじさんにプレゼントしたという蓄音機も、ペンションシ恋路の建物と共にどこかに消えていた。そして僕は、あえてこれを僕に残したスバルおじさんからのメッセージが、なんとなくわかってきた。ビートルズは解散しちゃったけど、ジョンはヨーコと共に、また素晴らしい音楽をたくさん生み出すことになったのだ。僕は、『WEDDING ALBUM』と書かれた蓋を、そっと元に戻した。

僕がアルバムを元に戻すのを待っていたのか、蓋をするとリリーが言った。

「そういえば、スバルおじさんと明男さんって、付き合っていたのかなぁ？」

いきなり何を言い出すのかと、びっくりした。

「リリー、冗談はよしてよ。こんな時に」

僕は言った。

「第一さ、明男さんはバツイチだよ。確か千葉か埼玉に、奥さんと娘がいたはずじゃ……」

「でもさぁ」

リリーはそれでも尚、腑に落ちない様子で続けた。

「私、ある時見ちゃったんだ、レコード聴きながら、二人が抱き合って食堂でダンスしてるの」

そう言うとリリーは、ラーララ、ラーララ、ラーララ、ラーララ、と、あるメロディを鼻歌で歌い始めた。それは、ビートルズのラストアルバム『レット・イット・ビー』の四曲目に入っている、「アイ・ミー・マイン」という曲だった。

「すごく、親密な空気が流れていたのよ。だから、スバルおじさんが失踪しちゃって、明男さん、すごく辛いんじゃないかと思って。自分達の本当の関係を、誰にも言えない分」

僕は、それにどう答えていいかわからなかった。今までずっと壁だと思っていた所に、実は扉があって、その向こう側には全く予想もしなかったような色鮮やかな世界が生き生きと存在しているのに気付かされたみたいだった。

「まぁ、どっちでもいいんだけどさ、ちゃんと元気で生きていてくれたら」

リリーが、僕が思っていたのと全く同じことを言った。

それからリリーは、台所に立って料理を作り始めた。台所と言っても、僕んちのアパートのキッチンスペースよりも小さい、携帯式のカセットコンロがあるだけの場所だった。水は、外にある水道を使っていたらしい。リリーも同じように、いちいち外まで水を汲みに行っていた。

僕は、懐かしい風景を眺めるように、台所で立ち働くリリーの横顔や後ろ姿をぼんやり見つめた。

夕方、段ボールで作ったテーブルは、おかずでいっぱいになった。

「これね、全部菊さんが山で採ったりしてきたのを、保存してあったものなの」

リリーが、充実した張りのある表情で言う。

「それじゃあ、迎えに行こうか」

僕はそう言って立ち上がった。

菊さんがしていたのと全く同じように迎え盆と送り盆をするのは無理でも、僕らはなるべく忠実にやり遂げたかった。菊さんの骨は、半分は山の下の方にあるお墓に眠っている。正式にお墓まで迎えに行こうかという案もあったのだけど、僕らは林檎の木の下に迎えに行くことにした。自分達のできる範囲でやった方が、菊さんも喜ぶだろうと判断したのだ。

どうしてもダケカンバの木の皮が探せなかったので、僕らは白樺の木の皮で代用することにした。この地に古くから伝わる伝統にのっとって、リリーはまず作業小屋の入り口で白樺の皮を燃やし、それから林檎の木の下でもう一回、白樺の皮を燃やした。

「菊さん、迎えに来たよ」

僕は声に出してそう告げた。それから、木の幹に背を向けるようにして、その場にしゃがみ込んだ。森の奥から、何だかわからない動物の鳴き声が響いてくる。もう、穂高には涼しい風が吹き始めていた。

急にずっしりと背中が重たくなった。僕は、背中の菊さんがずり落ちないよう、なるべく背中を平らにして立ち上がった。

菊さんも、僕と同じように背中を平らにして歩いていたのを思い出す。その背中に、一体どれだけの人が乗っていたのだろう、どれだけ重たかっただろう、と想像した。

「オレは、みーんなの骨を拾ってあげただよ」

いつだったか、畑で聞いた菊さんの言葉が甦った。

菊さんは、最初の夫、その実の弟でもある二番目の夫、長男、次男と、たくさんの家族を見送り、弔ってきた。僕は、それらの人達も、菊さんの上に重なっているような気がしてならなかった。背中が、じんわりと温かくなってきた。連綿と命が繋がって、最後は神様にまで繋がるのを実感した。僕は、たくさんの営みが混じり合った結果、今ここにいるのだと思った。その時、足下に白い影が近付いてきた。

「海」

僕は驚いて言った。

「リリー、僕の足下に、海がいるんだけど」

僕は、僕の横を静かに歩くリリーに声をかけた。

「本当だ」

「リリーに、抱っこしてって顔しているよ」

僕は言った。

「相変わらず甘えん坊だなぁ。よしよし、今抱っこしてあげるからね。よく帰って来たね」

リリーはそう言いながら、僕の足下にまとわりつく白い塊を重たそうに両手で抱き上げると、すっぽりと自分の腕に抱きかかえた。

それから僕らは、また作業小屋を目指してゆっくりと行進をするように歩き始めた。入り口でもう一度白樺の皮を燃やして、今度はみんなで中に入った。作業小屋が、急にわいわいと賑やかになった。

提灯《ちょうちん》がなかったので、リリーが持ってきたアロマキャンドルに火を灯した。ゆらゆらと炎が揺らめく中、僕らは一緒にリリーの作ったご馳走を食べ始めた。機転をきかせ、リリーが即席で海のためにもう一品用意した。それは、クレソンで作ったスープだった。近くの小川に自生していたクレソンを摘んできて、食べやすいようスープにしたのだ。海はクレソンが大好物だった。

食卓はたくさんの郷土料理でいっぱいになっていた。筍の煮物、梅の砂糖煮、杏とカリンの砂糖漬け、蕗の佃煮、スミレの花干し、ワサビの葉のきんぴら、塩いか、ゼンマイの煮付け、胡瓜の佃煮、栗の渋皮煮、蕗味噌、かき餅、ネマガリダケの塩蔵漬け。

この材料のすべてが、菊さんが残したものだなんて、信じられなかった。一晩では、全然食べきれなかった。

「もっと、菊さんに郷土料理の作り方とか、習っておけばよかったよ」

リリーがしんみりと言うので、

「こんだけ作れれば、十分なんじゃないの」

僕は言った。

「ううん。私なんて、まだまだ菊さんの足下にも及ばない。菊さんと同じように作ったはずなんだけど、全然同じ味にならないもの」

「菊さん、料理上手だったもんね」

「ほんと、いっつも台所で料理作ってた」

「リリーは、子供の頃、菊さんの作ってくれるおかずで、何が一番好きだった？」

「コロッケかな」

「確かにね。でも、オムライスもうまかったしなぁ」

僕は、菊さんの味を思い出しながら、しみじみとつぶやいた。

最後に僕らは、氷餅を食べることにした。これは、冬にリリーが菊さんに教わりながら一緒に作ったものだという。炊いたもち米をついて餅にしたら、四角く切って、和紙や新聞紙に包み、それを紐で結んで外に吊しておくのだ。そうすると、柔らかかった餅が乾燥して二、三日でカチカチになる。それを、お湯をかけたりして柔らかく戻してから食べる。この辺りに古くから残る保存食で、僕も、子供の頃に一、二回だけ食べた記憶があった。

リリーは、氷餅にお湯をかけると、砂糖と醤油をかけて出してくれた。

「こうやって食べるの、菊さん好きだったから」

リリーは、涙ぐんだ目で言った。

「昔は、これがご馳走だったんだね」

僕はそう言いながら、氷餅にかぶりついた。氷餅は柔らかくて、すごく素朴で懐かしい味がした。

「菊さん、おいしいよ」

僕は、菊さんがいるだろうと思われる辺りを見ながら言った。

クレソンのスープをすっかり平らげた海が、僕の所にやって来て、パタパタと尻尾を振っていた。

「ほら、抱っこしてやるから、おいで」

僕は、自分の太ももを両手でパンパンと鳴らして、海に合図を送った。こうすると、海がぴょんと僕の膝に飛び乗るのだった。これは、父が海に教えた芸だった。パンパンと太ももを叩くと、急に太ももがずっしりと重たくなった。海の温もりが、じわじわと伝わってくる。僕は、海をぎゅっと強く抱きしめた。

こうして僕らは、僕らなりの解釈ではあったけど、菊さんの新盆を滞りなく執り行った。

翌日の昼間は、二人で畑仕事をしたりした。いつだったか菊さんに突き飛ばされて入った穴も、草の茂みに発見した。あの時はかなり深く感じられたのだけれど、今改めて見ると、それほど深い穴ではなかった。僕は、リリーを呼んで、こんなことがあったんだよ、と穴のエピソードを教えた。するとリリーが自分も穴に入ってみたいと言うので、僕が軽く土を被せてやった。

「気分はどう?」

僕は、すっぽりと穴に埋まっているリリーにたずねた。

「最高、地球にぎゅーって抱っこされてるみたい」

「土の中って、ほかほかするでしょ?」

「そうだね。私、夜までずーっとここにいるよ」

リリーは、気持ちよさそうに目を細めてつぶやいた。

十六日の送り盆までには、リリーがたくさん拵えたご馳走も、ほとんどすべてなくなった。最後の最後に、リリーは味噌汁を作ってくれた。両手に二つお椀を持って段ボールテーブルに運びながら、

「やっぱり菊さん、自分が死ぬの、なんとなく予見してたのかも」

リリーは言った。

「どうして?」

僕はたずねた。

「だって、これでお味噌が完全に終わりなんだもの。菊さん、よく手前味噌、手前味噌、って言って、自慢してたじゃない。自分で作ったのじゃないと、体に合わなくて食べられない、って。

自分で育てた大豆に、塩と糀《こうじ》を入れて、一年以上寝かせて作ってたんだよ、毎年、毎年。なのに、去年の冬はなぜだか仕込まなかったの。もう必要ない、って、体が知っていたのかもしれないね」

「すごい、野生の動物みたいだ」

僕は、ちょっと笑いながら言った。

菊さんの作った最後の味噌を溶いた味噌汁には、畑で採れたトウモロコシの黄色い実が入っていた。味噌汁を最後まで飲み干すと、菊さんそのものが僕のおなかに入り込んだみたいで、すっかり元気が漲《みなぎ》っていた。

僕は菊さんの形見に、菊さんが最後までそれに花を飾っていたというスタバの容器を譲り受けることにした。いかにも、菊さんらしい形見だった。使い捨ての容器をこんなに大事にしていた人物がいるんだぞ、と、僕はスタバの社長に教えてやりたいような気持ちになった。そうしたら、きっと菊さんに、スタバから表彰状が贈られるかもしれない、と思った。だけどもう、それを受け取る菊さんの体は、この世には存在しないのだけど。

夕方になる頃、僕はまた同じように背中に菊さんをおんぶして、林檎の木の下まで送り届けた。海は、自分の足でちょこちょこ僕らの後をついてきた。

「お盆さん、お盆さん。この明かりでお帰り」

ふと、ずっと忘れていた言葉が、空から降ってきたみたいに僕の口をついて出た。かつて菊さんも、そう歌うようにつぶやきながら、ご先祖様達の霊をお見送りに行っていたのだ。まるで、背中の菊さんが、僕の耳元でそっと囁いて教えてくれたようだった。

「また来年ね、菊さん」

僕はそう言いながら、林檎の木の幹に背を向けて菊さんをおろした。

「私達のこと、ちゃんと見守っていてね」

リリーも言った。それから、最後の一枚となった白樺の皮に火を放った。

ぼわんと一瞬大きな炎となって、白樺の皮はあっという間に小さくなった。いつの間にか、海も姿を消していた。僕はまた、リリーと二人きりになった。

「会えてよかったね」

作業小屋に戻り、使った食器をきれいに洗って片付けながら、リリーが言った。

「うん、海にも会えたし。それに、リリーにも」

僕は言った。

僕らは花火を見ながら、その夜を静かに過ごした。この時期穂高では、河原のあちこちで花火大会が開催される。山の上からだと、その様子が一望できるのだ。

遠くからささやかな音と光を楽しみながら、リリーは言った。

「菊さん、天国にもたくさん家族がいるから、淋しくないね、きっと」

「あっちでは、海とも仲よくしてると思うよ」

僕も、小さな花火を見ながら答えた。

「命日ってさぁ、亡くなった日だとずっと思ってたんだけど」

少しして、リリーは言った。リリーの瞳の表面にも、かすかに花火の像が映っていた。

リリーは続けた。

「天国での、お誕生日なんだよね。だから、全然悲しい日じゃないんだね」

確かにそうかもしれない、と僕も思った。


帰りに、リリーは松本にもう一泊すると言った。僕は、そのまま「スーパーあずさ」で東京に戻る予定だった。

「一緒に松本観光しない？」

珍しく、リリーから誘ってきた。

「そうしちゃおっかなぁ」

僕だって、一日早く東京に戻ることが、そんなに重要じゃないことはわかっていた。それに正直なところ、もう少しリリーと一緒にいたかった。結局、リリーが予約していた松本市の中心部にある古い旅館に、追加でもう一部屋予約を入れた。新盆の期間中、ずっとリリーと二人きりで過ごしていたのに、僕はリリーに指一本触れていなかった。

松本駅から、僕らは歩いて宿に向かった。パルコ裏は少しも色褪せることなく、相変わらず高校生くらいのカップルがうじゃうじゃと甘い時間を過ごしていた。

「懐かしいね」

リリーはその光景に目を細めた。

開運堂の本店で、リリーは大量の「白鳥の湖」を購入した。僕は、ゴボウのお土産の買い方を思い出し、ちょっと可笑《おか》しくなった。

「明日、また通るのに」

一応言ってみたのだが、

「売り切れていたら後悔するから」

とリリーは言って、嬉々としてお土産を買い揃えた。どこまでが本当のお土産で、どこまでが自分用かはわからなかった。僕も、せっかくなので一つだけ、ゴボウに「白鳥の湖」を買って帰ることにする。

「ここが、高校時代によくカレー食べに来てた店だよ。インドカレーが七百円で食べられるんだ」

住んでいる頃は少しも愛着などなかったのに、リリーとこうして歩いていると、松本の町並みがとても愛おしく感じられた。リリーは、高校時代僕が見向きもしなかった民芸品店や生活雑貨を扱う店に、興味津々の様子だった。

中町通りはかつて城下町として繁栄した通りで、道の両脇には蔵造りの建物が立ち並んでいる。リリーが予約をしていた宿は、その中町通りから一つ角を曲がった所にある、古い昔からの風情の漂う旅館だった。

一旦荷物を預かってもらおうと靴を脱いで中に上がった時、僕はデジャヴを感じた。冷静に考えれば、建っている場所も旅館の名前も全然違うのに。ロビーに面して狭いけど中庭があったから、かつての恋路旅館と印象がだぶったのかもしれない。リリーも同じように懐かしそうに天井や本棚を眺めていた。ロビーには、小さくクラシック音楽が流れている。

「似てるよね」

リリーが小声で囁くように言った。それから、僕らは恋路旅館に関して覚えていることを、次々と言葉にした。

「真っ黒いアップライトのピアノがあったよ」

「すごくきれいなシャンデリアもぶら下がってたね」

「お風呂がめちゃくちゃ大きかった」

「階段がぎぃぎぃ鳴る所があってさ」

「旅館の真ん中に、小さい庭があって」

「そこに海がいた」

まるで自分達が今、恋路旅館にいるような気持ちになった。そうやって話していると、たとえ姿は見えなくなっても、一度この世に存在したもの達は、すべてが永遠なのだと思った。

僕らはすぐ部屋に案内された。まだチェックイン前の時間だったけれど、宿の人が、もう用意ができているのでと通してくれたのだ。リリーとは、隣同士の部屋だった。

荷物だけ置いて、すぐ下に戻った。旅館と同じ建物の中で喫茶店をやっていて、どうやらそこが目的で、リリーはこの宿を以前から楽しみに予約していたらしいのだ。

たくさんの民芸品に囲まれた、落ち着く喫茶店だった。すぐ横を、女鳥羽《めとば》川が流れていた。高校時代、この前をよく自転車で通っていた。けれど、こんな場所にこんな喫茶店があること自体、僕は全く知らなかった。パンフレットには、旅館の創業が慶応二年からだと書いてある。恋路旅館より、もっと古い旅館だった。明治二十一年の松本の大火災で一度焼失し、その後再建された建物らしい。喫茶店は、昭和三十一年からの営業となっていた。

リリーは、カフェ・オーレと林檎のタルトを、僕はオレンジジュースとチーズケーキを注文した。飲み物とケーキが来る間、リリーはバッグからノートとペンを取り出した。そして、菊さんを頂点にして、立花家の家系図を書き始めた。

「これがリュウ君のひいおじいさんで、息子が二人生まれて、その後私のおじいちゃんと再婚して、スバルおじさんとうちのママが生まれて……」

それはまるで、クリスマスツリーのようだった。どんどん下に大きく広がって、続いていく。その末端に、僕とリリーの名も刻まれていた。

「できた」

リリーは満足げにノートを眺めながら、ペンを置いた。

「こうなっていたんだね」

なんとなくはわかっていても、実際にはどこに誰がいてどんな関係に当たるのか、曖昧にしか把握していなかった。

僕はふと、この星に生まれて愛し合う男女は皆、アダムとイブなんだと思った。神様の世界から連綿と続く末裔《まつえい》であり、同時にこれから続いていくだろう子孫達の始祖でもあるのだと。

「なんだか、ツリーみたいな形してるね」

僕はつぶやいた。

「うん、てっぺんにいる菊さんがクリスマスツリーのお星様みたいに光ってるよ」

リリーは、目をくりくりとさせながら言った。窓からの日差しがまぶしかった。

「ほんと、男も女も、生み出すのは全部女の人なんだから。かなわないよ」

そう僕が言った時、注文した品々が運ばれてきた。リリーは家系図を書いたノートを、大事そうに鞄の中にしまい込んだ。

リリーが食べたそうにしていたので、僕はチーズケーキをフォークで半分にしてリリーの林檎のタルトの脇にのせた。リリーも、自分の林檎のタルトを、少しだけ僕の皿に移動させた。チーズケーキも林檎のタルトも、手作りっぽい味がしておいしかった。

店を出てから、近所を散歩することにした。僕らは、女鳥羽川にかかる橋の上で足を止めた。

「なんだか落ち着くね」

リリーが、川面を見つめながら言う。

「東京の川は、全部護岸工事がしてあって、両脇がコンクリートになっているから」

「そっかぁ、この川は、それがしてないんだ。草が生えてて、緑に見守られるようにして、さらさらと水が流れていくんだね」

リリーは言った。

「昔は冬になると、この川でよく、ばあさんがほっ被《かむ》りして野沢菜洗ってたって」

「冬の水って冷たそうだね。でも、氷水みたいに冷たいので洗わなきゃおいしいお菜《な》漬けにはならないって、前に菊さんが言ってたよ」

お菜漬けというのは、野沢菜の漬け物のことだ。どこの家でも同じように作っているのに、みんなでそれぞれの味を交換し合うのが慣わしになっていた。

その時、一台のハーレーダビッドソンが猛スピードで僕らを追い抜いて行った。その横には、サイドカーが付いていた。もしや、と思ったが、もう乗っていた人物を確かめることはできなかった。リリーも同じことを考えたのか、僕の目を見て微笑んだ。それから僕らはまた、ゆっくりと歩き始めた。

ナワテ通りには、かつて僕がアルバイトをしていた鯛焼き屋がある。今もあるのかと思ってドキドキしながら前を通ったら、シャッターが下ろされていた。もしかしたら、お盆休みなのかもしれない。それから、ぶらぶらと松本城の方まで足を延ばした。四年間も松本に暮らしていたのに、松本城の中に入るのは初めてだった。

夜は、旅館の近くに新しく出来たというレストランに予約を入れた。一度宿に戻って着替えてから、僕らは再度出直した。

そこは、僕らには贅沢すぎる店だった。野菜はすべて、自家農園で育てている無農薬野菜を使っているらしく、健康食事法マクロビオティックを取り入れた自然派の日本料理と書かれていた。

「でも、菊さんの方がもっと上手に料理するね。それに、菊さんはわざわざそんなこと売りにしなくたって、ずーっと前から無農薬だし、マクロビだったよ」

「確かに」

多分菊さんなら、同じ材料でももっと大胆な料理を生み出しそうだった。

少しずつ料理を口に運びながら、リリーは僕に、結局大手のエステ会社には就職しなかったことなどを教えてくれた。

デザートも食べて外に出てから、僕はふと思いついて、リリーに提案した。

「あのさ、もしよかったら、これから弘法山に行ってみない?」

「こうぼうやま?」

「そう、下が古墳になっている場所があるんだ。そういえばまだ、リリーを案内したことがないなと思って。夜景がすっごくきれいなんだよ」

「行きたーい」

リリーは即答した。

さすがに歩いては行けない距離なので、僕は手を挙げてタクシーをつかまえた。それから、運転手に弘法山の場所を説明した。そして、すぐ戻って来ます、と言い置いて、リリーと二人だけで弘法山の頂上を目指した。やっぱり、数年前と変わらず、街灯がないから真っ暗だった。

「きれい！」

頂上に着くなり、リリーが叫んだ。パンッと、クラッカーの紐を引いたような弾んだ声だった。

「一度、これを見せたかったんだ」

僕の中に、あの頃の気持ちが一気に甦ってきた。

「なんていうか、豪華な宝石をちりばめたみたいだと思わない？」

「ほんとだね。明かりに、実感がこもってる」

リリーが言った。そして、

「連れて来てくれて、ありがとう」

と付け足した。

本当はもっと長居をしたかったのだけど、下でタクシーを待たせているので、僕らは早々に頂上を去った。

「ここ、桜の時期もきれいなんだよ」

真っ暗闇を、自然にリリーと手を繋いで歩きながら僕は言った。久しぶりにリリーに触れて、体中の細胞がきゅんきゅんとうなっていた。でも、本当にリリーが転ぶと危ないと思ったから手を繋いだのだ。リリーはその時、少し踵の高い靴を履いて歩いていた。

「菊さんにも、この夜景、見せてあげたかったね」

タクシーに乗ってから、リリーが弘法山を振り返るようにして言った。

そのままタクシーで旅館に戻り、リリーから先に風呂に入った。それから、入れ違いで僕も風呂に入って、いつも寝ている時間よりは随分と早かったけど、やることもないしテレビもつまらないので、電気を消して寝ることにした。

「リュウ君、おやすみ」

そう言ったリリーの声が、壁を通してそのまま僕の耳に届いた。

「おやすみなさい」

僕も壁に向かって答えた。

けれど、目を閉じても、全然眠れなかった。一時間、二時間と、ただただ時間だけが流れていく。その時、僕の頭の中は、リリーのことでいっぱいだった。僕は、一人で布団に横たわりながら、リリーとしたくてしたくてたまらなかった。僕は、リリーに欲情していたのだ。今まで経験したことがないほどの、強い欲望だった。他のどんな女でもダメで、リリーじゃなきゃ、意味がなかった。

僕は、ガバッと布団の上に起き上がった。それから自分の部屋を出て、隣にあるリリーの部屋の襖をノックした。返事がなかったのでそーっと押すと、鍵はかけられておらず、すーっと開いた。そのまま中に入ると、リリーが目を見開いて、じっと僕の方を見つめている。

僕は、掛け布団をめくってリリーの上に重なった。それから少し乱暴にリリーの唇に自分の舌を押し込んだ。リリーが愛しくて愛しくて堪らなかった。僕は、リリーの肌をすべて記憶するように、手のひらで体中をくまなく愛撫した。リリーの着ていた寝間着の浴衣が、少しずつ乱れた。リリーの性器に指を入れると、すでにしっとりと湿っていた。リリーも僕と同じく欲情してくれたことが、嬉しかった。そして僕はすぐにリリーと交わった。夢中で腰を動かした。

この前にリリーとちゃんとセックスしたのがいつだったかも、もう思い出せなかった。僕は、リリーが自分の指では触ることのできない奥深いところに、性器の先っぽを擦りつけた。ぐいぐいと、なるべく深い場所に挿入した。

汗だくで体を動かしながら、僕はほんの一瞬だったが、地球そのものと交わっているような不思議な気持ちになった。地球の奥深くまで、もっともっと自分の体を差し込みたい欲望に突き動かされた。僕は、あっという間にリリーの中で射精した。

「ありがとう」

僕がリリーに覆い被さったまま息を整えていると、リリーが鼻の詰まった声で言った。リリーがセックスの後そんなふうに言うのは、初めてのことだった。僕の腕の下で、リリーは涙ぐんでいた。

「なんで泣くの?」

僕は、リリーの涙を舌の先で舐めながらたずねた。涙は、しょっぱいような甘いような、リリーそのものの味がした。

「だって、幸せすぎるから。今、一億のリュウ君の分身が、私の体を泳いでる」

リリーは尚も鼻声で言った。僕だって、本当に本当に幸せで、声を上げて泣きたい気分だった。この幸福感を、言葉でどう表現したらいいのか、さっぱりわからなかった。

それから僕らは、着ていた浴衣を脱ぎ捨てて、久しぶりに裸だっこの感触を味わった。

「人って、一人じゃ生きていけないんだね。そのことが、リリーと離れていてよくわかったよ」

僕は言った。

「人が、一人の人間からは生まれないのと一緒かもしれない」

リリーはそう言って、ゆっくりとまぶたを閉ざした。

僕はリリーが眠りに落ちるまで、ずっと腕の中に抱きしめていた。

十月に入ったある日曜日の早朝のことだ。僕は、歌舞伎町の街頭に立っていた。ゴボウが言い出して始まったという清掃キャラバンに僕も加わるのは、今回が四度目だった。僕は、ゴボウ達ホストに混ざって、街角に捨てられたタバコの吸い殻や空き缶を、一個一個丁寧に拾い集めていた。道はゴミであふれ、中には僕らが清掃をしているその目の前でタバコをポイ捨てしたりガムをそのまま吐き捨てたりする奴もいた。僕はそのたびにムカついたが、根気強くゴミを袋に集めていると、少しずつ気持ちがスッキリした。

正直なところ、最初はゴボウに誘われて渋々といった感じで参加していたのだ。けれど、何回か参加するうち、だんだん病みつきになっていた。たった一つでも、社会との接点があることは、僕をすごく安らかな気分にしてくれた。

いつの間にか、清掃キャラバンに参加する時の僕の頭の中のバックグラウンドミュージックは、「アクロス・ザ・ユニバース」になっていた。僕は繰り返し繰り返し、エンドレスに曲を口ずさんだ。だからその時も、僕は頭の中で「アクロス・ザ・ユニバース」を流しながら、路面にこびりついたガムを引き剝がそうと躍起になっていた。すると向こうから、この場所にはそぐわない雰囲気の人影が近付いて来た。

「リリー」

どうして僕がここにいるのを知っているのだろう。そう不思議に思いながら立ち上がった時、離れた位置で、ゴボウが僕ら二人を交互に見てニヤニヤしているのがわかった。そういうことか、と僕は納得した。

「おはよう」

リリーが、生まれたての太陽みたいな輝く笑顔を向け僕に言う。

僕も立ち上がりながら、同じように、おはよう、と返事をした。雨上がりの朝の光が、路面をしっとりと光らせていた。新宿の歌舞伎町にもこんなにも清々《すがすが》しい爽やかな朝が訪れるなんて、僕は清掃キャラバンに参加するまで、考えてもみなかった。

「ねぇ、リュウ君」

すぐ近くまで来たリリーが、僕の目をしっかりと見て言った。

「どうかしたの？」

僕は軍手をはめた手にガムを取る専用のバターナイフみたいなのを持ったまままたずねた。すると、リリーはとびきり穏やかな優しい表情を浮かべて言った。

「私ね、赤ちゃんが出来たよ」

その瞬間世界がぐんぐんと明るさを増し、光の帯に包まれていく。まるで魔法を見ているようだった。耳栓を抜かれたみたいに、いろんな音が聞こえる。世界って、こんなにも美しかったんだ。こんなにキラキラ輝いていたんだ。

振り向くとゴボウが、僕らにVサインを送っていた。

この作品は二〇〇九年十一月にポプラ社より刊行されました。

ポプラ文庫好評既刊

食堂かたつむり

小川糸

同棲していた恋人にすべてを持ち去られ、恋と同時にあまりに多くのものを失った衝撃から、倫子はさらに声をも失う。山あいのふるさとに戻った倫子は、小さな食堂を始める。それは、一日一組のお客様だけをもてなす、決まったメニューのない食堂だった。巻末に番外編収録。

ポプラ文庫好評既刊

喋々喃々

小川糸

ちょうちょうなんなん【喋々喃々】男女が楽しげに小声で語り合うさま。東京・谷中でアンティークきもの店を営む栞のもとへ、ある日父に似た声をした男性客が訪れる。少しずつふくらむ恋心や家族との葛藤が、季節の移ろいやおいしいものの描写を交え、丁寧に描かれる。巻末に喋々喃々MAP掲載。

ポプラ文庫好評既刊

ハブテトル　ハブテトラン

中島京子

「ハブテトル」とは備後弁で「すねている」という意味。母の故郷・広島県松永の小学校に通うことになった小学5年生の大輔は、破天荒な大人や友達と暮らす中で「あること」に決着をつけようと自転車でしまなみ海道を渡る。　解説／山中恒

優しい子よ

大崎善生

身近に起きた命の煌きを活写した、感動の私小説。重い病に冒されながらも、気高き優しさを失わぬ「優しい子よ」、名プロデューサーとの心の交流と喪失を描いた「テレビの虚空」「故郷」、生まれる我が子への想いを綴った「誕生」、感涙の全四篇を収録。

ポプラ文庫好評既刊

学校のセンセイ

飛鳥井千砂

なんとなく高校の社会科教師になってしまった桐原。行動原理はすべて「面倒くさい」。適当に〝センセイ〟をやろうとするものの、なぜか問題を抱えた生徒や教師、そして友人たちが面倒ごとを持ち込んできて……小説すばる新人賞作家が描く、新しい青春小説の誕生。

解説／関口尚

四十九日のレシピ

伊吹有喜

妻の乙美を亡くし気力を失った良平のもとへ、娘の百合子もまた傷心を抱え出戻ってきた。そこに真っ黒に日焼けした金髪の女の子・井本が訪れる。乙美の教え子だったという彼女は、乙美が作っていた「レシピ」の存在を伝えに来たのだった。優しい「レシピ」が起こす奇跡に、あたたかい涙があふれる物語。

ポプラ文庫好評既刊

やがて目覚めない朝が来る

大島真寿美

両親の離婚後、母とともに元舞台女優の祖母、蕗さんの洋館で暮らすことになった私。その蕗さんのもとには、いつもユニークで魅力的な人々が集っていた――血の繋がりを超えたたしかな絆と、脈々と連なっていく人生の輝きをうつくしく描く、やわらかな感動作。

ポプラ文庫好評既刊

猫の形をした幸福

小手鞠るい

それは、悲しい予感に満ちた、あふれるほどの幸福。傷を負いながら生きてきたふたりが結ばれ、新しい生活に一匹の子猫を招き入れる。ふたりの愛が育まれるとともに、子猫はおとなになり、そして——たまらなく愛おしく、そして切ない、魂の絆の物語。

解説／小池真理子

ポプラ文庫好評既刊

真夜中のパン屋さん　午前0時のレシピ

大沼紀子

都会の片隅に、真夜中にだけ開く不思議なパン屋さんがあった。オーナーの暮林、パン職人の弘基、居候女子高生の希実は、可愛いお客様による焼きたてパン万引事件に端を発した、失踪騒動へと巻き込まれていく。期待の新鋭が描く、ほろ苦さと甘酸っぱさに心が満ちる物語。

ポプラ文庫好評既刊

真夜中のパン屋さん　午前1時の恋泥棒

大沼紀子

真夜中にだけ開く不思議なパン屋さん「ブランジェリークレバヤシ」に現れたのは、美人で妖しい恋泥棒。謎だらけの彼女がもたらすのは、チョコレートのように甘くてほろ苦い事件だった。不器用な人たちの、切なく愛おしい恋愛模様を描き出す〝まよパン〟シリーズ第2弾！

ファミリーツリー

小川糸

2012年4月5日　第1刷発行
2023年12月8日　第5刷

発行者　千葉　均
発行所　株式会社ポプラ社
〒一〇二-八五一九　東京都千代田区麹町四-二-六
ホームページ　www.poplar.co.jp
フォーマットデザイン　緒方修一
印刷　瞬報社写真印刷株式会社
製本　大和製本株式会社

N.D.C.913/373p/15cm
ISBN978-4-591-12913-5

P8101185